新世纪文学观察

丁晓平 ◎ 著

文心史胆

- 求道 -
- 论语 -
- 别裁 -

山西出版传媒集团

北岳文艺出版社
·太原

图书在版编目（CIP）数据

文心史胆 / 丁晓平著. — 太原：北岳文艺出版社，2017.12（2023.6 重印）
ISBN 978-7-5378-5565-5

Ⅰ.①文… Ⅱ.①丁… Ⅲ.①中国文学—文学评论—文集 Ⅳ.①I206-53

中国版本图书馆 CIP 数据核字（2017）第 329709 号

书　　名：	文心史胆
策　　划：	续小强
著　　者：	丁晓平
责任编辑：	贾江涛
书籍设计：	张永文
出版发行：	山西出版传媒集团·北岳文艺出版社
地　　址：	山西省太原市并州南路 57 号
邮　　编：	030012
电　　话：	0351-5628696（发行部）
	0351-5628688（总编室）
传　　真：	0351-5628680
网　　址：	http://www.bywy.com
E - mail：	bywycbs@163.com
经 销 商：	新华书店
印刷装订：	山西万佳印业有限公司
开　　本：	787mm×1092mm　1/16
印　　张：	20
字　　数：	270 千字
版　　次：	2017 年 12 月第 1 版
印　　次：	2023 年 6 月山西第 2 次印刷
书　　号：	ISBN 978-7-5378-5565-5
定　　价：	65.00 元

本书版权为本社独家所有，未经本社同意不得转载、摘编或复制

目录

代前言 / 001
文学也是辩证法

第一辑　求道

007 / 创造 21 世纪中国马克思主义的新时代
　　——学习习近平总书记著作心得

013 / 在追求艺术理想中实现价值
　　——学习贯彻习近平总书记在中国文联十大、中国作协九大开幕式上的讲话

019 / 历史之问
　　——从习近平的"历史感"谈革命历史题材文学创作的三个维度

031 / 捡了故事，丢了历史
　　——谈谈今天我们如何避免误读历史

040 / 胡乔木与《在延安文艺座谈会上的讲话》

079 / 宽容·局限·叙述
　　——浅谈重大历史题材报告文学写作的三个关键词

087 / 传记文学写什么，怎么写
　　——与美国著名历史传记作家罗斯·特里尔对话

096 / 如何拥有历史感与拥有怎样的历史感

105 / "我从中得到温暖，也把火传给别人"
　　——带你走进中国现代文学馆

第二辑　论语

113 / 五问中国文学的"环保问题"

123 / 语言·思想·心态
　　——当下长篇小说创作的三个现象和三个问题

126 / 论作家的"气"和"度"
　　——从报告文学作家的"责任与担当"谈起

132 / "非虚构"之辨

136 / 报告文学需要"热心冷手"

139 / 论报告文学的"场"

143 / 报告文学的"几何学"

148 / 现场感·方向感·纵深感
　　——浅谈当下报告文学作家和创作面临的三个问题

153 / 文学是什么

157 / 创意写作刍议

160 / "莫言热"的冷思考

164 / 砥砺血性的经典样本
　　——边塞诗漫谈

168 / 军事文学：20世纪中国文学的"半壁河山"

172 / 血统·血性·血气
　　——读者热衷军事文学图书的几点思考

第三辑　别裁

177 / 长征何以成为"英雄创世纪"
　　——从早期红军长征图书中发现长征

182 / 信念·信仰·信心
　　——重读红军日记想到的三个关键词

185 / 大战争年代大英雄的纪念碑
——简评张卫明长篇小说《城门》

189 / 《城门》十三问
——对话军旅作家张卫明

203 / 为游牧世界留下铁的声音
——简评周涛散文《游牧长城》

206 / "战争混血儿"的英雄本色
——简评权延赤中篇小说《狼毒花》

210 / 死神和爱神的绝唱
——简评江奇涛中篇小说《马蹄声碎》

213 / 在光荣和梦想之上或以下
——简评徐贵祥中篇小说《弹道无痕》

217 / 在冷山热血和高天厚地之间
——简评王宗仁散文集《藏地兵书》

222 / 成长的审视与心灵的反思
——简评中夙长篇小说《士兵志》

226 / "金色女孩"和她的"战争童话"
——关于庞天舒长篇小说《白桦树小屋》的对话

231 / 暗夜里流淌出泪一样的暖
　　——简评曹乃谦《到黑夜想你没办法》

237 / 苦难和尊严之间挣扎的母性之美
　　——简评何存中长篇小说《姐儿门前一棵槐》

240 / 历史的沙漏：太阳为什么最红
　　——简评何存中长篇小说《太阳最红》

246 / 致敬土地，孝敬母亲
　　——简评李骏长篇小说《黄安·红安》

250 / 用心发出自己的声音
　　——文艺评论家陈先义印象

253 / 贡献给太阳的心灵火焰
　　——简评长篇政治抒情诗《东方神话》

258 / 探访智慧是一种冒险
　　——简评徐怀谦《智慧的星空：与思想者对话录》

261 / 守正出新唱大风
　　——简评《刘笑伟抒情长诗选》

264 / 姹紫嫣红总是春
　　——2011年度军旅散文创作综述

268 / 病树前头万木春
　　——2014年军事题材长篇小说综述

274 / 攀登，没有止境
　　——2015年军事题材长篇小说综述

附录 / 279
丁晓平文学创作活动

代后记 / 287
既有文学的野心，也有史学的野心
　　——丁晓平访谈录　　徐艺嘉

文学也是辩证法
(代前言)

前不久,接受一读书媒体记者采访,她问我:"有评论家说'70后'这一代放弃和拿起都不够决绝,你认为是这样吗?"

这是一个问题,我想。

这是一个问题吗?我又想。

"70后"这个概念,无论是从文学创作层面,还是从社会学层面来说,我认为它只能说明一个时间的问题,其实这里还有一个空间的问题。因为任何一个人包括作家,他都无法脱离他成长的时代背景,包括文化、政治、科学以及世界的变化,他的出生和成长环境自然赋予他一个不同于他人的空间。在这个看似无限的空间里,其实都各自存在着巨大的有限,这就是局限性,因此"70后"作家群体是割裂的。如果以1975年为界的话,此前出生的作家应该与"60后"作家末段(即1966年后出生的)在思想上或许更接近于同一个时代。正是在这个意义上,我觉得说"70后"这一代"放弃和拿起都不够决绝"的观点是片面的。因为创作和生活一样,"决绝"往往并不是最科学的选择。当然,我反对犹豫不决。我二十岁的时候曾发表过一篇小小说,其中有一句话至今仍记忆深刻:"男人最大的缺点就是优柔寡断。"

如果从1990年发表第一首诗算起的话,我的文学创作道路已接近三十年。文学对我来说,不是养家糊口的职业,不是物质,而是精神,当然其中也包括生存。文学是激情的个性表达,是生命之花的绽放。对我文学观念产生最大影响的事件,就个人来说应该是工作岗位的变化——从海军部队宣传干事转身成为文学编辑。解放军文艺出版社是"军事文学的圣殿,军旅作家的摇篮",莫言、毕淑敏等许多作家都曾在这里展露最初的锋芒。但文学编辑和作家是两码事,二者是对手也是朋友,因此这个"为人做嫁衣"的职业对个人"作家梦"来说并非是最佳平台。正是因为熟悉了文学的生产机制,对文学也失去了初恋般的激情。

现在回头看看,我这个1971年出生的人已经是人到中年,说真的,我有点不相信。前些年我始终感觉我也就是二十八九,这两年才感觉自己真的是年龄不小了。但我觉得,年龄的大小与文学似乎没有什么关系,重要的是心态。阳光心态是文学最美最灿烂的表达。我青少年时代最喜欢的还是诗歌,即使现在从事历史传记类题材创作多一些,但在内心里我始终希望我是一个诗人。我喜欢"诗人"这个词语,它甚至比文学还要美。一个优秀的作家不仅仅只选择一种文体写作。当然现在文学的生态发生了变化,但万变不离其宗,再过一百年、一万年,文学还是文学,只是搞文学的人变了。我相信自己会越写越好。文学是一条大河,大浪淘沙,没有泥沙的河流还叫河流吗?

前些年,又有好多评论家提出"重塑70后"的话题,还将"70后"与"80后""90后"比较优劣。我很不屑。在我看来,"重塑70后"这个概念,是评论家的事情,与作家无关。我在前面说过了,"70后"作家的时间界限和空间界定有待评估。有一段时间,我也曾经感到在"80后"和"90后"迅速成长的形势下,我们"70后"作家相比"50后"和"60后"作家来说,真是生不逢时,处在一个非常尴尬的位置。但现在我的看法改变了。随着时代的变迁,以及创作方式尤其是文学生产方式(包括新媒体、多媒体和自媒体的出现）的变革，"70后"作家正在经历蜕变而成熟起来，不是重塑，而是沉淀，这就是我们的优势。年轻当然是一种优势或者资本，但对于一个优秀的作家来说，最重要的还是思想成熟。当然，我指的是严肃文学（纯文学）作家，畅销书作家（包括网络作家）应另当别论，双方没有可比性。作品的优劣标准不是印数和版税的高低。在去年（2013年9月）参加第七次全国青年作家创作会议后，我更加坚信自己的上述判断。经典是属于时间的。

当然，与同龄的作家不同，我现阶段多从事重大历史题材的创作，首倡并坚持实践"文学、历史、学术的跨界跨文体写作"模式，追求"严谨、真实、好看"，因此我还是把自己定位为历史作家。这些年，我相继出版了历史传记作品《五四运动画传：历史的现场和真相》《中共中央第一支笔（胡乔木传）》《王明中毒事件调查》《光荣梦想：毛泽东人生七日谈》《硬骨头：陈独秀五次被捕纪事》《蔡元培传》《张万年传》等，在业界和读者中均得到较高评价，我很欣慰。尽管我愿意首先做一个诗人，也写散文、歌词、长篇小说、文艺评论，但它们之间并不矛盾。作为职业，在专业作家面前，我的写作当然是业余的。我只与出版社和读者打交道。我只敬畏历史、敬畏生活、敬畏读者。

中国有文史不分家的传统。史学家写史，重实不重文；文学家写史，重文不重实。我既有文学的野心，也有史学的野心，追求文学和史学的统一。何谓野？野，原始，即初也。野心，即初心。我坚信：优秀的文学书写，可以更好地还原历史的真实。我坚定地走我的"文学、历史、学术的跨界跨文体写作"道路。作家二月河说："拿起笔来老子天下第一，抬起头来夹着尾巴做人。"高调写作，低调做人。作家应该是一个称呼甚至称号，而不是职业。

马克思说："辩证法就是死，但同时也是精神花园中欣欣向荣、百花盛开景象的体现者，是盛着一粒粒种子的酒杯中冒出的泡沫，而统一的精神火焰之花就是从这些种子中萌发出来的。"他强调死亡或否定是事物发展过程中具有决定意义的环节,没有旧事物的死亡或消灭,就没有新事物的产生和发展,也就是说"死亡本身已预先包含在生命里面"。"英雄之死与太阳落山相似,而和青蛙因胀了肚皮致死不同。"马克思以优美的文笔生动地描绘了黑格尔辩证法的否定性的关键之处,既是"死"又是"生"。恩格斯后来在《自然辩证法》里提出了"生就意味着死"的唯物辩证法命题,坚持把死亡看作生命的重要因素,把生命的否定看作是包含在生命自身之中的东西。作家莫言刚刚出道的时候,曾与我们解放军文艺出版社编辑聊天说:"往死里写,写到死。"我想,文学也是辩证法,也是死,所以必须一直写下去。

2012年,在瑞典文学院宣布中国作家莫言获得诺贝尔文学奖的时候,我写了一篇评论,提出莫言"是中国作家的光荣,但不是中国作家的榜样",一是说莫言不可复制,二是说不要模仿莫言。2008年,我曾在《文学报》发表过长篇评论《五问中国文学的"环保问题"》,提出了中国文学的"环保"概念。中国文学的未来发展,我依然相信离不开作家、编辑、批评家、媒体和读者这五个方面的健康成长,只有这五个"指头"都积极能动,中国文学这只"大手"才更有力量,才能与更加美好的未来握手言欢。

(本文刊载于《西北军事文学》2014年第3期,
原题为《我的一点看法、想法和说法》)

第一辑　求道

创造 21 世纪中国马克思主义的新时代
——学习习近平总书记著作心得

有一本书在世界上"圈粉"无数，上至政府首脑，下至平民百姓，一读再读，爱不释手；有一本书在世界上被翻译成二十四种文字，三年间出版了二十四个语种版本，在一百六十多个国家和地区发行六百六十万册。有人说它蕴藏着非常值得学习的知识宝藏，让人们更好地理解了中国道路；有人说它深含治国哲学理念与远大目光，为解决世界难题贡献了中国方案；有人说它为了解一位领袖、一个国家和一个几千年的文明，打开了一扇明亮的窗口；有人说它让人们可以更好地理解"中国梦"的内涵，是解答中国问题的一把钥匙。

这是一本什么样的书，何以如此叫好又叫座？

这本书就是《习近平谈治国理政》。这部以"中国梦"为原点的治国理政方略，如今已经成为改革开放以来在海内外最具影响力的中国领导人著作，受欢迎的程度是"四十年来没有出现过的盛况"。

党的十八大以来，习近平总书记紧紧围绕坚持和发展中国特色社会主义这个主题，在党和人民创造性实践中，以高度的理论自觉和大国领袖的卓越智慧，创造性地回答时代和实践发展对我们党治国理政提出的新课题，不断进行理论思考、理论探索和理论概括，提出了一系列极富创见的新思想、新观点、新论断、新要求，进一步丰富和发展了党的科学创新理论，把我们党对共产党执政规律、社会主义建设规律、人类社会发展规律的认识提高到新水平、新境界。这集中体现在习近平总书记系列重要讲话精神和治国理政新理念、新思想、新战略中，而《习近平谈治国理政》就是其重要的代表作。

伟大的时代，呼唤伟大的创造；伟大的实践，催生伟大的思想。十九大的胜利召开，标志着中国人民在以习近平总书记为核心的中国共产党领导下，昂首阔步迈入中国特色社会主义的新时代。十九大确立的习近平新时代中国特色社会主义思想，是对马克思列宁主义、毛泽东思想、邓小平理论、"三个代表"重要思想、科学发展观的继承和发展，是马克思主义中国化最新成果，是党和人民实践经验和集体智慧的结晶，是中国特色社会主义理论体系的重要组成部分，是全党全国人民为实现中华民族伟大复兴而奋斗的行动指南。

实践发展永无止境，认识真理永无止境，理论创新永无止境。爱读书的习近平早在青年时代就对党的创新理论进行着不断的探索和追求。在这里，我们不妨沿着习近平总书记从县、市、省到中央的奋斗足迹，一起重温一下他早年的著作，品味他从一域到全国乃至全球治理思想的升华，也从一个侧面看看他的成长之路，一起学习和寻找他的执政智慧。

习近平总书记的第一本专著是1992年7月出版的《摆脱贫困》。这本书收录了他从1988年9月至1990年5月在担任福建宁德地委书记期间的重要讲话和文章，共二十九篇。全书围绕闽东地区如何脱贫致富、加快发展这一主题，涉及经济建设、政治建设、文化建设、社会建设、生态文明建设和党的建设等重要内容，思想丰富深刻，文风生动亲切，具有很高的理论价值和长远的指导意义。在贫困面前，是束手无策、畏缩不前，还是克难攻坚、奋然前行？习近平早在三十年前就给出了答案。关于书名，他充满哲理地解释说:"全书的题目叫《摆脱贫困》,其意义首先在于摆脱意识和思路的'贫困',只有首先'摆脱'了我们头脑中的'贫困',我们所主管的区域才能'摆脱贫困',我们整个国家和民族才能'摆脱贫困',走上繁荣富裕之路。"

《干在实处 走在前列——推进浙江新发展的思考与实践》是习近平总书记的第二部专著,2006年12月首次出版。本书辑录了他从2002年至2006年担任浙江省委书记期间所做的报告、讲话、文章和批示,全面反映了他在浙江的工作经历和心得体会,系统展现了他在经济建设、政治建设、文化建设、社会建设、生态文明建设和党的建设等方面的重要思想,集中彰显了他的执政风格、领导艺术、工作作风和家国情怀。他在自序中说:"干在实处怎么干?走在前列怎么走?"就浙江在聚焦如何发挥优势、如何补齐短板这两个关键问题上,习近平没有喊空头口号、开空头支票,而是撸起袖子真抓实干,实施"八八战略",做内化于心、外化于行的表率。该书总结了浙江省在全面建设小康社会、加快推进社会主义现代化进程中的大胆探索和宝贵经验,是中央精神和地方实际紧密结合、执政为民与真抓实干落到实处的典范。他的这种经验总结,让人读了总有"精神上补'钙'、能力上加油、知识上充电"的获得感。

2007年8月出版的《之江新语》,是习近平总书记出版的第三部专著。该书辑录了他担任浙江省委书记、省人大常委会主任期间,自2003年2月至2007年3月,在《浙江日报》的《之江新语》专栏发表的短论二百三十二篇。这些短论富有思想性、针对性、时效性,语言简洁明快,文风朴实,观点敏锐清晰,言之有物,形式生动活泼,有的放矢,或弘扬正气,或鞭挞歪风,或分析道理揭示规律,鲜明提出了推进浙江经济科学发展的正确主张,及时回答了现实生活中人民群众最关心的一些问题。它是坚持"从群众中来,到群众中去"这一科学的领导方法和工作方法的生动体现,是运用马克思主义的立场、观点和方法观察问题、分析问题、解决问题的光辉篇章。

2015年12月，在党的群众路线教育实践活动中，河北省石家庄市委、正定县委对习近平总书记在1982年3月至1985年5月担任正定县委书记期间的文稿进行了收集整理，将其发表的讲话、文章、书信和他离开正定后撰写的回忆文章等汇编成书，以《知之深 爱之切》为名出版。文稿集中反映了习近平对思想教育、文化、人才、妇女儿童、老干部、基层团组织、领导班子、改革、农业、经济、党风等各方面工作做出的部署和要求，凸显了他的全局视野、战略思维、改革智慧和家国情怀。正定是习近平总书记从政为民的第一站，所以他始终把正定视作自己的第二故乡。

真理长河流淌的是实践的汗水。学习习近平总书记新时代中国特色社会主义新思想，必须深刻认识其丰沃的实践土壤。只有不忘回溯其泉源，方能领会其根本。从《知之深 爱之切》书写的正定实践到《摆脱贫困》书写的宁德实践，从《之江新语》《干在实处 走在前列》书写的浙江实践到《习近平谈治国理政》的国家实践，从"五位一体"到"四个全面"，从"四个自信"到"一带一路"，从推进"四个伟大"到构建"人类命运共同体"，我们不仅看到了习近平总书记充满自信的战略定力、直面难题的勇者担当、纲举目张的大势把控、严以修身的主体锻造、哲学智慧的顶层设计、抓铁有痕的刚性执行、梦想引领的力量凝聚、改革清障的问题倒逼等执政品格，还看到了他作为一个政治家、战略家、军事家的大手笔、大视野、大情怀、大格局、大谋略、大魄力、大胆识、大境界，也看到了他实事求是、求真务实、实干兴邦、平易近人的雄才大略和人格魅力，而这一切正是他治国理政的思想源泉和开创新时代的理论根基。观治国理政之胜状，览发展实践之大观，尤其是党的十八大以来的五年，党和国家事业取得历史性成就、发生历史性变革，解决了许多长期想解决而没有解决的难题，办成了许多过去想办而没有办成的大事，中国特色社会主义被推进到了新时代。究其根本，就在于有习近平新时代中国特色社会主义思想的科学指引。

学习近平总书记的著作，再结合阅读《习近平论强军兴军》《习近平讲故事》《习近平的七年知青岁月》等书，聆听总书记的教诲，回顾总书记的成长，品味总书记的人生，我们就会真心懂得：习近平总书记作为党中央的核心、全党的核心，是在红色基因的传承中成长起来的，是在艰难曲折困境中磨砺出来的，是在复杂国际斗争中历练出来的，是在极其丰富的革命实践中锻造出来的，是在新的伟大斗争中确立起来的。也就是说，习近平是在中国土地上成长起来的领袖，这不是偶然的，也不是天生的，而是从基层开始一步一个脚印摸爬滚打拼出来的，是从农村大队书记起步一个台阶一个台阶竭忠尽智干出来的。他这个核心在共产党员和亿万人民群众中是最"走心"的，真正是众望所归、民心所向。

恩格斯说："一个知道自己的目的，也知道怎样达到这个目的的政党，一个真正想达到这个目的并且具有达到这个目的所必不可缺的顽强精神的政党——这样的政党将是不可战胜的。"在全党全国全军庆祝十九大胜利召开的日子里，在全球都瞩目中国"十九大时光"的时刻，结合阅读习近平总书记的著作，重温恩格斯在一百多年前的这句名言，意味就特别隽永悠长。时代是思想之母，实践是理论之源。革命战争年代，毛泽东提出马克思主义中国化，我们党确立了毛泽东思想，从而赢得了中国革命的最后胜利。当代中国正经历着我国历史上最为广泛而深刻的社会变革，也正在进行着人类历史上最为宏大而独特的实践创新、理论创新，我们党在十九大确立了习近平新时代中国特色社会主义思想，这是原创的当代中国的马克思主义，是新时代科学理论与和伟大实践的完美结合，闪耀着灿烂的真理光芒。

"万山磅礴必有主峰，龙衮九章但挈一领。"十九大已经为"中国梦"明确了时间表，为"强军梦"制定了路线图，全党就有了共同高举的伟大旗帜，有了共同拥戴的伟大核心，有了共同奋斗的伟大目标，我们就能不忘初心，同心同德，继续前进。歌德说："读一本好书，就是和许多高尚的人谈话。"学习《习近平谈治国理政》和习近平总书记的系列重要讲话，就可以帮助我们准确掌握习近平新时代中国特色社会主义思想，从而以更宽广的视野、更长远的眼光来思考和把握国家未来发展面临的一系列重大战略问题，在新的伟大斗争中赢得辉煌的胜利。

（本文系作者应《解放军报》之约为该报"欢庆党的十九大"特刊撰写的评论，刊载于"十九大"闭幕日——2017年10月24日《解放军报》第8版。发表时题为《在伟大新时代感受真理力量》）

在追求艺术理想中实现价值
——学习贯彻习近平总书记在中国文联十大、中国作协九大开幕式上的讲话

理想是人生航程的灯塔。艺术理想，同样是艺术实践的灯塔。习近平总书记在中国文联十大、中国作协九大开幕式上希望广大文艺工作者"坚守艺术理想，用高尚的文艺引领社会风尚"。他强调指出："文艺是铸造灵魂的工程，承担着以文化人、以文育人的职责，应该用独到的思想启迪、润物无声的艺术熏陶启迪人的心灵，传递向善向上的价值观。广大文艺工作者要做真善美的追求者和传播者，把崇高的价值、美好的情感融入自己的作品，引导人们向高尚的道德聚拢，不让廉价的笑声、无底线的娱乐、无节操的垃圾淹没我们的生活。"

鲁迅先生说："文艺是国民精神所发的火光，同时也是引导国民精神的前途的灯火。"文以载道，文以传情，文以植德，是中华文化的优良传统，是"经国之大业，不朽之盛事"。习近平用"文运与国运相牵，文脉与国脉相连"，对此做出了新的经典概括。他强调，伟大的时代呼唤伟大的文学家、艺术家，用积极、健康、精湛、高尚的文艺作品振奋民族精神、歌颂人民、推动文化创新发展、引领社会风尚，对广大文艺工作者坚守艺术理想，提出了新的更高的要求。

坚守艺术理想，文艺工作者要有强大的创作心力

伟大的文艺展现伟大的灵魂，伟大的文艺来自伟大的灵魂。2014年10月，习近平在文艺工作座谈会上指出："每个时代都有每个时代的精神……文艺是铸造灵魂的工程，文艺工作者是灵魂的工程师。好的文艺作品就应该像蓝天上的阳光、春季里的清风一样，能够启迪思想、温润心灵、陶冶人生，能够扫除颓废萎靡之风。"

优秀的文艺作品是从哪里来的呢？生活是创作的源泉。毫无疑问，优秀的文艺作品，都来源于生活，又高于生活。但这只是问题的一个方面，从另一个方面来说，优秀的文艺作品还来自文艺工作者的创作态度，来自创作者内心的气力。诚如习近平所强调的，"虽然创作不能没有艺术素养和技巧，但最终决定作品分量的是创作者的态度。具体来说，就是创作者以什么样的态度去把握创作对象、提炼创作主题，同时又以什么样的态度把作品展现给社会，呈现给人民"，而"一切艺术创作都是人的主观世界和客观世界的互动，都是以艺术的形式反映生活的本质、提炼生活蕴含的真善美，从而给人以审美的享受、思想的启迪、心灵的震撼。只有用博大的胸怀去拥抱时代、深邃的目光去观察现实、真诚的感情去体验生活、艺术的灵感去捕捉人间之美，才能够创作出伟大的作品"。

古人云："夫以茫昧之胸，而妄意鸿巨之裁，自非行乞左马之侧，募缘残溺，盗窃遗矢，安能写满卷帙乎？"如果文艺创作、文艺作品缺钙质、缺筋骨，成为无根的浮萍、无病的呻吟、无魂的躯壳，就不可能"美教化、厚人伦、移风俗"，就不可能引导人们向上向善向好。

今天的中国，实现中华民族伟大复兴的中国梦的伟大实践，是文艺创作的富矿，也是文艺发展的机遇。习近平强调："我国文艺不仅要有体量的增长，更要创造质量的标杆。创新贵在独辟蹊径、不拘一格，但一味标新立异、追求怪诞，不可能成为上品，而很可能流于下品。要克服浮躁这个顽疾，抵制急功近利、粗制滥造，用专注的态度、敬业的精神、踏实的努力创作出更多高质量、高品位的作品。"他还一再指出，文艺工作者要像一滴水融入大海一样，既要深入生活又要提炼生活，这是方法论上的顶层设计。总书记的讲话逻辑严密，环环相扣，指向的是文艺工作者的天职，提醒的是文艺工作者要不忘初心，要进行世界观与人生观的改造和创造，最终形成在道路自信、理论自信、制度自信、文化自信基础上的价值自信，让中国价值观惠及全世界、全人类。

"铁肩担道义，妙手著文章。"生活在这样一个伟大而美好的时代，文艺工作者更应该珍惜历史机遇，增强崇高的使命感、责任感和荣誉感，为历史抒写、为人民抒情、为梦想抒怀，不辜负时代和人民的期望，创作出经得起时代检验和人民评判的优秀作品。

坚守艺术理想，文艺工作者要有强劲的创作毅力

坚守艺术理想的过程，也是不断辛勤劳动，付出汗水、心血甚至生命的过程。习近平总书记指出："文艺创作是艰苦的创造性劳动，来不得半点虚假。那些叫得响、传得开、留得住的文艺精品，都是远离浮躁、不求功利得来的，都是呕心沥血铸就的。"毫无疑问，每一部伟大的作品都不是轻松获得的，都需要有创造者具备强劲的创作毅力。

新闻界有一句行话叫"脚板底下出新闻"，其意不言自明，就是说新闻记者既要有抢新闻的速度，又要有深入基层深入群众的实践，要有敢于吃苦、能够吃苦、甘于吃苦的精神。文艺工作者同样如此，也应该有一种风风火火的精神，有一种不畏风风雨雨的气质，"沉得下去、站得起来"，顶天立地接地气，深入并贴近现实生活、深入并贴近人民群众、深入并贴近基层底层，迈开双腿拿起笔杆，用"脚板"加"笔杆"的速度，快速高效地创作出反映社会正能量、呼唤社会良知的好作品。文艺工作者只有走进群众、深入生活，一心不乱、聚精会神，才能用生花妙笔展现生活的多彩和时代的伟大，在为祖国为人民立德立言中成就自我、实现价值。

"像牛一样劳动，像土地一样奉献。"习近平在讲话中引用著名作家路遥的墓志铭，语重心长地叮嘱广大文艺工作者，坚守艺术理想，就必须要有强劲的毅力，要有"板凳坐得十年冷""语不惊人死不休"的执着追求。因为，社会主义文学艺术事业是一片肥沃的土地，土地不会欺骗勤劳之人，文艺事业也不会。有了强劲的创作毅力，再加上自己的才能和勇气，就能做到"用有筋骨、有道德、有温度的作品，鼓舞人们在黑暗面前不气馁、在困难面前不低头，用理性之光、正义之光、善良之光照亮生活。对人民深恶痛绝的消极腐败现象和丑恶现象，应该坚持用光明驱散黑暗、用真善美战胜假恶丑，让人们看到美好、看到希望、看到梦想就在前方"。

坚守艺术理想，文艺工作者要有强健的创作定力

歌德说："如果想写出雄伟的风格，他也首先就要有雄伟的人格。"纵看古今，经典作品无一不展现出创作者崇高的灵魂，以及他对人类命运的深刻思考。这些年，我国文艺事业得到了飞速发展，文艺作品百花竞放，但也确实存在价值扭曲、浮躁粗俗、娱乐至上、唯市场化等问题。文艺作品的问题，归根结底是创作者"精神缺失"的问题。一些文艺工作者放弃了文艺的尊严和崇高，忘却了文艺的庄严与神圣，在市场的诱惑下，失去了艺术创作的定力。究其原因，除了浮躁之外，还是"功利"两个字在作怪。

正因此，习近平指出："文艺要塑造人心，创作者首先要塑造自己。养德和修艺是分不开的。德不优者不能怀远，才不大者不能博见。广大文艺工作者要把崇德尚艺作为一生的功课，把为人、做事、从艺统一起来，加强思想积累、知识储备、艺术训练，提高学养、涵养、修养，努力追求真才学、好德行、高品位，做到德艺双馨。要自觉抵制不分是非、颠倒黑白的错误倾向，自觉摒弃低俗、庸俗、媚俗的低级趣味，自觉反对拜金主义、享乐主义、极端个人主义的腐朽思想。"人格魅力和作品魅力总是相统一的。文艺不能当市场的奴隶，文艺工作者要德艺双馨。

古人云："功名之士，决不能为泉石淡泊之音；轻浮之女，必不能为敦庞大雅之响。"习近平强调，广大文艺工作者"要遵循言为士则、行为世范，牢记文化责任和社会担当，正确把握艺术个性和社会道德的关系，始终把社会效益放在首位，严肃认真考虑作品的社会效果。要珍惜自己的社会形象，在市场经济大潮面前耐得住寂寞、稳得住心神，不为一时之利而动摇，不为一时之誉而急躁，不当市场的奴隶，敢于向炫富竞奢的浮夸说'不'，向低俗媚俗的炒作说'不'，向见利忘义的陋行说'不'。要以深厚的文化修养、高尚的人格魅力、文质兼美的作品赢得尊重，成为先进文化的践行者、社会风尚的引领者"。在当今文艺创作空间无比广阔、创作手段无比自由、创作题材无比丰富的大好局面下，文艺工作者更应该坚守艺术理想，保持强健的创作定力，更应该有社会责任感和道德自律精神，坚决杜绝"三俗"，要对生活素材进行辩证分析和判断，弘扬正能量，用文艺的力量温暖人、鼓舞人、启迪人，正人心，善风俗，引导人们提升思想认识、文化修养、审美水准、道德水平，激励人们永葆积极向上的乐观心态和进取精神，从而创作出具有思想穿透力、审美洞察力、形式创造力的优秀作品。

党的文艺事业是用理想之光照亮铸就灵魂的伟大工程。习近平总书记在讲话中所提出的四点希望，既是要求，也是鞭策，既是鼓励，也是鼓舞。广大文艺工作者应该坚定文化自信，坚持服务于人民，勇于创新创造，坚守艺术理想，用积极、健康、精湛、高尚的文艺作品振奋民族精神、歌颂人民、推动文化创新发展、引领社会风尚。只有这样，我们才不会妄自尊大，也不会妄自菲薄，才不会历史虚无也不会全盘西化，才会创作出有道德、有筋骨、有温度的优秀文艺作品，才能发出时代之声、爱国之声、人民之声，从而做到像习近平总书记所希望的那样——既能够像小鸟一样在每个枝丫上跳跃鸣叫,也能够像雄鹰一样从高空翱翔俯视。中国不乏生动的故事,关键要有讲好故事的能力;中国不乏史诗般的实践,关键要有创作史诗的雄心。我相信,我们这个时代的中国文学家、艺术家不仅有这样的雄心,而且有这样的能力,一定能创作出无愧于我们这个伟大时代、无愧于我们这个伟大国家、无愧于我们这个伟大民族的优秀作品。

鲁迅先生说:"无穷的远方,无数的人们,都与我有关。"在这个风云际会的大发展、大变化、大调整的时代,文艺工作者更应该紧密地团结在以习近平总书记为核心的党中央周围,彰显中国精神,凝聚中国力量,创造更多更好的精品力作,温暖人心,引领风尚,为实现"两个一百年"中华民族伟大复兴的中国梦而努力奋斗。

(本文刊载于 2016 年 12 月 11 日《解放军报》"强军文化论"专栏,系作者作为中国作协第九次全国代表大会解放军代表团代表应《解放军报》之约写的系列文章之一)

历史之问
——从习近平的"历史感"谈革命历史题材文学创作的三个维度

"我们从哪里来?我们走向何方?中国到了今天,我无时无刻不提醒自己,要有这样一种历史感。"中共中央总书记习近平 2015 年 11 月在会见第二届"读懂中国"国际会议外方代表时对"历史感"的强调发人深思。一年后的 11 月,他在中国文联十大、中国作协九大开幕式上再次强调指出:"没有历史感,文学家、艺术家就很难有丰富的灵感和深刻的思想。"

"我们从哪里来?我们走向何方?"与其说这是习近平的"历史感",不如说这是给革命历史题材文学创作提出的一个"历史之问"。他强调:"坚定文化自信,离不开对中华民族历史的认知和运用。"对历史的认知和运用,正是历史作家的工作,是责任,也是使命。

看得见多远的过去,就能走得到多远的未来。习近平的"历史之问",为历史作家尤其是革命历史题材文学创作提出了问题导向,指明了前进方向。谁能正确回答这个"历史之问",谁就拥有了"历史感",革命历史题材文学创作也就解决了为什么写、为谁写、写什么和怎么写的问题。下面,我从树立正确的历史观、掌握正确的方法论和把控历史的话语权三个维度谈谈我的意见,请诸位方家批评。

一、习近平的"历史之问",要求我们必须树立正确的历史观,义不容辞地引导人们走出读史写史的误区

"我们从哪里来?我们走向何方?"习近平的"历史感"就是不忘初心。这个"历史之问"就是"我是谁,我从哪里来,我到哪里去"的具体化。这是一个极其深刻的哲学命题,但往往被我们不经意间忽略了,我们甚至很少有时间静静地思考过。我们常常是拿起笔来就写,感情来了就写,写得激情四射热血澎湃,甚至"因为走得太远而忘了当初出发的目的",忘了"我是谁"。我是谁?至少有三个层面的回答:我是中国人,我是马克思主义者,我是中国共产党人(即使是独立知识分子,至少也得选第一项)。是中国人,那就要爱中国;是马克思主义者,那就要坚持历史唯物主义和辩证法;是中国共产党人,那就要实事求是。

"述往事,思来者。"中国有着治史、写史、读史的优良传统。盛世修史,盛世重史。一个强盛的时代之所以特别注重历史,不仅在于它为修史提供了物质条件,更为重要的是现实的发展需要我们自觉地探寻历史的规律和未来的方向。"历史是最好的教科书,也是最好的清醒剂。"一个民族的历史是其安身立命的基础。"在全球化的时代,无论是打造人类命运的共同体,还是实现伟大民族复兴的中国梦,我们不仅要运用今天现实的力量,也需要从历史中寻找智慧。"历史写作的目的、意义和价值,就在这里。只有这样,我们自己才能"读懂中国",同时也让世界"读懂中国"。也正是从这个意义上,意大利历史学家克罗齐的"一切真历史都是当代史"的观点才能找到参照系,才能被理解和接受。

历史作家首先是一个历史读者,但又不是一个普通的读者。历史作家必须是一个好读者,一个高级读者,一个对历史既能"出乎其外"又能"入乎其内"的读者。怎么才能成为优秀的历史读者进而成为优秀的历史作家呢?笔者认为,这就要求历史作家必须首先要回答习近平的"历史之问",这是一个关乎历史写作的宗旨的问题，既是最低要求，也是最高要求，是根本性要求。

当下的中国，随着信息化的发展，大众媒体方兴未艾，人们了解历史的渠道不断拓宽，历史写作者的平台日益扩大，在畅销书、电视讲坛、热播历史剧的带动下，在博客、微博、微信的助力下，民间写史、读史更是涌现热潮。热爱读史的人多了，热衷写史的人也多了，这当然是好事情。但是，写史、读史的热潮中也出现了一些现象——颠覆、恶搞、戏说、消解、翻案，以"想象化"的方式消费历史，以"鸡汤化"的名义轻薄历史，以"主观化"的态度曲解历史，以"虚无化"的手法解构历史，以"庸俗化"的姿态抹黑历史，以"娱乐化"的言行调侃历史，花样翻新，丑态百出，历史似乎成了有些人茶余饭后的"段子"，谁都可以信马由缰地说上一段，逗你一乐。这些历史写作"自由化"倾向，就是当下历史写作和历史阅读出现的"误区"，必须引起我们高度警惕。

为什么会出现这些"误区"呢？一言以蔽之，就是有些人历史观上出了问题，在"为什么写"和"为谁写"上出了问题。爱读史、爱写史并不等于会读史、会写史。善于读史者和善于写史者，必须树立正确的历史观。面对纷繁复杂的历史人物和事件，在秉持自我独立意识、实事求是意识、怀疑考证意识的基础上，遵循求真求实的方法，保持严谨严肃的态度，更要始终牢牢把握历史的主题和主线、主流和本质，尤其是党史、国史和军史的书写。如果没有整体的宏观的把握，而只注重微观的支流和局部、细节、碎片，那么这样的读史、写史不仅是无益的，而且是有害的。

正确的历史观，正是引导我们读史、写史的思想总开关。鲁迅先生说："历史上写着中国的灵魂，指示着民族的未来。"中国传统的思想家始终把过去、现在和未来视为一个连续不断的整体。因此，一代又一代的中国人，具有把自身的社会活动置于"古""今""后"相互联系的历史长河中，加以看待、考察的历史自觉和自律意识。如唐太宗李世民所言："勉励始终，垂范将来,当使后之观今,亦尤今之视古。"前事不忘,后事之师。历史能教人遇事温故而知新,慎思明辨,判断是非,或法或戒。诚如李大钊所言:"姑历史观,实为人生的准据,欲得一正确的人生观,必先得一正确的历史观。"由此可见,只有当你拥有正确的历史观的时候,你才会拥有历史感,从而才能从一个优秀的历史读者转化为优秀的历史作家。因此,历史写作对历史作家的要求远远高于或者严格于一般的历史读者。

"欲知大道,必先为史。"善于读史、写史者,就是能够将前人的经验化为自己的智慧,从中总结规律,得出结论,引导人们向真、向善、向美。历史不仅仅是事件和人物的记录,更是历史观念和价值内涵的凸显。历史学家吕思勉先生在《中国通史》中说:"历史虽是记事之书,我们之所探求,则为理而非事。"说得太好了——"理"比"事"永远更重要!在历史写作中,"事"是为"理"服务的,"理"是历史的核心。这个"理",上升到价值层面,就是历史观。因为,历史的真相只有一个(况且几乎没有人能够还原历史真相的真实,只有无限的接近而已),但对价值的判断,却并不是唯一的。时代变迁,对于历史的认知、评判越来越多元,这是文明进步的标志之一。但并不能因为对历史认知、评判的多元,就抛弃正确的历史观,不去把握历史的主题和主线、主流和本质,舍本求末陷入历史虚无主义的泥沼。

以民国史为例。民国时代是中国的一个重要的时代,但究竟如何理解那个时代,我们需要理性的思考。我认为,首先必须看到民国时代的确是中华民族走向进步的一个时代(比如白话文运动、五四运动),同时也要看到那是一个外辱内乱、民不聊生,且贫穷、愚昧、落后、混乱、黑暗的半殖民地半封建时代。如果把民国时代的人和事都说得尽善尽美,社会精英都是清流大师,包括那些曾经当过汉奸、双手沾满人民鲜血的反动派也被推崇,那么相对于当年更多的劳苦大众来说,相对于我们推翻"三座大山"的民族独立解放事业来说,显然就是不科学的、不负责任的。

"当过去不再照亮未来,人心将在黑暗中徘徊。"坚持正确的历史观,

"让历史说话，用史实发言"，正是要提醒世人，以什么样的角度、什么样的眼界和什么样的情怀去考察历史，这决定着我们能从史实中构建出怎样的"意义世界"。因此，历史作家必须要树立正确的历史观，用优秀的历史作品引领风尚，特别是对代表民族未来的青少年进行正确的历史教育，引导人们避免误读历史。

"明镜所以照形，古事所以知今。"归根结底，我们研究历史、写作历史的目的，不是面向过去，而是面向现在，面向未来。为什么写作？为谁写作？一句话，那就是为中华民族伟大复兴的"中国梦"而写，为伟大祖国的繁荣稳定而写，为全体人民的幸福安宁而写——这就是"为人民写作"的要旨，其目的和价值就是给人民带来力量，让他们去为正义而斗争；给人民带来希望，让他们为未来的美好生活而工作；给人民带来温暖，让他们为爱而坚定信心、珍惜人生。这是我们历史作家义不容辞的责任。

二、习近平的"历史之问"，要求我们必须掌握正确的方法论，义正词严地坚决反对历史虚无主义

中国近代史，尤其是我们共产党人领导的中国革命斗争史，是与当下的我们联系最紧密的一段历史，可谓是当代中国人的心灵史。毛泽东说："人民，也只有人民，才是历史的创造者。"革命历史题材的文学创作必须掌握正确的方法论，坚持为人民写作。

习近平明确指出："坚持实事求是研究和宣传党的历史，要牢牢把握党的历史发展的主题和主线、主流和本质，旗帜鲜明地揭示和宣传中国共产党在中国的领导地位和核心作用形成的历史必然性，揭示和宣传中国人民走上社会主义道路的历史必然性，揭示和宣传通过改革开放和社会主义现代化建设实现中华民族伟大复兴的历史必然性，揭示和宣传党在革命、建设、改革各个历史时期领导人民所取得的伟大胜利和辉煌成就，揭示和宣传党在长期

奋斗中积累的宝贵经验、形成的光荣传统和优良作风。"这既是革命历史题材文艺创作的原则遵循，也是最科学最具体的方法论。

当下，新媒体、自媒体开放、自由、活跃。某微信公众号曾推出一位作家的"狂言"："我以作家的名义审判这个国家。"某文艺出版社微信公众号推出某女作家的"妄言"："知识分子从未像现在这样堕落。"事实真是如此吗？如果说中国知识分子从未像现在这样堕落，那么请问今天的中国大飞机、大火箭、神舟飞船如何飞天？中国的航母、无人机、可燃冰开采如何世界领先？中国的综合国力如何迅速增强，又是如何成为正在崛起的负责任的大国并受到世界的尊重的？祖国的利益高于一切。作为知识人中的一分子，没有看到许许多多的知识分子像黄大年教授一样，正在为民族伟大复兴而兢兢业业地工作甚至献出生命，却大言不惭地说出这样的话，说明什么呢？只能说明她自己"堕落"了，把自己打扮成了有知识没文化的"公知"，喃喃自语，自以为是，妄自尊大，妄自菲薄，根本没有"历史感"，根本没有"读懂中国"，甚至也没有读懂自己。请问这样的作家写出的作品，能够起到教育人、塑造人、引导人、鼓舞人的作用吗？不可能！作品是作家的镜子，同样可以照出其自身的光明与阴暗、高尚和卑劣，照出其真善美和假丑恶。作家要明白自己的身份，作家可以介入现实、介入历史，但这种介入是以批评家或者批判者的身份，是建设性的介入。作家还要明白一个常识——作家不是法官，不是审判者，人民没有赋予你审判的权力。摆在我们面前的还有一个不争的事实——歪曲丑化历史、颠覆民族英雄、展现时代之卑劣，竟然成为当代文学追逐的风尚。这显然都是历史虚无主义的真切反映。

历史虚无主义是一种十分有害的社会思潮。习近平明确指出，历史虚无主义的要害，是从根本上否定马克思主义指导地位和中国走向社会主义的历史必然性，否定中国共产党的领导。习近平说："苏联为什么解体？苏共为什么垮台？一个重要原因就是意识形态领域的斗争十分激烈，全面否定苏联历史、苏共历史，否定列宁，否定斯大林，搞历史虚无主义，思想搞乱了，……这是前车之鉴啊!"

"一千个读者眼里有一千个哈姆雷特。"因为家庭、教育、环境诸多因素的差异,每一个人对同一段历史的认知都受其阅历和经验影响而不同:或"横看成岭侧成峰,远近高低各不同",或"不识庐山真面目,只缘身在此山中",或"会当凌绝顶,一览众山小"。这从一个侧面说明了历史写作之难,读史之不易,但从另一个方面也说明,无论远近高低,对于历史的认知和考察,我们都必须跳出自我局限的空间和时间,要从大历史、大视野中去看整体的历史,避免狭隘、偏执和极端。当下一些历史写作的怪状,有目共睹:有的把政治路线斗争当作个人的权力斗争,有的把政治人物性格中的弱点上升到个人品格道德层面,有的把英雄生活里的逸事或人际间的矛盾编造成狗仔队的"花边新闻",或添油加醋炒作成"大餐",或自我标榜吹嘘成重大"发现",或断章取义、移花接木,"以小人之心度君子之腹"。这就要求历史写作要有大格局、大胸怀,坚决摒弃以今人之恶推测古人,以及猎奇、偷窥、爆料的揭秘手法和"怨妇心态"。革命历史题材文学创作必须义正词严地反对历史虚无主义,旗帜鲜明地走在最前列。

肉体的虚无将导致精神的毁灭,历史的虚无将导致现实的毁灭。历史不仅仅是时间,也是空间,真正的历史是时间和空间的坐标系。历史是一条长河,是在人类史的星空照耀下的一条源远流长的大河。只有整体意义上的历史,才是真历史。历史写作不是揭丑曝陋的"厚黑学",不是尔虞我诈的"阴谋论",不是求全责备的"马后炮"。诚如习近平所指出:"对历史人物的评价,应该放在其所处时代和社会的历史条件下去分析,不能离开对历史条件、历史过程的全面认识和对历史规律的科学把握,不能忽略历史必然性和历史偶然性的关系。不能把历史顺境中的成功简单归功于个人,也不能把历史逆境中的挫折简单归咎于个人。不能用今天的时代条件、发展水平、认识水平去衡量和要求前人,不能苛求前人干出只有后人才能干出的业绩来。"

如何搞好革命历史题材文学创作,我认为要正确处理好以下五个关系:

一是英雄与群众的关系。历史写作离不开历史唯物主义和辩证法。英雄、伟人不是神，他们来自于人民群众，是人民中的一员。历史是人民群众创造的，不是某一个人创造的。但在人民群众创造历史的过程中，英雄和伟人在关键时刻起到了关键作用，从而领导人民群众创造了新的历史。

二是正确与错误的关系。精神有领袖，历史无先知。历史人物都有其时代的局限性，在工作中都可能出现错误、失误。如何处理呢？习近平说："我们党对自己包括领袖人物的失误和错误历来采取郑重的态度，一是敢于承认，二是正确分析，三是坚决纠正，从而使失误和错误连同党的成功经验一起成为宝贵的历史教材。"

三是敌与我的关系。尊重敌人就是对自己最大的尊重。解放战争中人民解放军以军人礼仪厚葬国民党将领张灵甫，向手下败将的军人气节表达敬意。侵华日军也曾厚葬赵尚志、张自忠等抗日英雄。这是真实的历史，反映在文学作品中就是人性的表达。抗日"神剧"把敌人写成愚昧无知的傻瓜，这就失去了历史的真实，也丧失了文学的兴味，成为庸俗、低俗、媚俗的低级趣味，贻笑大方。这不是羞辱敌人，而是自取其辱。反之，把敌人写得越狡猾，证明我们越过硬。

四是胜与败的关系。革命历史题材文学创作如何处理好革命前进道路上的失败、失误和挫折？这是我们必须突破的瓶颈。道路向来曲折，征途自古艰难。胜败乃兵家常事。光荣成就梦想，苦难铸就辉煌，正视失败，宽容失误，让后人懂得正是流血牺牲换取了胜利，革命成功，来之不易。这也是文化自信。

五是事与理的关系。讲好中国故事，其根本就是通过故事讲出中国人的精气神，讲出中华民族的精气神，讲出中国精神、中国作风、中国气派。历史写作，不能为了讲故事而讲故事，更不能胡编乱造，要在讲故事的基础上讲道理，以事明理，明辨是非。事为叶，理为根；理为本，事为末。处理好事与理的关系，就是对历史事件和历史人物的判断，坚持大是大非，不为尊者讳，不为疏者隐，一分为二，恰如其分。

三、习近平的"历史之问"，要求我们必须把控历史的话语权，义无反顾地提高自身历史写作的艺术素养

"历史是一面镜子，从历史中，我们能够更好地看清世界、参透生活、认识自己；历史也是一位智者，同历史对话，我们能够更好地认识过去、把握当下、面向未来。"当今世界多极化、经济全球化的深入发展正面临挑战和机遇，随着"一带一路"的深入拓展，我国综合国力和国际地位将继续提升，国际社会更加关注中国方案、借重中国力量、认同中国价值。与此同时，西方敌对势力对我国的"西化""分化"没有停止过。自二战结束、冷战开始以来，以美国为主导的西方世界，始终以"和平演变"战略为指针，在思想、观念、学术、历史和哲学理念上改变中国，目的就是为了颠覆我们的政权。当下的众多掌握话语平台的公知和网络"大V"深受其毒害，并传播有毒思想毒害青年人。而其中最主要的就是以美国为主的西方价值观主导，以美国价值为所谓的普世价值，害人不浅。如果不加以警惕，排除这种干扰，就会成为西方国家精神上的附庸，就会成为西方道德价值的应声虫，其结果将导致我们在政治、思想、历史、文化、制度等方面的独立性被釜底抽薪。

"灭人之国，必先去其史。"苏联解体就是前车之鉴，从否定列宁、斯大林，到否定十月革命、苏共历史，完全丧失了历史话语权，其结果是苏共形象被玷污、信念被动摇、思想被搞乱，终致亡党亡国。历史的殷鉴告诉我们，必须牢牢把控历史的话语权，讲好中国故事，发出中国声音，传播中国价值，夯实中国自信，擎起自己的历史火炬，照亮我们前行的道路。

"中国共产党的历史是一部丰富生动的教科书"，走好今天的路也要不断从党的历史中汲取营养和智慧。习近平形象地比喻说："中国革命历史是最好的营养剂。多重温我们党领导人民进行革命的伟大历史，心中就会增添很多正能量。""要坚持实事求是的思想路线，分清主流和支流，坚持真理，修正错误，发扬经验，吸取教训，在这个基础上把党和人民事业继续推向前进。"

历史作家如何用手中的笔描绘波澜壮阔的革命史呢？一方面必须义无反顾地不断提高对历史整体的认知和把握能力，另一方面必须不断提高历史写作的素养和技艺，写出既让老百姓喜闻乐见又经得起时间检验的优秀作品。对此，笔者与从事历史写作的朋友交流四点体会，以提高历史写作的自信。

一、历史写作是一门和虚构写作一样具有创造性的艺术。历史写作属于非虚构写作。目前，关于非虚构写作，大家谈得很多，还有一些争鸣或争论。我也曾在《光明日报》《文艺报》发表过《"非虚构"之辨》和《报告文学的"几何学"》。若要厘清二者之间的冲突，其核心和实质就是一句简单得不能再简单的大白话——"非虚构"不是一种文学体裁。如果一定要把文学界定一种类型叫"非虚构"的话，那么文学就应该而且只有两大类型——虚构和非虚构。没有混淆，就没有争论。生活总习惯于把简单的事情搞复杂，往往是从终点又回到起点。这些争论当然有它的意义。但对于作家来说，混淆了概念，就混淆了是非。尤其是对从事非虚构写作的作家来说，更是如此。因为，历史写作必须要求高度的真实性或文献性。但在这里，我要强调的是，除了真实性之外，历史写作还是一门具有创造性的艺术。"为什么人们普遍认为，写作中的创造性专属于诗人和小说家？我想说，历史作家对他的写作对象用心之深，包含的创造力一点儿不亚于小说家写作时运用的想象力。"美国著名历史作家芭芭拉·塔奇曼说，"我想不通，为什么'艺术'这个词总是局限于虚构作家和诗人，而我们其余的只能面目不清地被叫作'非虚构类'——听起来就像剩下的什么东西。"对此，我深表赞同。非虚构绝对不是虚构剩下的东西。当然，我们不是作为历史学家的那种历史作家，而是作为艺术家的历史作家，即一种创造性的写作者，是和诗人、小说家同一层次的那种。更何况，我们作为历史作家，也不仅仅是从事历史写作，我们也写诗歌、散文和小说。诚如英国史学家特里维廉所言，最好的历史作家是能够把事实证据，同"最大规模的智力活动、最温暖的人类同理心以及最高级的想象力"相结合的人。

二、历史写作是比虚构写作更有难度的写作。非虚构写作必须注重调查研究。作为一个历史作家，只有通过采访调查（阅读史料也是一种调查），才能深入理解收集到的事实，发现主题。显然，非虚构写作往往会遇到材料成灾的问题。历史事实那么多，且众说纷纭，这会使我们陷入历史材料的汪洋大海，要么生怕捡了芝麻丢了西瓜，要么生怕挂一漏万，事实材料甚至成了难以摆脱的负担。历史写作不是堆砌事实——那是有些博士生的做法，而是运用艺术家的特权，由洞悉到洞见。这就说明，仅仅调查还是不够的，还要研究，还要辩证分析，寻找到你需要的最本质的东西来描绘历史、描绘历史中的人物、描绘人物的命运。如何研究呢？一方面要站开一点，从远处通观全貌；另一方面要一直追溯到产生矛盾的起因，从人物的心灵深处去看待事实。我通常把这种方法叫作非虚构写作的"三视"（仰视、平视和俯视）和"三观"（宏观、中观和微观）。非虚构写作的情节不是设计出来的，细节不是凭空想象出来的，而应当从掌握的材料内部去发现、分析、理解、洞悉，从而创作。因此，历史写作是一门比虚构写作更有难度的写作。

三、历史写作是比虚构写作更考验才情和灵魂的写作。历史作家必须具有坚定的政治立场、独到的历史眼光和内省的审美眼光，以及表达出它们的能力，从而为读者提供一种没有作家的创造性眼光的帮助，就无法得到的真相、观点。与此同时，优秀的历史作家还必须兼备思想家的高度、历史学家的深度、文学家的热度和新闻记者的敏锐度，说白了就是要求你用文学艺术的手法，把历史事实中最有情感价值和智识价值的部分呈现给普通大众，或者说把最有价值的那部分历史传递给读者。何为最有价值的历史？就是推动民族、国家和社会不断发展进步，有利于最广大人民群众根本利益的那部分历史，就是给人民力量、希望、温暖和美好向往的那部分历史。当然，这里面包括对历史错误、失误和挫折的反思，以及建设性的批评和意见。

四、历史写作是比虚构写作更有生命力的写作。非虚构写作和虚构写作一样，作家除了必须要有独特的艺术眼光之外，还必须要有美好的语言、合理的设计和结构。所有的作家都希望写出好句子，历史写作的语言同样需要清晰、朴素、流畅、简洁，还要有点陌生感，既有益又有趣，让人惊喜连连，给人审美的享受。说到结构，就像盖房子一样，在对历史材料胸有成竹之后，写作之前需要画一张图纸，除了倒叙、插叙之外，在材料的取舍、详略的选择、时空的转换、人物的安排、人称的变化、因果的互换，以及创造悬念、保持趣味等方面，都需要精心地进行编排、设计和组合。可以说，一切虚构写作的技艺，非虚构写作都可以合理适当地"拿来"，但生产的结果——历史写作留下的是历史，更经得起时间检验，比虚构写作更具生命力，更能留得住读者。大多数优秀的历史文学作品（人物传记），跨越时空、民族、国家、宗教，不断再版重印，影响一代又一代人；相对而言，虚构文学就要逊色许多。

（本文系作者在第四届全国革命历史题材文学创作研讨会上的发言，刊载于2017年8月7日《中国艺术报》，《新华文摘》2017年第23期摘编）

捡了故事，丢了历史
——谈谈今天我们如何避免误读历史

文艺创作永远无法回避历史问题。在历史写作和历史阅读盛行的当下，在微观历史、口述史和非虚构写作泛滥的今天，我们的历史写作和历史阅读，已经出现了一种"捡了故事（微观的局部的片段或细节），丢了历史（宏观的整体的过程和因果）"的现象。之所以出现这种现象，其实就是因为我们碰到了一个老生常谈的问题——写什么、怎么写和读什么、怎么读的问题。对于写作和阅读，写什么和读什么，我们或许不必操心，因为对一个有思想的作家来说，什么都可以读，什么也都可以写，可怎么读、怎么写却是一门学问，这里有情感、有立场、有哲学、有思想，有一点还是必须要有的，那就是还要有科学和理性——既要一分为二，又要恰如其分。

精神有领袖，历史无先知。要做到正确的历史写作和历史阅读，或者说避免误读历史，笔者结合自己的历史写作和阅读经验，谈一点肤浅的体会，一家之言，抛砖引玉，期待诸位方家批评指正。

一、不要轻易迷信权威，要有"吾爱吾师，但吾更爱真理"的怀疑精神

有人说，历史是任人打扮的小姑娘。的确，历史都是由人来书写的，而且任何时代历史的记录，都深受从事历史写作的人当时写作环境、价值观、写作动机、语言习惯和素质水平等因素的制约，有好坏之分，有真伪之别，甚至还有故意遮蔽、掩盖历史真相的。因此，读史、写史就必须学会辨史，要有大胆的怀疑精神，不能对某个历史事件、历史问题，听了某个所谓权威的一家之言或看了一部专著，便急急忙忙倾心相信，从而受到蒙蔽，陷入对所谓"历史"的"迷信症"，误入歧途。因此，历史写作和历史阅读，必须提高警惕，回到历史的现场，正视历史的局限和局限的历史，辩证分析，不能照单全收，既要在局限的历史中观照过去，也要在历史的局限中展望未来。

当下诸多所谓的网红式的学术权威和"大V"、公知，他们当中很多人既没有建构自己的理论体系，也缺乏深厚的学术修养，还不愿"坐冷板凳"，是不甘寂寞的"半油篓子"。他们凭借自己在国家级研究机构、院校、媒体、基金会或其他有经济势力的自媒体平台，以自己不怪则怪的奇谈怪论和牢骚满腹的情绪口水，采取与主流思想绝对对立的碎片化的观点，用自己武断、无端的想象去描写历史，搞历史虚无主义，泄私愤、发雷音，迎合受众的逆反心理，或采取打擦边球的形式极尽冷嘲热讽之能事，亵渎祖先、亵渎经典、亵渎英雄，甚至诋毁、诬蔑或歪曲中共党史、中共革命史。其真实目的就是以言论、出版自由的幌子煽风点火，企图通过各种新媒体和社交平台，传播西方价值观念和所谓宪政民主，做"和平演变"的奴才。这些所谓的"大V"和公知，有境外的，也有体制内吃"皇粮"的。他们在社交媒介上拥有众多粉丝，经常转发反映社会阴暗面、底层弱势群体的牢骚怨言或关于突发事件的负面报道，煽阴风点鬼火，以达到让人起哄、围观的效应。比

如，某本以"国家"打头的人文历史杂志在未经笔者允许的情况下，曾两次摘转本人著作《中共中央第一支笔（胡乔木传）》的内容，但令人想不到的是，他们在转载中竟然插入境外出版物的文字，拼凑剪辑，前后观点完全相反，后被人举报，不得不公开向社会和本人道歉。

"一切真历史都是当代史。"这是意大利著名学者克罗齐1917年提出的一个命题。当下，"一切真历史都是当代史"在中国却被众多的公知们普遍地滥用和误读，甚至已演变为"一切历史都是当代史"，把"真"字丢了，以致谬种流传。在他们看来，"现实是从历史中来的，甚至现实很多顽症根治乎历史，欲知现实之所以然，离不开去历史里面寻踪索秘"，似乎现实就是历史的翻版或历史就是现实的预演。其实，早在1947年，朱光潜先生在《克罗齐的历史学》一文中探究克罗齐的史学思想时，就曾对这一命题做了比较正确的解读："没有一个过去史真正是历史，如果它不引起现实的思索，打动现实的兴趣。和现实的心灵生活打成一片，过去史在我的现时思想活动中才能复苏，才获得它的历史性。所以一切历史都必是现时史……着重历史的现时性，其实就是着重历史与生活的连贯。"笔者认为，就像历史问题应该依靠历史来解决一样，现实问题既不可能从历史中找到原因，也不可能从历史中找到答案。我们可以鉴古知今，可以资治通鉴，可以从历史的经验教训中找到一些方法，但现实中的问题，只能抓住现实中的矛盾来解决，在现实的发展中找到答案。

二、不要轻易相信一个人的口述史，要树立大是大非的大历史视角

如果说"历史是平的"，这个"平"就应该是公平正义。没有公平正义的历史，绝对不是人类史。"不识庐山真面目，只缘身在此山中。"一个人的口述史，只是一个人的，他的想法、看法、说法，是否就是历史呢，是否还原了历史的真相呢？眼见不一定为实，耳闻不一定为虚。现象不是现实，

现实也不等于历史。历史人物亲见亲闻亲历的，或许也只是历史的一种表象和瞬间，甚至在那个历史的现场，他自己或许都不知道自己竟然也被蒙在了鼓里，而"新闻背后的新闻"或许才是真实的历史。因为"小我"只是"大我"的一部分，有时候看似可有可无，却四两拨千斤。

比如，笔者历时数年采访创作完成了《王明中毒事件调查》，以新发现的第一手历史文献完整澄清了歪曲污蔑中国共产党和毛泽东的"第一谎言"，被誉为中共党史的重要发现和收获，却竟然有人在新浪网专门开设"老行伍的博客"，扬言"请丁晓平先生试吃砒霜、水剂甘汞、来苏水和鞣酸液……"其实，王明子虚乌有的"一家之言"至今仍被境外"反共""反毛"的人不断复制、贩卖和炒作，当作"句句是真相"来"揭秘"（如张戎所著《毛泽东：鲜为人知的故事》在中国港台地区和东南亚出版中文版后，近年来流入内地很多），把党的路线斗争演绎成了个人的权力斗争，其实质就是把一部中共党史歪曲丑化成龌龊的"内斗"史，进而从根本上动摇一个执政党的道德形象和公信力。

在历史写作和历史阅读中，我们必须坚持大是大非，走正道存大义，既不能拿着显微镜放大历史的偶然，也不能戴着老花镜模糊历史的必然，更不能戴着有色眼镜说东道西，王顾左右而言他。历史写作，我们必须要寻找、发现和呈现最有价值的那部分历史。何谓最有价值的历史？一句话，就是推动民族、国家和人民的进步，有利于民族、国家和人民的根本利益的那部分历史。

从近年来的历史写作和历史阅读状况来看，诸多文章明显缺乏理性，有的完全是在自说自话、喃喃自语，有的是借机发泄个人恩怨，有的甚至在搬弄是非。比如，从这些年的"民国热"来看，包括以蒋介石为代表的民国人物传记作品和许多渲染国民党军队抗战的作品，以揭秘真相为噱头，把蒋介石等民国人物描写成不可一世的英雄和伟人，很多都是"国粉""蒋粉"的一家之言，没有抓住中华民族和中国革命历史的主流、主题和本质。他们大多截取历史某个阶段或者段落,以局部否定全局,以段落否定整体,以偶然否定必然,不承认历史的内在规律,逆历史潮流妄图搞什么颠覆、解构,实质上就是否定历史。在这方面,比如历史教师袁腾飞等,他们以调侃、诙谐、幽默的语言,写出了诸如《历史是个什么玩意儿》《这个历史挺靠谱》,不排除有一定的新意,但其本质上的犬儒主义给青少年带来了极其消极的负面影响。再比如,某超级畅销书作者竟然发出了"蒋介石的悲剧在于与毛泽东同时代"这样"既生瑜何生亮"般的感叹,陷入了历史唯心主义的泥沼。

当下,一谈及文艺与政治,许多人就"谈虎色变",热衷于"去政治化",仿佛自己与政治没有关系。其实,在现实生活中,我们的衣食住行都与政治密切相关,就像一个人永远无法拽着自己的头发离开地球一样,谁也不能离开政治。比如,许多学者、教授对诸如袁世凯、胡兰成这些民国时期所谓"反面人物"大搞"平反运动",片面地夸大这些历史人物本身确实具有的历史进步作用,但往往矫枉过正,走向极端,误导青少年学生和社会大众,使其认为我们的历史教科书是"运用强权,恣意篡改、隐瞒、阉割历史",影响十分恶劣。这种带有私人情绪的学术研究活动具有很大的欺骗和负面作用,他们不仅没有看到历史前进的脚步,而且没有理解历史研究"有经有权"的道理,表面上摆出一种所谓"去政治化"的姿态,实质上玩的却是"政治手段",以达到"政治目的"。

三、不要轻易对历史下结论,要在可信的现代解读上主张正义

人们常说"以史为鉴""以史为镜",然而历史失真与历史思维的偏差,往往导致文明的生命力的下降,损害历史的镜鉴作用。历史需要科学的、深层的探究和客观的评价,需要我们"博学之,审问之,慎思之,明辨之,笃行之"。我们既要正视历史人物和我们每一个人自身的狭隘、局限、偏见,以及人类社会的阶级性、政治性和斗争性,又要看到历史本身有其发展的客

观规律，不能简单地把它归结为个别的、特殊的历史事件的集合，只强调对历史事件的主观评价，把历史只看作是精神的运动、发展的过程。历史是一条滔滔不息的长河，不是支流。历史是长河的潮流，不是波浪。对于历史和历史人物，我们要抱有一种敬畏之心——当历史的牺牲作为名词的时候，更加凸显历史人格的崇高，更加凸显历史逻辑的严谨。

因此，在历史写作中不能轻易下结论，要尊重历史发展的客观规律，明晰历史研究和历史写作的终极目的——还原现场、照亮现实、指引未来。我们可以无限地接近历史的真实，却永远无法还原历史的真相。正因此，我们更应该把历史写作的目的放在发掘历史的价值上，引导人们从历史中吸取经验、智慧和营养，不再重蹈前人的覆辙。这就要求我们对历史人物和历史事件秉持人文关怀，对历史人物的命运遭际保持宽容，要坚持在可信的现代解读上主张正义，既不一味展览黑暗与丑陋，也不无视可能体味到的炎凉辛酸，而是更多地坚持对真善美的发现，更加珍视我们脚下这片土地的丰饶和贫瘠、阳光和阴影。同时，我们对历史的发现和重述，还要懂得历史问题的解决和呈现必须要充分服从并服务于国家、民族和人民的现实利益，既不能投鼠忌器，也不能因噎废食，它不是抢新闻上头条，我们必须要有足够的耐心，掌握方法和时机。

近年来，否定五四运动的声音甚嚣尘上，其中不乏国字号研究机构的专家、学者。有相当一部分学者否定五四运动，简单地错误地认为五四运动、新文化运动中"打倒孔家店"就是全盘否定中华传统文化，推翻"孔教"就是全盘否定孔子的儒家思想（笔者在著作《五四运动画传：历史的现场和真相》中有比较系统的客观分析），甚至简单粗暴地将五四运动与"文化大革命"联系起来。比如，2009年，五四运动九十周年的这一天，南方某著名的周末报在副刊上发表了"卖国贼"曹汝霖为自己辩解而作的《回忆录》，这本来无可厚非，但他们竟然在"编者按"中罕见地把五四爱国运动简单地定义为青年学生的一场"街头运动"。还有，近年来尊孔之风盛行，许多商业机构绑架文化学者利用文化产业化，所谓的"国学"大行其道，把读经、穿汉服作为传承国学的形式，实质上是学风、文风不正的具体表现，是"四不像"的新八股，其目的不过是忽悠民众、变相赚钱。

四、我的愿景或结论：宽容比自由更重要，正义比平等更重要

历史的阅读与历史的写作一样，需要具备良心、良知来造就良史，需要在常识的基础上建立共识、造就知识。何谓知识？笔者认为，知即调查研究，识为辩证分析。因此，我们必须学会思考，学会用辩证法。辩证法的基本精神就是理论联系实际，一切从实际出发，实事求是——这是思想之剑。但我们同时也要明白，辩证法其实并不是一门科学，也不是逻辑，甚至也没有什么"规律"可言，它不想混淆黑白，一个事物该是什么就是什么。因此，辩证法要的是在事物之间活学活用各种道理，灵活地看问题，机动地做事情，也就是用正确的方法去做好正确的事情，它其实是一种人文的方法，它要求以我们的价值观去改变历史（改变并不是改写）。简单地说，辩证法给我们提供了一些思考问题的角度，主要有两个角度：一个是从整体的角度去思考，就是说，一个事物的各部分必须在整体联系中才能真正被理解；另一个角度是以历史的眼光去看问题，一方面历史在操纵着我们（任何一个历史人物也包括在内），另一方面我们又在创造历史，我们在历史中处于承前启后的位置，所以我们的所作所为既有来路又有去处，才能踩在历史的点子上，不然就会被历史抛弃。

无论是历史写作，还是历史阅读，我们必须突破历史的局限，不当"事后诸葛亮"，不做"马后炮"，不搞含沙射影、指桑骂槐那一套尖酸的把戏，更不能浅薄、无知地搞什么拿来主义，拿过去类比今天，拿外国类比中国，否则就会滑入经验主义、教条主义和主观主义的茅坑中去，陷入痴人说梦、盲人摸象的唯心主义的泥沼。而那些靠炒作已经不入流的陈芝麻烂谷子来标新立异的，像狗仔队一样挖掘历史的花边新闻来哗众取宠的公知们，甚至不惜媚俗、媚外、媚低级趣味，搞什么解构、颠覆、重塑这些所谓的新名词新花样，终究将成为历史虚无主义的奴才和知识的乡愿之徒，被历史所耻笑。而尤其值得注意的是，许多大众媒体不问青红皂白，记者因受自身知识的局限，没有确立马克思主义新闻观，像狗仔队一样抢新闻、找噱头，"追星"般跟风炒作，博取眼球，推波助澜，在舆论上没有起到正确的引导作用。

思想与理性是人类天性中最重要的素质，对此我们必须有着坚定的信仰。就像没有思想的历史学家绝对是不称职的历史学家一样，没有思想的作家也不是好作家。我在著作《光荣梦想：毛泽东人生七日谈》的序言中，就历史写作曾经说过这么一段话：历史不是人类的包袱，而是智慧的引擎；历史不是藏着掖着的尾巴，而是耳聪目明的大脑。历史更是一种文化，是一种价值观。在全球正"化"为一体，微观史独领风骚，史学研究"碎片化"大行其道的今天，在史学家和公知们沉溺于对五花八门、五颜六色的微观史的津津乐道的今天，在日常生活史、个人口述史、小历史在各种各样的传播媒介上出尽风头的今天，个体的历史越来越清晰，整体的历史却越来越混沌——细节片段的微观历史遮蔽了总体全局的宏观历史，混乱、平庸的微观叙事瓦解了宏大叙事，琐碎、局促的微观书写离析了历史的唯物主义和辩证法——显然，这是当代知识变迁过程中一种错位的"非典型状态"。一叶障目，不见泰山。历史的"碎片化"和"碎片化"的历史，已经说明个体、个性化甚至个人主义的微观史终究不能承担"究天人之际，通古今之变"的历史责任和使命，更无法克服其自身致命的弱点——没有足够的能力来理解和诠释世界上已经发生和正在发生的重大转变。对重大问题的失语和无力，是微观史所面临的最大挑战。①要见树木，更要见森林。历史研究和历史写作离不开宏大叙事，必须实事求是地回到历史现场和历史语境当中，完整书写

---

① 郭震旦：《历史研究呼唤宏大叙事》，《中华读书报》2013年7月26日。

整体的历史和历史的整体，在宽容、坦率、真实、正义中正视历史人物、历史事件和历史问题的深度价值和潜在秘密，循着实事求是和辩证唯物主义的路径，在常识中把握历史发展的主题和主线、主流和本质——这才是真正的大历史的视角，可以使我们避免陷入历史的虚无和知识上的尴尬境地。

因此，我始终认为，宽容比自由更重要，正义比平等更重要。

历史的苦难造就了苦难的历史。而苦难又是历史送给我们的一个最不受欢迎的礼物——是的，历史就是这样的一份礼物。对历史，我们必须深怀敬畏之心，怀抱理性的真诚，珍之惜之。还是那一句话：既不要妄自尊大，也不要妄自菲薄。我们正确地认识历史，其实不仅是为历史负责，也是对自己负责。正确的研究和认识历史到底有什么作用？在这里，我想用宋代思想家张载的"四句教"来回答——为天地立心，为生民立命，为往圣继绝学，为万世开太平。

历史是一棵大树，我们在这个大树下乘凉，享受现实的幸福时光；历史也是一棵小苗，需要我们呵护、浇水、施肥、修剪，使其成为栋梁。最后，我还是引用作家梁晓声先生对文化这个概念的解释，与大家共勉。什么是文化？文化是"根植于内心的正义，不用提醒的自觉，以限制为前提的自由，替别人着想的善良"（笔者稍微做了一点改动）。作为一个作家，我想，我们最基本最起码的，就应该做一个像梁晓声先生所说的这样一个有文化的人。如果我们心中有了这样的正义、自觉、自由和善良，我们在历史写作和历史阅读中，就拥有了境界、方法、水平和情怀，就拥有了历史感，从而拥有了力量、光明、温暖和希望。

（本文刊载于 2017 年 4 月 24 日《文艺报》，荣获第二届中国文艺评论最高奖"啄木鸟奖"，在文章类奖项中排名第一）

胡乔木与《在延安文艺座谈会上的讲话》

毛泽东批评胡乔木"讲的话不对",问题"你就看不出来"

作为政治家的毛泽东以他的远见卓识,深刻理解文化作为"武器"的巨大作用。1940年初,他在陕甘宁边区文化协会第一次代表大会上就指出,发展中国新民主主义文化就必须批判地接受古今中外的进步文化,"排泄其糟粕,吸收其精华"。因此他在文化战线队伍的建设上特别注重为人民大众、为抗战服务的思想。

随着丁玲、萧军等一大批国统区和大后方的知名作家、艺术家的到来,革命圣地延安的文艺有了新发展。但由于他们的文艺观点不同,文艺界出现了不团结的现象,互相看不起,不是你说我的长诗像"盲肠",就是我说你的杂文是为了"发泄",甚至为了生活待遇和名誉地位,还动不动就骂人、打人。许多文艺工作者没有了刚开始到延安的那种热情,理想与现实发生了冲突,开始对延安的生活不习惯,"对于工农兵群众则缺乏接近,缺乏了解,缺乏研究,缺乏真心朋友"。在这些层出不穷的纠纷面前,毛泽东开始专门研究作家们在报刊上发表的文章,并与一些同志交谈和书面交换意见。

早在1938年4月10日，毛泽东在出席鲁迅艺术学院成立大会上的讲话中，就说：在十年内战时期，革命的文艺可以分为"亭子间"和"山上"两种方式。亭子间的人弄出来的东西有时不大好吃，山顶上的人弄出来的东西有时不大好看。有些"亭子间"的人自以为"老子天下第一，至少是天下第二"；"山顶上"的人也有摆老粗架子的，动不动"老子长征二万五千里"。毛泽东告诫说，既然是艺术，就要又好看又好吃，不切实、不好吃是不好的，这不是功利主义而是现实主义。抗日战争使这两部分人会合了，彼此都应当去掉自大主义。要在民族解放的大时代去发展广大的艺术活动，在抗日民族统一战线方针指导下，实现文学艺术在今天中国的使命和作用。他还特别讲到，"亭子间的'大将''中将'"到了延安后，"不要再孤立，要切实。不要以出名为满足，要在大时代在民族解放的时代来发展广大的艺术运动，完成艺术的使命和作用"。十八天后，毛泽东再次来到鲁艺做题为《怎样做艺术家》的讲演，他说，现在艺术上也要搞统一战线，不管是写实主义派、浪漫主义派或其他什么派，都应当团结抗日。艺术作品要有内容，要适合时代要求、大众的要求。鲁迅艺术学院要造就具有远大理想、丰富斗争经验和良好艺术技巧的一派艺术工作者，这三个条件缺少任何一个便不能成为伟大的艺术家。1939年5月，毛泽东为鲁艺周年题词："抗日的现实主义，革命的浪漫主义。"

1942年2月1日和8日，毛泽东就整风问题先后做了两次重要讲话。在8日的讲话中，他抱怨说自己在1938年提出的"马列主义中国化"，要建立"民族的科学的大众的文化"，要有"为中国老百姓所喜闻乐见的中国气派和中国作风"的口号被人当作了"耳旁风"。而由博古主编的《解放日报》在1941年9月16日扩版后，仍然存在主观主义、教条主义和"党八股"的错误，未能在党和群众之间起到应有的桥梁和纽带作用。为此，毛泽东提出了尖锐批评，称当时的报纸"不是党报，而是社报"，是在为外国通讯社做"义务宣传员"。他指出：我们在中国办报，在根据地办报，应该以宣传我党的政策、八路军、新四军和边区、根据地为主,这样才能区别于国民党的报纸。全党整风开始后,报纸也未做应有的报道。

2月15日,延安美协主办了一次讽刺画展。参展的七十多幅画对延安所存在的一些弱点和问题给予了批评。毛泽东在17日参观画展后,大家请他提意见,他只说了一句话:"漫画要发展。"对毛泽东的回答,华君武回忆说:"我不懂,又不敢问。"不久,毛泽东就主动约华君武、蔡若虹、张谔三人到枣园交换意见,并对其中一幅《一九三九年所植的树林》①的创作提出了自己不同的看法。这是毛泽东第一次亲自出面干预文艺创作。

一进枣园,他们三人就远远地看见毛泽东独坐在一棵高大枣树下面的藤椅上,面对远处的群山和天上的流云,好像在沉思默想。蔡若虹回忆:"主席见了我们,把我们让进一间老式的客堂,完全是一种老大哥对待小弟弟的态度。张谔首先向主席介绍'蔡若虹就是蔡公时的侄儿'。主席马上笑容满面地说'好呀!那我今天应该优待烈属了'。"

谈话开始后,毛泽东说:"有一幅画,叫《一九三九年所植的树林》。那是延安的树吗?我看是清凉山的植树。延安植的树许多地方是长得很好的,也有长得不好的。你这幅画,把延安的植树都说成是不好的,这就是把局部的东西画成全局的东西,个别的东西画成全体的东西了。漫画是不是也可以画对比画呢?比方植树,一幅画画长得好的,欣欣向荣的,叫人学的;另一幅画画长得不好的,树叶都被啃吃光的,或者枯死了,叫人不要做的。把两幅画画在一起,或者是左右,或者是上下。这样画,是不是使你们为难呢?"

华君武说:"两幅画对比是可以画的。但是,不是每幅漫画都那样画,都那样画,讽刺就不突出了。有一次桥耳沟发大水,山洪把西瓜地里的西瓜冲到河里,鲁艺有些人下河捞西瓜。但是他们捞上来后,不是还给种西瓜的

---

① 《一九三九年所植的树林》作者是华君武,载于1941年8月19日《解放日报》。

农民，而是自己带回去吃了。这样的漫画可不可以画呢？"

毛泽东说："这样的漫画，在鲁艺内部是可以画的，也可以展出，而且可以画得尖锐一些。如果发表在全国性的报纸上，那就要慎重，因为影响更大。对人民的缺点不要老是讽刺，对人民要鼓励。以前有一个小孩，老拖鼻涕，父母老骂他，也改不了。后来小学的老师看见他有一天没有拖鼻涕，对他进行了表扬，从此小孩就改了。对人民的缺点不要冷嘲，不要冷眼旁观，要热讽。鲁迅的杂文集叫《热风》，态度就很好。"

谈话结束后，毛泽东请华君武、蔡若虹、张谔三人吃饭：一碟凉拌豆腐、一碟青辣椒、一碟西红柿。毛泽东看他们不喝酒，少有地自斟自饮起来。江青不声不响地坐在他身边，她看见毛泽东又拿酒壶，连忙轻轻扯了几下他的衣角，暗示他不要多喝酒。但毛泽东不睬，依然自斟自饮，他把牛眼盅放在嘴边不动，好像在说这个小盅哪能让我喝醉。

也就在这个时候，《解放日报》文艺副刊于 3 月 13 日和 23 日发表了中央研究院中国文艺研究室研究员王实味写的一组题为《野百合花》①的杂文。毛泽东看了，极不高兴，生气得猛拍办公桌上的报纸，对身边的胡乔木厉声问道："这是王实味挂帅，还是马克思挂帅？"说完立即打电话，要求报社做出深刻检查。打完电话，毛泽东又委托胡乔木致信王实味，指出其杂文中宣扬绝对平均主义，对同志批评采用冷嘲、暗箭的方法是错误的，不利于团结。随后，在毛泽东的直接领导下，《解放日报》再次改版。但毛泽东此时并没有把王实味定为"托派"。

按照毛泽东的指示，胡乔木先后找王实味谈过两次话，写过两次信，传达了毛泽东的希望和意见。胡乔木在信中说："《野百合花》的错误，首先，是批评的立场问题，其次是具体的意见，再次才是写作的技术。毛主席所希

---

① 《野百合花》共分五个部分：前记；一、我们生活里缺少什么；二、碰"碰壁"；三、"必然性""天塌不下来"与"小事情"；四、平均主义与等级制度。

望你改正的，首先也就是这种错误的立场。那篇文章充满了对于领导的敌意，并挑起一般同志鸣鼓而攻之的情绪，这无论是政治家、艺术家，只要是党员，都是绝对不容许的。这样的批评愈能团结一部分同志，则对党愈是危险，愈有加以抵制之必要。"而对后来王实味问题的扩大化、政治化，胡乔木在晚年分析认为，"王的问题定性是错了"，"对萧军问题的那种做法是不对的，对王实味问题的处理尤其不对。首先把王实味定成'托派'，结果没有证据，还说他是特务，关起来，最后打仗时杀掉了"。这都是康生后来在审干"抢救运动"中一手操作的。

而此前的3月9日，《解放日报》还发表了丁玲的《三八节有感》。这篇文章和王实味的《野百合花》的发表，在延安文艺界一下子引起轩然大波。与此同时，延安北门外"文化沟"出的墙报《轻骑队》中，也出现了许多消极的内容，含沙射影，冷嘲热讽，有的甚至像国统区小报上的"黑幕新闻"，把延安描写得似乎到处都是"黑暗"。因此有人建议中央封掉这张报，不许它再出。毛泽东知道后说："不能下令封，而是应该让群众来识别，来评论，让群众来做决定。"

尽管《野百合花》引起的争论比《三八节有感》还要尖锐，但胡乔木认为后者在延安文艺界更具有代表性。这天，毛泽东召集《解放日报》的人员开会，谈改版问题。毛泽东批评说，《解放日报》对党中央的主张、活动反映太少。会上，贺龙、王震等都非常尖锐地批评了《解放日报》文艺副刊主编丁玲，对《三八节有感》很生气。

贺龙说：丁玲，你是我老乡呵，你怎么写出这样的文章？跳舞有什么妨碍？值得这样挖苦？

贺龙的话说得很重，丁玲有点下不了台。胡乔木一听，感觉问题提得太重了，这样批评也不能解决问题，就跟毛泽东说："关于文艺上的问题，是不是另外找机会讨论？"

毛泽东装作没听见，没有作声。

第二天，毛泽东批评胡乔木："你昨天讲的话很不对，贺龙、王震他们是政治家，他们一眼就看出问题，你就看不出来。"

毛泽东批评胡乔木"看不出来"的问题到底是哪些问题呢？

晚年胡乔木回忆说，1940年以后延安文艺界暴露出来的问题，在整风后期的一份文件中曾有这样的概括：在"政治与艺术的关系问题"上，有人想把艺术放在政治上，或者主张脱离政治；在"作家的立场观点问题"上，有人以为作家可以不要马列主义的立场、观点，或者以为有了马列主义的立场、观点就会妨碍写作；在"写光明写黑暗问题"上，有人主张对抗战与革命应"暴露黑暗"，写光明就是"公式主义（所谓歌功颂德）"，现在"还是杂文时代"（这是作家罗烽一篇文章的标题）；从这些思想出发，于是在"文化与党的关系问题，党员作家与党的关系问题，作家与实际生活问题，作家与工农结合问题，提高与普及问题，都发生严重争论；作家内部的纠纷，作家与其他方面的纠纷也是层出不穷"。

胡乔木认为表现尤为明显的是五个问题：首先是所谓"暴露黑暗"问题，其次是脱离实际、脱离群众的倾向，第三是学习马列主义与文艺创作的关系问题，第四是"小资产阶级的自我表现"，第五是文艺工作者的团结问题。

1942年3月8日，毛泽东为《解放日报》题词："深入群众，不尚空谈"。3月31日，毛泽东在《解放日报》改版座谈会上指出："近来颇有些人要求绝对平均，但这是一种幻想，不能实现的。""小资产阶级的空想社会主义思想，我们应该拒绝。""批评应该是严正的、尖锐的，但又是诚恳的、坦白的、与人为善的。只有这种态度，才对团结有利。冷嘲暗箭，则是一种销蚀剂，是对团结不利的。"

4月初的一个晚上，毛泽东提着马灯来到中央研究院，用火把照明看《矢与的》墙报。从3月23日起，这个墙报的最初三期连续刊登了王实味的《我对罗迈同志在整风检工动员大会上发言的批评》《零感两则》《答李宇超、梅洛两同志》。此外，王实味还在《谷雨》杂志和《解放日报》分别发表了《政治家与艺术家》《野百合花》等文章,"鼓吹绝对平均主义,以错误的方法批评党的领导干部及当时延安存在的某些问题"。毛泽东看完墙报后说:"思想斗争有了目标了,这也是有的放矢嘛!"①

毛泽东特别请胡乔木到家中吃饭,说:祝贺开展了斗争

1942年4月底,延安的一百多位作家和艺术家们,几乎同时收到了一张中央办公厅用粉红色油光纸印刷的请帖:

> 为着交换对于目前文艺运动各方面问题的意见,特定于五月二日下午一时半在杨家岭办公厅楼下会议室内开座谈会,敬希届时出席为盼。
>
> 毛泽东　凯丰

这是怎么回事呢?原来,在4月初,延安中央研究院文艺研究室主任欧阳山致信毛泽东,反映文艺界出现的各种问题。4月9日,毛泽东复信欧阳山:"拟面谈一次。"11日,欧阳山和草明二人面见毛泽东。13日,毛泽东第二次写信给欧阳山和草明:"前日我们所谈关于文艺方针诸问题,拟请代我搜集反面的意见,如有所得,祈随时赐示为盼!"不久,毛泽东先后邀请丁玲、艾青、萧军、舒群、刘白羽、欧阳山、何其芳、草明、严文井、周立波、曹葆华、姚时晓等谈话,交换意见。大家一致认为应该开个会,让文艺工作者充分发表一下意见,交换思想。接着毛泽东又与欧阳山、艾青等写信探讨或面谈。

艾青面见毛泽东时,恳切地说:"开个会,你出来讲讲话。"

毛泽东说:"我说话有人听吗?"

---

① 《毛泽东年谱(1893—1949)》中卷,中央文献出版社2002年8月版,第373页。

艾青回答："至少我是爱听的。"

4月27日，毛泽东约请两位作家草拟了一份参加座谈会的名单。于是历史上著名的延安文艺座谈会就这样紧锣密鼓地开始了。

5月2日下午，延安"飞机楼"中央会议室里的二十多条板凳上已经坐满了人。1941年建成的"飞机楼"是中共中央的办公大楼，乃延安当年最为现代化的建筑。其主楼三层，两侧配楼各一层，从宝塔山俯瞰，此楼形状如飞机，因而得名"飞机楼"。而这个中央会议室平时就是中央机关的食堂。

会议室里已经是济济一堂，一百多位来自各条战线的文艺家和作家们，可以说是"延安六七千知识分子"的代表。这些文化人绝大多数是抗战爆发后一两年从全国各地甚至海外会集延安的，他们除少数受中共的派遣，大多则是出于对延安的仰慕心情投奔光明而来。

其实，在座谈会召开之前，毛泽东还曾专门找刘白羽谈过两次话。第一次一见面，毛泽东就跟刘白羽说："我们前一段整顿陕甘宁边区问题，现在就可分出一部分精力来抓文艺工作了。"这对曾给毛泽东写求见信的刘白羽来说是喜上眉梢，在"文抗"①任支部书记的他工作中正遇到了困境，心情很激愤，当然也想跟毛泽东谈文艺方面的问题。毛泽东为了更多地了解情况，就让刘白羽找"文抗"的党员作家先行座谈，听取意见。刘白羽立即找了马加、师田手、鲁藜、于黑丁等十余人座谈，各抒己见，十分热烈。会后，刘白羽给毛泽东写信报告了座谈会的情况。随后毛泽东再次约见刘白羽。刘白羽回忆说："毛主席光风霁月，喜笑颜开。我根据我整理的记录，逐条汇报，他仔细倾听，有时也点头和插话，对错误的意见甚至进行反驳，比如后来在《在延安文艺座谈会上的讲话》上批评的'不是立场问题，立场是对的，心是好的，意思是懂得的，只是表现不好，结果反倒起了坏作用'，

---

① 1938年3月27日，全国文艺界在汉口成立中华全国文艺界抗敌协会，简称"文协"，同时在上海、昆明、桂林、广州、香港、延安等地建立了分会。中华全国文艺界抗敌协会延安分会简称"文抗"。

就是我汇报中的一条。总之，我的一些糊涂想法，经毛主席画龙点睛一指，心境上便天畅气清，豁然开朗。"①

在这期间，毛泽东不仅多次和作家萧军通信、谈话，还与欧阳山、草明等就作家的立场、文艺与政治的关系、文艺为什么人等问题交换了意见，并对草明提出的"文艺界有宗派"的问题谈了自己的看法。此外，毛泽东还和鲁艺文学系和戏剧系的教员们进行了集体谈话。据严文井回忆，和他一起参加谈话的有周扬、何其芳、陈荒煤、曹葆华等人，"我们在杨家岭毛主席的住处度过了一个难忘的下午，吃了午饭、晚饭两顿饭。当时我们鲁艺办的文学刊物叫《草叶》，丁玲、刘白羽所在的'文抗'办的叫《谷雨》，我们向主席提意见，说给这两个刊物的纸张分配不公。主席说，延安有困难嘛。主席也没有警卫员，坐在窑洞里，我们几个人围着他，在一起漫谈。我向主席提了一个问题，问李白和杜甫，主席更喜欢谁？主席说，他喜欢李白，因为李白有道士气，杜甫有小地主的味道。后来郭沫若写《李白和杜甫》用的就是这个观点。毛主席从李白又说起《聊斋志异》中的席方平，说这个人打官司，至死不服，文章暗寓对清政府不满之意。毛主席特别欣赏作品中的一个艺术细节，就是写两个小鬼奉冥王之命把席方平锯成两半时，对席方平表示同情，故意锯偏，以保全席方平有一颗完整的心。毛主席称赞这个细节写得好。"②

为延安文艺座谈会的召开，毛泽东确实进行了大量的舆论准备和群众准备。如今机会成熟了。当他穿着1938年下发的上衣袖口和裤子膝盖上都补着巨大补丁、洗得发白却十分整洁的粗布棉袄，从"飞机楼"后面不远处枣园的家中，信步向山下走来时，多年不见毛泽东的一些艺术家发现他变了：

---

① 刘白羽：《我与胡乔木同志》，见《我所知道的胡乔木》，当代中国出版社1997年5月版，第304页。

② 徐怀谦：《智慧的星空：与思想者对话录》，昆仑出版社2005年1月版，第197—198页、第196页。

一是胖了,二是精神了。

毛泽东走进会场,与大家一一亲切握手。中宣部副部长凯丰主持会议。

毛泽东第一个讲话,他开门见山地说:"我们的革命有两支军队,一支是朱总司令的,一支是鲁总司令的。""朱总司令"就是朱德,"鲁总司令"就是鲁迅。一武,一文,毛泽东生动形象的开场白,赢得了大家的掌声和笑声。可见毛泽东一开场就表明了自己的观点,那就是鲁迅是中国文化革命的主将。

在毛泽东讲话中间,外面炮声隆隆。那是国民党军队在洛川向八路军进攻。当时好多人刚从重庆来,听到枪炮声有些紧张,就有人递条子给毛泽东,问有没有危险。毛泽东看了条子后说:"我们开会,听到炮声,你们不要害怕。前方也有我们的部队,能顶住。我提几个建议:第一,你们的母鸡不要杀了,要让它下蛋;第二,你们的孩子要自己养着,不要送给老百姓;第三,我们的部队在前面顶着,万一顶不住,我带你们钻山沟。"毛泽东的话又赢得一片掌声和笑声。大家又安心开会了。①

毛泽东在这天的讲话,就是后来发表的《在延安文艺座谈会上的讲话》的《引言》部分。后来正式发表时,"总司令"的说法还是改成了更有概括性的语言:"手里拿枪的军队"和"文化的军队"。讲话时,毛泽东面前的桌子上有一份自己准备好的提纲。他的一侧坐着速记员。

毛泽东根据文艺工作本身的任务和延安文艺界的状况,提出了立场、态度、工作对象、转变思想感情、学习马列主义和学习社会等五大问题,要大家讨论:"今天我就只提出这几个问题,当作引子,希望大家在这些问题及其他有关问题上发表意见。"他希望大家把意见写出来寄给他本人。大家听后,争先恐后发言,有许多话要说。

萧军是第一个站起来讲话的,口气很大,"说自己讲一个东西,就能写

---

① 徐怀谦:《智慧的星空:与思想者对话录》,昆仑出版社2005年1月版,第196页。

出长篇"。许多人都听不下去了。他不仅是第一个发言,而且也是发言最长的一个。当时"他身旁有个人提一壶水时时给萧军添水,一壶水全喝完了,他的话还没有讲完,那个提水的人又去后面打水去了"。①在胡乔木的记忆里,萧军主要的"意思是说作家要有'自由',作家是'独立'的,鲁迅在广州就不受哪一个党哪一个组织的指挥"。

谁知萧军的话音刚落,就听到会场后面响起洪亮的声音:"我发言。"

大家抬头一看,会场上霍地站起来一个人。而此人就是坐在萧军旁边的毛泽东的秘书胡乔木。这多少让大家有些意外,而更让大家意外的是胡乔木的发言既尖锐,又明朗,当场就对萧军的观点进行了反驳。

胡乔木在文学上有着很高的造诣。他不仅是一个政论家,也是一个诗人,还是一个文艺评论家。因此,他对中国文艺和中国作家、艺术家的创作是有着自己独特见解的。胡乔木说:"文艺界需要有组织,鲁迅当年没受到组织的领导是不足,不是他的光荣。归根到底,是党要不要领导文艺,能不能领导文艺的问题。"显然,是对萧军这样颇为出格的意见实在忍不住了,胡乔木才站起来反驳他的。

因为萧军在当时名气很大,毛泽东也比较欣赏他。平素言语不多的胡乔木在关键时刻挺身而出,说了关键的话,在会场引起震动,给大家留下了深刻印象,也令毛泽东非常高兴。一开完会,毛泽东就请胡乔木到他家吃饭,说:"祝贺开展了斗争。"可见,毛泽东对于当时解决文艺界意识形态斗争所采取的立场、态度是多么坚决,多么鲜明!

后来,作家刘雪苇写信告诉胡乔木,鲁迅当年跟党是有关系的。这一点,萧军和胡乔木当时都不知道。但胡乔木后来也没有时间去查考这个事情了。

5月13日,第一次座谈会结束后,延安戏剧界四十余人集会,座谈剧运

---

① 徐怀谦:《智慧的星空:与思想者对话录》,昆仑出版社2005年1月版,第196页。

方向和戏剧界团结问题。会议从早到晚开了整整一天。谈论的中心是"文艺运动的普及和提高"问题。时任第一二〇师战斗剧社社长的欧阳山尊先生告诉笔者："当时我刚从晋西北回来,把主席讲话的记录一遍又一遍地读着,经过几天的思考,终于鼓起勇气把自己想到的一些意见写了出来,寄给了主席。不多几天就收到了主席的亲笔回信,总共只有七个字:你的意见是对的。"①

5月16日,延安文艺座谈会举行第二次会议。胡乔木参加了会议,认真地做记录。

欧阳山尊"大着胆子发了言",在发言中提到了前线部队和敌后群众对于文艺工作的迫切需要和实际斗争所给予文艺工作者的教育,认为文艺工作者应该有一分热,发一分光,甚至发两分光,呼吁延安的文艺干部到前方去。他说:"战士和老百姓对于文艺工作者的要求是很多的,他们要你唱歌,要你演戏,要你画漫画,要你写文章,并且还要你教会他们干这些……看起来似乎你付出去的很多,但事实上,你从他们身上收到的、学习到的东西更多。""前方的战士和老百姓很需要文艺工作。这样多的文艺干部,留在后方干什么?大家都上前方去吧,我举双手欢迎!"

柯仲平也报告了民众剧团在农村演出《小放牛》受到欢迎的情况,说:"我们就是演《小放牛》。你们要瞧不起《小放牛》吗?老百姓都很喜欢。你们要在那些地区找我们剧团,怎么找呢?你们只要顺着鸡蛋壳、花生壳、水果皮、红枣核多的道路走,就可以找到。"他的发言引起大家一阵欢笑。毛泽东听了也非常开心,就笑着插话说:"你们如果老是《小放牛》,就没得鸡蛋吃了喽。"

座谈会的空气是十分活跃的,矛盾也是十分尖锐的。譬如有位作家从"什么是文学艺术"的定义出发,空空洞洞地讲了一个多小时,当时就有人

---

① 作者采访欧阳山尊谈话记录(2002年5月23日)。

耐不住了,喊起来说:"我们这里不是开训练班,请你不要给我们上文艺课!"有人在会上大肆宣传"人性论",说文艺的出发点是人类的爱;也有人狂妄地吹嘘自己,说自己不但要做中国第一作家,还要做世界第一作家,宣称自己从来不写歌功颂德的文章;还有人对"整风"提出了异议,等等。

几乎一言不发的毛泽东,整天时间一直全神贯注地听大家的发言,并不时做记录。

诗人艾青的发言很短,主要批评鲁艺文学院院长周扬是宗派主义的典型。后来周扬自己在发言中幽默地说:"好了,现在又多了一个典型,除了哈姆雷特、堂吉诃德之外,又多了一个周扬!"不过,在延安文艺座谈会之后,周扬在代表鲁艺作总结报告时,明确指出鲁艺搞"关门提高"是错误的。

座谈会上还有一位党外作家提出:"你们党整顿三风是应该的,但是为什么不在十年以前就提出来呢?"

胡乔木回答说:"我们党提出整风是因为我们坚信自己的事业的正确性,所以才能够进行这种严格认真的批评和自我批评。我们这么做并不是从现在提出整风才开始,而是从建立党的那一天起就这样做的。我们欢迎各种善意的批评,但也不惧怕任何恶意的中伤和歪曲。"[①]

延安文艺座谈会的最后一次会议是5月23日举行的。又是开了一天。会上,当谈到鲁迅所走的道路是"转变"还是"发展"的问题时,萧军和欧阳山、何其芳、周扬又争论起来,胡乔木自然也加入了这场论争。胡乔木认为是"转变",萧军说"是'发展',不能说是'转变'!'转'者方向不同也,原来向北走,又转向南了或者转向东、向西了,越走越远了。'变'者是质的不同,由反革命的变成革命的,或由革命的变成反革命的,是质的变化。鲁迅先生并不反动,所以只能是'发展'而不能说是'转变'"。

[①] 艾克恩:《延安文艺运动纪盛》,文化艺术出版社1987年1月版,第357页。

在双方争得不可开交的时候，朱德说话了。他联系自己从旧军阀到参加革命的改造过程，说："岂但有转变，而且有投降咧，比如我吧，就是一个旧军人投降共产党的。我认为共产党好，只有共产党才能救中国。我到上海找党，没有解决参加党的问题，后来到了德国，才入了党。我投入无产阶级，并不是想来当总司令，后来打仗多了，为无产阶级做事久了，大家看我干得还可以，才推我当总司令的。"可萧军还是不服，认为各人有各人不同的具体情况，不能一概而论，总司令可以承认自己是从反动立场转变到革命立场，但鲁迅先生却不是从反动立场转变到革命立场的，所以只能说是"发展"。①

下午，朱德在会上做了最后发言，他有针对性地说："不要眼睛太高，要看得起工农兵，也不要嫌延安生活太苦。中国第一也好，世界第一也好，都不能自己封，都要由工农兵群众来批准。""共产党、八路军和新四军为了国家民族流血牺牲，既有功又有德，为什么不应该歌？为什么不应该颂呢？""有人觉得延安生活不好，太苦了。其实比起我们从前过雪山草地的时候，已经是天堂了。""有人引用李白'生不用封万户侯，但愿一识韩荆州'的诗句，现在的'韩荆州'是谁呢？就是工农兵。马列主义是真理，我在真理面前举双手投降……"

胡乔木认为朱老总的发言深入浅出，生动有力，很受文艺家们欢迎。朱德讲话结束后，借着黄昏晚霞的余晖，摄影家吴印咸按下了历史的快门，毛泽东和延安文艺界的合影成了最好的历史见证。

晚饭后，由毛泽东做座谈会"结论"。参加会议的人比前两次的还多，因此只得换到"飞机楼"大门外的广场上，但还是挤得满满的。欧阳山尊说："主席讲话的时候，天色已经渐渐黑了下来，于是就点了一盏汽灯，挂在一个用三根木椽搭起来的架子上，毛主席就站在架子的旁边，就着灯光，

---

① 王德芬：《萧军与胡乔木的交往》，作者系萧军夫人。见《我所知道的胡乔木》，当代中国出版社1997年5月版，第323页。

看着提纲讲。恰巧我坐在架子的下边。由于离他那么近，我感到一种巨大的幸福。"

一落座，毛泽东轻轻地说了一句："这篇文章不好作呀。"尽管声音很小，但还是被坐在前排的画家罗工柳听到了。

毛泽东说：这个会在一个月里开了三次，开得很好。可惜座位太少了，下次多做几把椅子，请你们来坐。我对文艺是小学生，是门外汉，向同志们学习了很多。前两次是我出题目，大家做文章。今天是大家出题目，我做文章，题目就叫作"结论"。朱总司令讲得好，他已经做了结论。

毛泽东一口湘音，尽管许多人对他的湖南话听起来有些费劲，似懂非懂，但大家都明白毛泽东要说的是什么思想。正如胡乔木所说的：毛泽东以深刻的洞察力和高度的概括力，把全部问题归结为一个"为什么人"的问题，即文艺要为工农兵服务和如何服务的问题。

毛泽东围绕这个中心问题，具体讲了"文艺是为什么人的""如何去服务""文艺界统一战线""文艺批评"和作风等五个方面的问题，并号召"一切共产党员，一切革命家，一切文艺工作者，都应该学鲁迅的榜样，做无产阶级和人民大众的'牛'，鞠躬尽瘁，死而后已"。最后，毛泽东说："我这个讲话不是最后的结论，同志们还是可以提出不同意见，等到中央讨论了，印成正式文件，那才是最后的结论。"

1942年5月23日，延安文艺座谈会结束了。一个星期后的6月1日，胡乔木迎来了他三十岁的生日。孔子曰：三十而立。

《讲话》发表五十年后胡乔木才公开心中的秘密

延安文艺座谈会是在反对主观主义、宗派主义和党八股的整风运动中召开的。毛泽东的讲话像一盏明灯，照亮了文艺工作者前进的道路，陕甘宁边区和各根据地的文艺战线出现蓬勃新气象，文艺苗圃里百花怒放——歌剧

《白毛女》《刘胡兰》，话剧《把眼光放远一点》《粮食》，长诗《王贵与李香香》，京剧《逼上梁山》《三打祝家庄》，报告文学《荷花淀》《张村无故事》等如雨后春笋般相继而出，解放区的革命文艺发生了质的变化，成为激励鼓舞人们同日本侵略者和反动派战斗的号角和鼓点。

1942年5月23日延安文艺座谈会结束后，毛泽东的讲话并没有立即发表。为什么呢？胡乔木说："那是因为整理费一点时间。整理后，毛主席看过就放在那里了。发表还要找个时机，同鲁迅逝世纪念日可能有点关系。"

毛泽东是个深思熟虑的人。尽管在召开文艺座谈会之前，他不仅找来很多作家和艺术家谈心，或通过书信形式进行了很深很广泛的交流，获得了文艺家们在文艺创作和思想上存在的问题的第一手资料；而且他还在座谈会之前整理了一份发言提纲，并让胡乔木根据会议记录做了整理修改，但是他还是有些不放心。不着急发表这份讲话的毛泽东，先要看看座谈会的实际效果。

一个星期后的5月30日，毛泽东又亲自到桥儿沟为鲁迅艺术学院的全体学员讲了一次话。大家都坐在大院子的空地上听。

毛泽东说，文艺作品中反映出来的生活要比普通的实际生活更高，更强烈，更有集中性，更典型，更理想，因此就更带普遍性。毛泽东还用大树和豆芽菜比喻提高和普及的关系：红军在过草地的路上，发现在毛儿盖那个地方，长有很高很大的树。但是，毛儿盖那样的大树，也是从豆芽菜一样矮小的树苗苗长起来的。提高要以普及为基础。不要瞧不起普及的东西，他们在豆芽菜面前熟视无睹，结果把豆芽菜随便踩掉了。你们快毕业了，将要离开鲁艺了。你们现在学习的地方是小鲁艺，还有一个大鲁艺。只是在小鲁艺学习还不够，还要到大鲁艺去学习。大鲁艺就是工农兵群众的生活和斗争。广大的劳动人民就是大鲁艺的老师。你们应该认真地向他们学习，改造自己的思想感情，把自己的立足点逐步移到工农兵这一边来，才能成为真正的革命文艺工作者。

不久，鲁艺秧歌队推出了《兄妹开荒》。6月10日，鲁艺在延安公演歌剧《白毛女》。毛泽东和全体中央委员观看了演出。当晚毛泽东夜不成寐，在家里和小女儿李讷一起演起了"喜儿""杨白劳""黄世仁"。之后，《白毛女》在延安演出三十多场，场场轰动。此时的杨家岭中央礼堂热闹非凡，毛泽东等中央领导经常和群众一起观看各种戏剧。毛泽东在看完第一二〇师战斗剧社的《虎列拉》《求雨》《打得好》等四个小话剧后，11月23日专门给欧阳山尊、朱丹、成荫写信鼓励，说："你们的剧，我以为是好的，延安及边区正需要看反映敌后斗争生活的戏，希望多演这类好戏。"

毛泽东在延安文艺座谈会上的讲话，一针见血，让延安的作家和艺术家们在迷茫中找到了方向，在苦痛中找到了力量。毛泽东也以非常欣喜的心情注视着作家们在新的创作道路上取得的每一个成就。

1943年3月10日，中共中央文委与中组部召集党的文艺工作者五十余人开会，号召大家遵照毛泽东在文艺座谈会上的讲话深入群众、深入生活，改造自己。从此延安掀起了作家、艺术家下乡的热潮。为配合这个形势，经毛泽东同意，《解放日报》在3月13日刊登了《在延安文艺座谈会上的讲话》的部分内容。这是《讲话》首次发表。

3月15日，《新华日报》正式刊登了延安召开文艺座谈会和毛泽东发表讲话的消息。

10月19日，《讲话》的全文正式由《解放日报》发表。编者在《前言》中说："今天是鲁迅先生逝世七周年纪念。我们特发表毛泽东同志在1942年5月在延安文艺座谈会上的讲话，以纪念这位中国文化革命的最伟大与最英勇的旗手。"

10月20日，中央总学委发出通知，明确指出，《讲话》是"中国共产党在思想建设、理论建设事业上最重要的文献之一，是毛泽东同志用通俗的语言所写的马列主义中国化的教科书。此文件决不是单纯的文艺理论问题，而是马列主义普遍真理的具体化，是每个共产党员对待任何事物应具有的阶级立场，与解决任何问题应具有的辩证唯物主义和历史唯物主义思想的典型示范。各地党组织收到这一文章后，必须当作整风必读的文件，找出适当的时间，在干部和党员中进行深刻的学习和研究，规定为今后干部学校与在职干部必修的一课，并尽量印成小册子发送到广大的学生群众和文化界知识界的党内外人士中去。"①

1944年1月1日，《新华日报》用一个整版，以摘录和摘要的形式刊登了《讲话》的主要内容。

《在延安文艺座谈会上的讲话》不仅成为毛泽东的重要著作，而且至今仍然是中国作家和艺术家们创作思想的指针。它还得到了世界各国众多进步作家、评论家的热情肯定和高度评价，1945年12月就被翻译成朝鲜文在朝鲜出版。而随后在中国文艺史上诞生的《白毛女》《王贵与李香香》《李有才板话》《李家庄的变迁》《种谷记》《暴风骤雨》等一大批优秀作品，无不与《讲话》密切相关。

1944年1月9日，毛泽东在中央党校俱乐部观看了杨绍萱、齐燕铭编导的京剧（时称平剧）《逼上梁山》后，很快就写信向他们"致谢"，赞扬他们把"历史的颠倒""再颠倒过来"，打破了旧戏舞台上把人民当成"渣滓"，"由老爷太太少爷小姐们统治着"的局面，使"旧剧开了新生面"；并将这一工作与郭沫若在历史话剧方面的工作相提并论，说这"将是旧剧革命的划时期的开端"。

1944年6月，丁玲、欧阳山描写边区合作社劳动模范的新人新事作品《田宝霖》和《活在新社会里》发表后，毛泽东极为快慰，专门派人送信给丁玲和欧阳山，说："快要天亮了，你们的文章引得我在洗澡后睡觉前一口气读完，我替中国人民庆祝，替你们两位的新写作作风庆祝！"当天下午，意犹未尽的毛泽东又专门派人送信给住在延安南门外边区文协的丁玲和欧阳

---

① 艾克恩：《延安文艺运动纪盛》，文化艺术出版社1987年1月版，第463页。

山,请他们到家中吃饭,席间再次对他们的创作给予赞赏和祝贺。

正如丁玲1942年6月11日在中央研究院批判王实味的大会上所检讨的:"回溯过去的所有的烦闷,所有的努力,所有的顾忌和过错,就像唐三藏站在到达天界的河边看自己的躯壳顺水流去的感觉,一种幡然醒悟、憬然而惭的感觉。"然而,"这最多也不过是一个正确认识的开端",她要"牢牢拿住这钥匙一步一步脚踏实地的走快"。事实证明,这正是丁玲在文艺创作上的新起点。她后来深入群众,深入基层,创作出了以《太阳照在桑干河上》为代表的许多优秀作品。

像丁玲一样,众多的文艺家在延安开始了艺术生命的新生。

几十年后,刘白羽在《我与胡乔木同志》一文中深情地回顾了这一段历史,并发自内心地对胡乔木"以君子不揭人之短的好心"含蓄地宽容他当年的"错误",深表感激和内疚。于是他以"绝不能因此隐瞒真相"的巨大勇气,自己揭短亮丑,公开了自己在延安整风运动前后的真实思想。他坦率地说:"当时,我是一个矛盾的人。在支部书记岗位上,我与那些歪风邪气进行斗争,忍人之不能忍,行人之不能行;但在那蔓延开来的文艺浊流影响下,我的思想也摇摆了,而且写出两篇小说《胡铃》《陆康的歌声》。轻一点说,起码是'小资产阶级的自我表现',重一点说,也可以属于'暴露黑暗'。经毛主席两次教诲,我已觉得自己犯了错误,所以提出了'犯了错误怎么办?'……"

毛泽东对刘白羽说:"犯了错误,你在什么范围犯的,你就在什么范围收回来。"

刘白羽又问道:"要是写了错误的文章,白纸黑字印了出来呢?"

"一个人讲了错误的话,是影响不好的,如果写成了文字印了出来,就更大地传播了谬误,那影响的范围就更大更久,真正有好心的人应该在原来发表文章的地方,再写一篇文章,批判错误,收回影响。"

整风结束后,刘白羽的信仰更加坚定了,认识提高了,他决心要做的第一件事就是按照毛泽东的教导，进行公开的自我批评，不抱残守缺，要光明磊落。不久，胡乔木请他去杨家岭作客。在张如心（时任军政学院教育长）的陪同下，刘白羽来到胡乔木的家。

胡乔木告诉他："现在，毛主席在文艺座谈会上的讲话要在《解放日报》发表了，最好有人写点文章表示自己的态度。"

刘白羽立刻将心中酝酿已久的想法全部说了出来："我正在准备写一篇文章，绝不欠党的债，欠人民的债。"

胡乔木听了刘白羽的心里话，满面春风，笑意盈盈，高兴地说："那你就赶紧写出来吧！"

他们谈得非常愉快，告别的时候，胡乔木还依依不舍地送刘白羽和张如心走下山，走过河滩，一直走到延河边才分手。

刘白羽回去后，在中央党校三部花了几个通宵，于1943年11月19日的黎明时分，写出了《读毛泽东同志〈在延安文艺座谈会上的讲话〉笔记》。随后，他立即送给胡乔木审阅。胡乔木看完后，马上把刘白羽找来，两人一起进行了修改。修改中，胡乔木非常尊重刘白羽的原意，只是在刘白羽写自己今后决心去做实际工作的结尾处提了一个重要意见。

胡乔木说："文艺整风不是让作家不做作家了，因此改为'让我们欢迎这个新文学时代的到来吧！我能够作这个新艺术中的一个兵士——这就是我的希望与我的喜悦'。"

1943年12月26日，《解放日报》发表了刘白羽的这篇文章。刘白羽首先进行自我批评，说过去"我还是把鼻子、嘴连眼睛，埋在小资产阶级烟雾里，看不见群众"，"自己口头上讲'人民大众'，但是看不见人民大众"，"我不了解他们，他们也不了解我，因此我写的人物只能说是穿了农民衣服的知识分子"；"不粉碎这些小资产阶级的思想意识，我就不能认识我的错误"。1995年，刘白羽回忆说："延安整风是我人生中的一大转折。胡乔木的两次谈话，给我很大推动。"晚年刘白羽在其文集《心灵的历程》里还将这篇文章一字不改地收入，改名《我的宣言》，意为"想把我的错误与认识留给人们，作为那以后检查我在为人及为文中没有违背我的宣言，也可为人之明鉴"。

作为延安文艺座谈会的参加者，胡乔木一直守口如瓶，没有向任何人说过自己是《讲话》的整理者，直到1992年在他生命的最后时刻，为了写《回忆毛泽东》一书，他在跟他的助手们回忆起这一段历史的时候，才透露了这个已经在他的心中埋藏了半个世纪的秘密。而且他也只是很随便极谦虚地说了一句："当时有记录，我根据记录做了整理，主要是调整了一下次序，比较成个条理，毛主席看后很满意。"

胡乔木夫人谷羽回忆说："他那时才三十岁，精力充沛。主席在座谈会开始和结束的两次讲话，乔木听得认真，记得仔细。主席讲话只有一个简单的提纲，后来让乔木整理成文。乔木在主席身边，对主席的思想有比较深的领会，所以整理稿把毛主席关于文艺的工农兵方向，关于文艺工作者要学习马克思列宁主义，学习社会，投入火热的斗争，与工农兵结合，在实践中转变立足点，改造世界观等思想表述得相当完整、准确和丰满。毛主席很满意，亲自做了修改，在第二年10月19日鲁迅逝世七周年纪念日这一天，在延安《解放日报》发表。当时，中央在一份党内通知上称《在延安文艺座谈会上的讲话》为'毛泽东同志用通俗语言所写的马列主义中国化的教科书'，并被列为延安整风的必读文件。但是，乔木多年来对自己是《讲话》的整理者一事从不提起。乔木一生坚持用《讲话》指明方向，身体力行，但同时他又清醒地看到，《讲话》是在当时特定的历史条件下的产物，一些具体的提法应该随着时代的前进、形势的发展而变化。"

在《讲话》正式发表不久，毛泽东告诉胡乔木说，郭沫若和茅盾发表意见了，郭说："凡事有经有权。"毛泽东很欣赏郭沫若的这个说法，还告诉胡乔木："得了一个知音。"毛泽东为什么欣赏郭沫若"有经有权"的说法，胡乔木认为，"有经有权"即有经常的道理和权宜之计。毛泽东确实认为

《讲话》有些是经常的道理、普遍的规律，有些则是适应一定环境和条件的权宜之计。

后来，胡乔木在重庆还专门同茅盾谈起这个问题。茅盾说，外地去的作家对解放区的生活不适应，有个适应的过程，所以发生一些争论。胡乔木认为这种说法是有一定道理，因为或是在上海，或是在大后方，同延安相比，环境都有很大变化，作家原来把延安理想化了，觉得什么都好；但到了延安之后，理想与现实有了距离，这样各种各样的议论就出来了。

《讲话》发表的时候，整风运动正如火如荼。由康生主持的"抢救运动"，在延安搞出了很多"特务"，所以《讲话》刚发表时就把文艺界的"特务问题"特别标出来了。新中国成立后，《讲话》被收入《毛泽东选集》时把有关"特务"的话删除了。在编辑《毛泽东选集》时，因为当时说现实主义是马克思主义文学的根本方法，胡乔木就向毛泽东建议说，在有的地方加一些话，讲讲现实主义的问题，能不能把日丹诺夫讲社会现实主义的定义写进去。毛泽东很不满意。《讲话》被收入《毛泽东选集》时，除删除了"特务文艺"的提法之外，还将在对待文化遗产的问题上由"借鉴"改为"继承和借鉴"，原来说国统区作家在脱离群众问题上跟国民党"有些不同"改为"不同"，等等，对这些细节上的遣词造句，毛泽东都是经过认真琢磨的。

毫无疑问，作为毛泽东的秘书，胡乔木既是《在延安文艺座谈会上的讲话》的整理者，又是不折不扣的执行者。《讲话》的基本精神无疑是千真万确的，必须坚持，它的"文艺与生活""文艺与人民"这两个基本原则是不可动摇的。但《讲话》也是一定历史时期的产物，必然带有其历史的局限性，应采取科学的分析，不能搞"句句是真理""句句照办"那一套。也就是说，《讲话》本身"有经有权"，要与时俱进，不断发展。对于这一点，胡乔木一直都没有停止过思考。进入20世纪80年代后，他在"文艺和政治"这个问题上有了更深刻的思考和更本质的认识。

胡乔木为什么没有和毛泽东一起回延安

重庆谈判，不仅使中国问题成为世界焦点，而且让毛泽东再度成为在世界上引人注目的新闻人物。正如胡乔木所言："重庆谈判是国共两党斗争的关键一着。毛主席下了非常高明的一着棋。蒋介石输了。"

但在毛泽东这个巨星的背后，谁也没有注意到这个额头宽大、身穿中山装的三十三岁的瘦削青年胡乔木。毛泽东在重庆的四十三个日日夜夜，胡乔木几乎与他形影相随。因为毛泽东公务繁忙，大量的日常工作需要秘书胡乔木去完成，胡乔木"是继陈伯达之后担任毛泽东主席的政治秘书，在这期间，他的思想、修养，获得极大的进步，深得毛的赏识。他的长处是思想周密，眼光透彻，才文并茂。他随毛氏到重庆时期，中共在政治上所遭受的各种歪曲的指责，都由他在《新华日报》上经常撰文予以反驳。他的文章，紧凑锋利，短而有力，学的是鲁迅先生的作风，常把最精彩的意思用精练的笔调描写出来，警辟动人"。重庆谈判期间，胡乔木依然以笔为枪，以自己犀利的文字向蒋介石"假和平、真内战"的脑袋上射去。

1945年10月11日，毛泽东平安回到延安，但胡乔木却留在了重庆。毫无疑问这是毛泽东的意见。但胡乔木留在重庆干什么呢？对此，史料上的记载不多也不具体。但有一件事胡乔木是亲自去做了的，就是贯彻毛泽东《在延安文艺工作座谈会上的讲话》。20世纪90年代初，胡乔木回忆说："到重庆传达讲话精神的主要是何其芳、刘白羽。我没有直接参加传达。我到重庆跟胡风有过一点接触。那时开了两次会，我先讲了一次话，以后周恩来同志讲了一次很长的话，主要讲胡风文艺方面的问题。范围比较广，里面也联系到文艺座谈会讲话的问题。"① 新中国成立后，胡风作为"胡风反革命集团"的主要成员，在1955年被打倒，1980年9月得到平反。胡风曾历任第五、

---

① 《胡乔木回忆毛泽东》，人民出版社1994年9月版，第62页。

第六届全国政协常委,中国作家协会顾问。1988年4月29日,胡乔木在审读中共中央宣传部《关于胡风文艺思想和宗派活动的历史问题复查的请示》后,给中共中央办公厅秘书局会议致信并转中共中央:"胡风同志确实在政治上犯过一些原则性的错误,但中央没有必要在正式文件中做出结论。就整个来说,胡风同志对党和革命是忠诚的,这种忠诚经受了最严酷的考验。"

对"为什么毛主席从重庆回延安,胡乔木又留了一段时间"的问题,刘白羽回忆说:"胡乔木留下是想了解并研究大后方文艺思想,并试图解决革命文艺界内部思想纠葛。当时,胡风与茅盾之间的分歧很大,形成影响革命阵营内部的尖锐对立,这两次会就是试图解决这个问题。我参加了这个会,记得有一次谈得很晚,很可能是周恩来同志讲话那一次,夜静更深,人不便出走,大家于是就睡在曾家岩50号。为了让茅盾睡得舒服一点,就请他在会议室长桌上睡下,我们各自靠坐在竹椅上,过了一夜。但是由于胡风态度顽固,会开得毫无结果。胡乔木说'我没有直接参加传达',但他直接参加了贯彻。还有两件事可证。他领导我们开过两次座谈会,就当时重庆上演的话剧进行过研究、讨论、批评、鼓励。有人说'胡乔木留下是整顿《新华日报》'。我在报社做党的组织工作,与领导十分接近,我不记得有这样的事;要有也是在南方局领导上层议论。当然,这不是说他对《新华日报》没提过意见,比如对副刊版,他认为不应该板起面孔,脱离群众,而应针对国统区读者对象,考虑他们接受的程度。他说'重庆上演美国电影很多,你们都去看看,星期六辟一栏介绍一部比较好的电影,对星期天看电影的人起个引导作用,这样你们副刊读者面就广阔了'。据我所引胡乔木上述一段话及我的亲身领会,我以为最大可能是他留下来了解、解决文艺界内部思想问题。"

由此可见,胡乔木留在重庆,是遵照毛泽东的意见对大后方尤其是重庆的文艺和宣传工作,按照延安文艺座谈会和中共七大的精神进行研究和指导。这在《新华日报》发表胡乔木为纪念鲁迅逝世九周年而作的《文艺工作中的群众观点》一文中可以找到有力佐证。胡乔木在这篇文章中强调"鲁迅先生是一个真正具有群众观点的人",文艺工作必须坚持群众观点,新文艺是为人民群众的;而"我们的作品不能直接到广大群众中去,是由于这种那种限制,但是我们的作品教育了前进的青年知识分子,他们成了我们与群众之间的桥梁"。"我们要使我们的作品经过青年贡献于群众的觉悟与解放事业,要'和革命共同着生命',不经过一个严格的自我批评的过程,大概也是困难的吧?""而今天,虽在整风运动与毛泽东同志在延安文艺座谈会讲话发表以后,这种自我批评的精神是何其少,而对于自己已经完全站在人民群众立场上的假定和确信何其多!"在普及和提高这个问题上,胡乔木说:"也不是说,要一切的文艺工作者都弃'提高'而就'普及'。问题只是,我们有多少人做了这方面的工作,又有多少人指导或者至少关心了这方面的工作。""新文艺运动是一个群众运动。它的内容是为群众的,它的方法是经过群众的。就是说,一方面作家—读者—人民群众连成一片,一方面提高工作—普及工作—人民群众的文艺活动也连成一片。""我们的批评,应该以群众的利益为标准,统一我们的目的,从而统一我们的战线,而不是相反。"

在重庆,胡乔木发现刘白羽在"做党的组织工作,颇不以为然"。有一次,他俩一起坐公共汽车进城去,在车站等车时,胡乔木跟刘白羽说:"党派你到重庆来,不是不让你写作了,你应该做记者——做记者接触生活,有利于写作,在报纸上发表作品影响大。"说到这里,胡乔木"突然发出一句警句:如果鲁迅在,他一定为党报做记者"。这句话让刘白羽牢记了一辈子,打破了他青年时下的不做记者的第二个决心。不久,刘白羽被派到北平军调部做记者,并沿着记者这条路参加了东北的解放战争,并在战火中创作出了中国现代军事文学史上著名的《无敌三勇士》《政治委员》等小说作品。对于自己重回文学创作道路,刘白羽深情地回忆了自己在新中国成立初期曾得益于胡乔木帮助的往事:"1949年,我接受党的派遣,参加斯大林建议中苏合拍两部纪录片之一《中国人民的胜利》的工作。当我动身到莫斯科去的前天晚上,周扬给我打电话,说他在聂荣臻家中遇到罗荣桓,罗荣桓提出要我到总政治部任文化部副部长。我一听大吃一惊，连忙请求周扬：我要从事创作，决不做副部长。请求他帮助推掉。谁知从莫斯科回来，一到机场，就碰到中央军委办公厅主任朱早观。我和他在太行山唱和诗作，相处甚得。他一见面就指着我说：'你还不去报到？毛主席已经下了命令。'从此我在总政工作了三年。三年后，我向萧华提出辞职，萧华不准。这时，我想起，当我到总政任副部长后第一次遇到胡乔木，他就说：'你不要做官，你应该去创作。'于是我给乔木写信向他求援。不久，毛主席亲自批示，要我离开总政到作家协会进行创作。胡乔木又一次帮助了我。"①

在重庆，胡乔木确实对重庆《新华日报》的编辑出版工作进行了指导和整顿。据早在1936年前后就与胡乔木在上海相识的胡绳回忆，在重庆谈判期间，胡乔木"曾负责领导《新华日报》的言论工作。我那时为《新华日报》写的评论，每篇都经过他修改，有的被删得体无完肤"。1945年12月，胡乔木还专门在新华日报社做了题为《人民的报纸》的报告，从《新华日报》报纸的环境、报纸的性质、报纸的版面和报馆的工作等四个方面进行了系统的阐述。其中，胡乔木尤其强调了报纸的性质，明确以毛泽东亲自主持和他自己亲身参与的延安《解放日报》改版为例，分别从八个方面的关系来论述办好党报的重要性：一是党报也是人民的报纸，不是社报；二是无产阶级领导的人民大众的报纸；三是既要普及又要提高；四是前进的少数与其余的多数；五是革命与改良；六是以政治为中心服从政治；七是暴露与歌颂；八是团结与斗争。就像胡乔木在这个报告的开头第一句话所说的："《新华日报》是一个民主的报纸，但创办在一个不民主的环境之下，双方都不肯让步，还是很大的斗争。"②胡乔木的这个讲话，既全面又具体，针对性非常强。可见，对《新华日报》的新闻宣传工作进行整顿也是他留在重庆的工作

---

① 刘白羽：《我与胡乔木同志》，见《我所知道的胡乔木》，当代中国出版社1997年5月版，第308页。

② 《胡乔木谈新闻出版》，人民出版社1999年9月版，第16—26页。

之一。这个时候，胡乔木的角色已经不仅仅是毛泽东的秘书，也是中共中央宣传工作的领导者了。

胡乔木大胆提出对《讲话》不能用"句句是真理"的态度，科学阐述"文艺与政治"的关系

稍稍熟悉中共历史的人都知道，从延安"整风"毛泽东发表《在延安文艺座谈会上的讲话》之后，文艺创作就与政治生活紧密相连。"文化大革命"不仅证实了这一点，而且表明在这种密切的关系中还可能蕴藏着千变万化。胡乔木就亲身体验过这种变化——作家遭受思想攻击，文化机构陷入混乱，文艺界已经丧失了毛泽东倡导的"百花齐放，百家争鸣"。其中，他约请吴晗写新编历史剧《海瑞罢官》就是一个典型的见证。

随着毛泽东的逝世和"四人帮"的倒台，在邓小平"解放思想""一切向前看"的大旗下，曾在"文化大革命"中遭到批判、逮捕的作家们纷纷得到平反，文艺创作的闸门打开了，作家和文艺作品像二月的河流，冰释解放。在四五十岁的作家打头阵之后，一大批年轻的作家崭露头角，而饥渴已久的读者也是迫不及待，创作和阅读欣欣向荣。随着1976年"伤痕文学"的一炮打响，各种流派的作家和作品如雨后春笋，纷纷抢占文艺高地。他们以前所未有的勇气和热情，力图沿着现代主义方向改进技巧，并在他们的作品中正视新社会生活的真正难题，既歌颂新生活，又无情地鞭笞和抨击了"文化大革命"的恶果，写下了一大批西方学者所谓的"暴露文学"。于是泥沙俱下，文艺界自由化思潮开始泛滥，出现了一些歪曲历史现实、丑化中国共产党和社会主义祖国的作品。而北京电影制片厂导演彭宁根据军队作家白桦创作的电影文学剧本《苦恋》拍摄的电影《太阳和人》，就成为这股思潮中的焦点。

就在《太阳和人》准备全国上映前的内部审片时，中央军委机关报《解放军报》在1981年4月20日发表了特约评论员文章《四项基本原则不容违反》，批评这部电影"否定爱国主义，对党的政策不满"。而《苦恋》作者白桦正是总政治部文化部的干部，在1979年第四次文代会上他和刘宾雁等人是发言最为大胆的代表。然而，谁也不会想到《解放军报》的这篇评论竟然引起了轩然大波，并且使文艺创作再次与政治生活紧密连接起来。而其引起的争论，在国内国外也都被认为"是对创作自由的一个考验"，并引起了中共中央的高度重视。这是为什么呢？

直接原因就是国内外有些人借题发挥，歪曲了文艺批评的真相。诚如胡耀邦后来在思想战线问题座谈会上讲话时所指出的：香港的一家媒体就引用辛弃疾的词"更能消几番风雨，匆匆春又归去"作为大标题来影射中国共产党。因为《解放军报》的文艺评论是在4月份发表的，恰好是春天。他们的意思非常明白，就是含沙射影地影射中国"还能经受几番风雨，刚刚搞了百花齐放，说春天来到了，可这个春天又归去了。然后就散布了大量带挑拨性的东西，一直延续至六七月份"。①而在国内，一些人反而热衷于批评《解放军报》的文艺评论，并写信给白桦表示同情和支持。甚至连中国作协和文联也对批评《苦恋》表示不满，其中在"文化大革命"时期度过十年牢狱生活的周扬，也以全国文联主席的身份表示支持。他强调"文学创作的特殊性：'领导经济工作，不能违反经济规律……领导文艺工作，也应当按照艺术规律办事，否则，也会失败'"。虽然周扬没有详细阐述"文艺规律"，但在党性与人物典型化的紧张关系中，他打算把全部重点放在艺术创作，或者说"典型化"之上。②

批评《苦恋》的事件很快升级。令邓小平感到不满的是，中国共产党高层也出现了不同的声音，有的中央领导人甚至也支持这部电影的上映。于

---

① 《三中全会以来重要文献（下）》，人民出版社1982年8月版，第839页。
② 《剑桥中华人民共和国史·中国革命内部的革命》，中国社会科学出版社1998年7月版，第643页。

是，在中国共产党的思想战线和实际工作中就再次出现了这样一个难题——以往是批"左"为主，现在是以什么为主？是反"左"还是反右？

这是邓小平时代第一次对文艺问题进行干预。尽管人们从一开始就被告知，批评《苦恋》并不是一场反对作家的运动的开端。但对《苦恋》的批判，不仅显示了文艺创作自由的限度，而且也表明了中国共产党的两难境地：如何允许中国知识分子有相当程度的自由，而又不使这种自由打乱以至于完全破坏党的意识形态结构。深受"文化大革命"之苦的邓小平不能不慎重行事。最终，邓小平采纳了黄克诚的意见：不要搞什么公式，有"左"批"左"，有右批右，都要实事求是。为此，邓小平专门调来影片《太阳和人》的拷贝，认真地看了一遍。

7月17日，邓小平召集中共中央宣传部的王任重、朱穆之、周扬、曾涛、胡绩伟五人，就思想战线问题，特别是文艺问题，进行谈话。被毛泽东誉为"钢铁公司"的邓小平，说话不拐弯抹角，开门见山地指出当前文艺战线的领导工作中"存在某些简单和粗暴的倾向"，而且"存在着涣散软弱的状态，对错误倾向不敢批评，而一批评有人就说是打棍子"，"现在我们开展批评很不容易，自我批评更不容易"。

邓小平说："六中全会以前，总政提出了批评《苦恋》的问题。最近我看了一些材料，感到很吃惊。有个青年诗人在北京师范大学放肆地讲了一篇话。有的学生反映：党组织在学生中做了很多思想政治工作，一篇讲话就把它吹了。学校党委注意了这件事，但是没有采取措施。倒是一个女学生给校党委写了一封信，批评了我们思想战线上软弱无力的现象。""现在有些人就是这样杀气腾腾的。我们今后不搞反右派运动，但是对于各种错误倾向决不能不进行严肃批评。不仅文艺界，其他方面也有类似问题。有些人思想路线不对头，同党唱反调，作风不正派，但是有人很欣赏他们，热心他们的文章，这是不正确的。有的党员就是不讲党性，坚持搞派性。对这种人，决不能扩散他们的影响，更不能让他们当领导。现在有的人，自以为是英雄。没受到批评时还没有什么，批评了一下，欢迎的人反而更多了。这是一种很不正常的现象，一定要扭转。""当然，对待当前出现的问题，要接受过去的教训，不能搞运动。对于这些犯错误的人，每个人错误的性质如何，程度如何，如何认识，如何处理，都要有所区别，恰如其分。批评的方法要讲究，分寸要适当，不要搞围攻、搞运动。但是不做思想工作，不搞批评和自我批评一定不行。批评的武器一定不能丢。那个青年诗人在北京师范大学讲话以后，有一部分学生说，这样下去要亡国的。他和我们是站在对立的立场。《太阳和人》，就是根据剧本《苦恋》拍摄的电影，我看了一下。无论作者的动机如何，看过了以后，只能使人得出这样的印象：共产党不好，社会主义制度不好。这样丑化社会主义制度，作者的党性到哪里去了呢？有人说这部电影艺术水平比较高，但是正因为这样，它的毒害也就会更大。这样的作品和那些所谓'民主派'的言论，实际上起了近似的作用。""过去匈牙利事件和当前的波兰事件，都有复杂的社会历史原因，我们都应该从中吸取教训。教训之一就是无论如何必须坚持党的领导，必须坚持社会主义制度。党的领导和社会主义制度都需要改善，但是不能搞资产阶级自由化，搞无政府状态。""关于对《苦恋》的批评，《解放军报》现在可以不必再批评了，《文艺报》要写出质量高的好文章，对《苦恋》进行批评。你们写好了，在《文艺报》上发表，并且由《人民日报》转载。"①

也就在这一天，胡乔木致信贺敬之、王任重、朱穆之和周扬，提出"为了逐步统一文艺界思想认识，有必要使一种刊物成为代表中宣部、文联党组、文化部党组共同意见的喉舌，经常就文艺理论问题、文艺界的工作成就和出现的某些不良倾向发表科学性的、指导性的权威性的评论"。在信中，他十分忧虑地反问道："建国以来文艺工作指导中的失误，给我们的文艺理论工作至今没有建立起一个马克思主义的科学体系，作家艺术家对文艺批评

---

① 《三中全会以来重要文献（下）》，人民出版社1982年8月版，第820—824页。

敬而远之，这种状况难道还能够继续下去吗？"尽管工作做起来不容易，但关键问题是"要全力以赴"，"言之匪艰，行之维艰，不过无论如何总得开步走。列宁建党初期提出从何着手的问题，他的答案是办报。我们现在不是建党初期，但是列宁的答案仍然适用"。①

其实早在 1979 年 7 月，作家李准在《人民日报》就撰文指出：文艺作品对"文化大革命"的道德败坏和经济混乱情况的描写要有节制。而《苦恋》只是这股资产阶级自由化思潮中的一个典型代表而已。邓小平再三强调：只搞批评与自我批评，不是也不能搞运动。事实上也是这么做的。受到批评的白桦仍然继续从事创作，仍然有作品在北京上演，1983 年 7 月的《北京周报》还曾突出报道过他和他的新作。这就使邓小平非常智慧地避免了重蹈毛泽东时代"文化大革命"的覆辙。

显然，邓小平 1981 年 7 月 17 日的谈话，已经既不是仅仅限于一个电影剧本的问题，也不是限于文艺工作和思想工作，而是借批判《苦恋》为契机，目的是在党的思想战线上进行一次激浊扬清的整风，它涉及了中国共产党党内很大范围存在的一种不良精神状态，即：不敢坚持批评与自我批评传统这样一个重大的原则问题，对错误倾向斗争不力，涣散软弱。随后，邓小平的这次谈话经过胡乔木两次整理，由邓小平本人定稿后，作为中央文件在中央宣传部主持召开的"思想战线问题座谈会"上下发，后来此文被收入了《邓小平文选》。

"思想战线问题座谈会"是由中共中央书记处决定于 1981 年 8 月 3 日召开的，会议的主要议题就是贯彻邓小平《关于思想战线上的问题的谈话》。胡耀邦在第一天会议上专门做了《在思想战线问题座谈会上的讲话》。8 月 8 日，胡乔木在最后一天的会议上做了长篇总结发言。

那么，邓小平在谈话中所说的中国共产党党内存在的错误倾向到底是什

---

① 《胡乔木书信集》，人民出版社 2002 年 5 月版，第 353 页。

么呢？我们可以在胡乔木的讲话中找到答案，即：违反四项基本原则的社会思潮——资产阶级自由化思潮。在20世纪八九十年代的中国，"资产阶级自由化"是一个使用频率非常高的词汇。它的具体含义到底是什么呢？胡乔木在这个讲话中第一次做了系统阐述："大家知道，在资本主义制度下，那里的首要的自由，就是资本家进行雇佣剥削的自由，维护资产阶级私有制的自由。这是资产阶级自由的最本质的东西，资产阶级的其他各种自由包括言论、出版、集会、结社自由，竞选自由，两党或多党轮流执政的自由，等等，归根结底都是由这种自由派生出来，并为它服务的。而当前我们社会上出现的这种思潮，它的特征正是极力宣扬、鼓吹和追求资产阶级的自由，想把资产阶级的议会制、两党制、竞选制，资产阶级的言论、出版、集会、结社自由，资产阶级的个人主义和一定范围内的无政府主义，资产阶级的金钱崇拜、唯利是图的思想和行为，资产阶级的生活方式、低级趣味，资产阶级的道德标准和艺术标准，对于资本主义制度和资本主义世界的崇拜，等等，'引进'到或渗入到我国的政治、经济、社会、文化生活中来，而从原则上否认、反对和破坏中国的社会主义事业，否认、反对和破坏中国共产党对于中国的社会主义事业的领导。这种思潮的社会实质，就是自觉不自觉地要求在政治、经济、社会、文化领域摆脱社会主义的轨道和实行资产阶级的所谓自由制度。所以，我们把它称之为资产阶级自由化思潮。"①

胡乔木指出，反对资产阶级自由化的社会思潮与纠正党内的"左"的指导思想，二者之间既没有矛盾，也没有对立，"两者都是客观存在，都危害着我们的社会主义事业，必须进行两条战线的斗争，对哪一方面采取不承认主义或不干涉政策都不行。而且，这两条战线的斗争是相辅相成的。不反对资产阶级自由化思潮，等于给那些顽固地坚持'左'的指导思想的人们输送弹药"。他再次强调，"双百"方针的基本点就是"在学术上实行民主讨论，

---

① 《三中全会以来重要文献（下）》，人民出版社1982年8月版，第847—848页。

在艺术上实行自由竞赛,通过批评与自我批评,来发展正确和先进的东西,纠正错误和落后的东西,用真、善、美来克服假、丑、恶,来求得社会主义科学文化事业的健康前进"。他还明确指出:"正确的批评当然首先要坚持四项基本原则,这是任何领域的批评的共同基础。""至于宣传个人主义和资产阶级人道主义的作品,当然要进行批评,不管什么人反对,也要进行批评。"

这次讲话,胡乔木一口气竟然讲了三个多小时。最后在谈到文艺工作时,胡乔木说起了毛泽东的《在延安文艺座谈会上的讲话》。他大胆地提出:"对毛泽东的文艺思想也要采取科学的分析态度。我们不能用'句句是真理'或者'够用一辈子'那样的态度来对待。"他实事求是地说:"这个讲话的根本精神,不但在历史上起了重大的作用,指导了抗日战争后期的解放区文学创作和建国以后的文学创作的发展,而且是我们今后任何时候都必须坚持的。"但是,"长期的实践证明,《讲话》中关于文艺从属于政治的提法,关于把文艺作品的思想内容简单地归结为作品的政治观点、政治倾向性,并把政治标准作为衡量文艺作品的第一标准的提法,关于把具有社会性的人性完全归结为人的阶级性的提法(这同他给雷经天同志的信中的提法直接矛盾),关于把反对国民党统治而来到延安,但还带有许多小资产阶级习气的作家同国民党相比较、同大地主大资产阶级相提并论的提法,这些互相关联的提法,虽然有它们产生的一定的历史原因,但究竟是不确切的,并且对于建国以来的文艺的发展产生了不利的影响。这种不利的影响,集中表现在他对于文艺工作者经常发动一种急风暴雨式的群众性批判上,以及1963年、1964年关于文艺工作的两个指示上。这两个事实,也是后来他发动'文化大革命'的远因和近因之一。应该承认,毛泽东同志对当代的作家、艺术家,以及一般知识分子缺少充分的理解和应有的信任,以致在长时间内对他们采取了不正确的态度和政策,错误地把他们看成是资产阶级的一部分,后来甚至看成是'黑线人物'或'牛鬼蛇神',使林彪、江青反革命集团得以利用这种观点对他们进行了残酷的迫害。这个沉痛的教训我们必须永远牢记。"①

胡乔木的话可谓语重心长。

1982年6月,中国文联四届二次全委会在北京召开。当时,胡乔木积极主张、大力宣传用"文艺为人民服务,为社会主义服务"的新口号来代替"文艺为政治服务"的旧口号,不再用"文艺从属于政治"这样的提法。中共中央同意胡乔木的意见。中共中央究竟出于什么原因要修改这个提法?是一种权宜之计,还是从根本的理论和实际上的考虑?与会人员对中央在文艺与政治的关系问题上提法的改变有很强烈的意见。本来不想参加这个会议的胡乔木,从会议简报上了解这个情况后,感到这个问题提出来跟他有点关系,觉得他有一种政治上的责任需要把这个问题谈一谈。于是胡乔木就在6月25日这天的招待会上发表了《关于文艺与政治关系的几点意见》的讲话,自称:"这也可以说是政治为文艺服务吧!"

在这次大会上,与会人员每人都收到了列宁著作《党的组织和党的出版物》的新译文,以及由中共中央编译局列宁斯大林著作编译室写的一篇《〈党的组织和党的出版物〉的中译文为什么需要修改?》。胡乔木再次强调过去把列宁的这篇著作翻译成《党的组织和党的文学》是翻译错了的,而Literature这个词并不是在任何时候都应该翻译成"文学",在这篇著作中应该翻译为"出版物",这是一个科学的问题,是一个语言学的问题,也是一个历史学的问题。胡乔木说:"我们要忠实于政治,我们更要忠实于科学。我们不能让科学来服从政治,那样,科学就不成其为科学了,政治也就不成其为科学的政治了。我们的政治要服从于科学。我们党犯了错误,就要实事求是地自我批评,虽然这种自我批评有时也会带来种种争论,甚至带来消极的副作用,可是我们党有这种勇气,我们党忠实于科学,忠实于历史。……勇

---

① 《三中全会以来重要文献(下)》,人民出版社1982年8月版,第882—884页。

敢的、科学的、恰如其分的自我批评，正是推动我们事业前进的巨大的积极力量。"胡乔木指出 Literature 这个词在《列宁全集》里被翻译成"书刊"，并不是"文学"。而毛泽东《在延安文艺座谈会上的讲话》沿用的是过去《解放日报》上的旧译。"这个误解毛泽东同志不能承担责任，文章是博古同志翻译的。改正一个错误，这根本不应当成为一个问题。"

有人提出："文学怎么能够不是党的文学？"胡乔木说，文学艺术是一种广泛的社会文化现象，不能把它说成是党的附属物，是党的"齿轮和螺丝钉"。文学的党性是一个特定的概念，不是可以随便使用或广泛使用的，它和一个文学家、艺术家中的共产党员的党性，是两个不同性质的问题。胡乔木认为文学的党性同文学的倾向性是一个性质，但是比倾向性更自觉，更鲜明，更强烈。有人提出"文艺为人民服务，为社会主义服务"不就是"为政治服务"吗，只是换一个新口号罢了。胡乔木指出，这两个口号"根本的不同在于新口号比旧口号在表达我们的文艺服务的目的方面，来得更直接，给我们的文艺开辟的服务途径，更加宽广"。全心全意为人民服务，是毛泽东思想的一个基本点。新口号的提法比旧口号更具本质性。他说，"为政治服务"，政治本身不是目的，政治是达到我们目的的一种手段；政治的目的是人民的利益。

最后，胡乔木深情地说："我这个人，说实在的，只会为政治服务，我一辈子就是为政治服务。但是我知道，我为政治服务，就是要为人民服务。而且，愈是为政治服务，我就愈感觉到政治不是目的，政治如果离开了人民的利益，离开了为社会主义、共产主义的目的，就要犯错误。今天我们最重要的政治，就是要集中力量建设高度的物质文明，建设高度的社会主义精神文明，改善人民的物质生活和文化生活。为政治服务，就不得不为人民生活的各种需要服务。政治也不得不为经济服务，不得不为教育服务，不得不为文化服务，其中也包括为文学艺术服务，还要为很多很多的东西服务。各种各样的人民利益，各种各样的人民需要，都要去服务。"

胡乔木说得多好啊！可谓赤胆忠心。它就像一面镜子，值得每一个党员干部拿来好好地照一照自己，思考一下该如何全心全意地用政治来为人民服务。

晚年，胡乔木在写作《回忆毛泽东》时，专门就"文艺与政治"指出：

> 一是文艺和生活的关系，二是文艺与人民的关系。在这两个问题上，《讲话》的观点是不可动摇的。其他的具体提法，相形之下，都是次要的。钱锺书《宋诗选注》序言中引用毛主席的话，强调的就是这两点，可见是大家公认的。生活是文艺的唯一源泉，其他都是流，所以作家要深入生活。文艺要诉之于读者，读者基本上是人民。文艺如果没有读者，就是没有对象。这两点可稍许发挥，但也不要说多。比较起来，这些道理是颠扑不破的。

> 关于文艺从属于政治的问题，讲话有它的局限性。这个问题不仅仅是属于讲话本身的问题。列宁的《党的组织和党的文学》讲了一个齿轮和螺丝钉的比喻。当时《解放日报》登的这篇文章，是博古翻译的。Literature，很容易译成文学，但 Literature 的意义很多，我反复看原文，认为不能译成文学。齿轮和螺丝钉不是指文学，是很明显的。我在一九八一（应为一九八二年，引者注）有一次讲话，着重讲了这个问题。

> 文学服从于政治这种话是不通的。古往今来的文学都服从于政治，哪有这回事？恐怕绝大多数的作家根本不承认这样的事。你说托尔斯泰为政治服务？他绝不会承认。他有他的政治观点，这是一回事，但他写《战争与和平》绝不是为政治服务。写《安娜·卡列尼娜》是为政治服务？也不是。例子多了。莎士比亚为政治服务？他哪一部著作是为政治服务？你说《奥赛罗》是为政治服务？《罗密欧与朱丽叶》是为政治服务？根本讲不通的话。

> 文学是一种广泛的社会文化现象。它跟阶级、政治的现象有些关

系，但关系不是那么直接。有时关系多点，如反法西斯战争前兴起的反法西斯运动中，世界文学几乎出现一种反法西斯潮流。当时作家有一种信念，反对法西斯就是维护人类的正义、和平、文明。法西斯没有文明，作家要维护文明。但也不能说那时的作品都是反法西斯的。有那么一些作家比较积极。比较出名的一个大作家，是德国的托马斯曼。他在法西斯上台后积极反法西斯，但他出名比较早，那时的作品没有什么政治倾向，是描写一种社会生活。其他的作家，如巴比塞，政治倾向比较明显，但这也是后来发展起来的，并不是一开始就有一种政治倾向。如左拉，反对德雷夫斯案件非常积极，非常坚决，甚至流亡到英国去，因为在法国呆不住了。左拉的作品虽然也涉及到一些政治问题，但一般地不能说是为政治服务的。可举出的例子太多了。中国最著名的《红楼梦》也不能说为政治服务。文学服从于政治的说法，一方面是把文学的地位降低了，好像它一定要服从于某个与它关系不多的东西；另方面把文学的范围不可避免地缩小了，好像作品不讲政治的作家就是没有政治倾向（这种作家很多），就不觉悟、落后，他的作品就不是文学。这样一来，好些事就讲不清楚了。

因为将列宁的文章中的话翻译错了，影响到认为文学是齿轮和螺丝钉，作家也是齿轮和螺丝钉。毛主席不能对翻译负责，但文学服从于政治这种讲法，是一个很深的印痕。《讲话》对作家的要求有地方过于苛刻，把作家脱离群众跟国民党脱离群众说得差不多，这是不妥当的。这些说法对于我们文艺工作的发展产生了不利的影响。

文学艺术是一种社会文化现象，是一种范围非常广泛的社会文化现象。教育的范围也很广泛，不可避免地要在什么范围内服从政治，但不能说教育范围内的所有问题都要服从政治。比如教外语，怎么说服从政治？这是根本不通的话。以前就出现过这样的现象，把外语教学都政治化了。斯大林在《马克思主义与语言学问题》中讲过，语言是社会现象,并不是意识形态。说文学是意识形态,只是就一个方面,即就文学艺术观点而言,不能说整个文学艺术是意识形态。这里有很多复杂的问题。历史唯物主义是一门很复杂的科学,绝不是简单的公式就可以解决问题的。

座谈会讲话正式发表不久,毛主席跟我讲,郭沫若和茅盾发表意见了,郭说"凡事有经有权"。这话是毛主席直接跟我讲的,他对"有经有权"的说法很欣赏,觉得得到了知音。郭沫若的意思是说文艺本身"有经有权",当然可以引申一下,说讲话本身也是有经常的道理和权宜之计的。比如毛主席讲普及与提高的关系问题时,说作家艺术家要收集老百姓写的什么黑板报、什么歌谣、画的简单的画,帮助修改,音乐也是要帮,这样的事是不可能经常做的。照这样讲,郭沫若成天收集小学、中学、大学学生和社会上各种人的东西,这怎么可能?这样,作家就做不成了。作家也不可能把什么人的东西都拿来修改,再在这个基础上提高。艾青写《秧歌剧的形式》,这从某种意义上可以说是体现了普及与提高的关系,但艾青绝不可能经常去具体指导某个秧歌队,修改歌词。

这里面有一个环境问题。当时是一种战争环境,特别是农村环境。在当时那种环境下,毛主席很反对鲁艺的文学课一讲就是契诃夫的小说,也许还有莫泊桑的小说。他对这种做法很不满意。但讲文学、讲写作,又必须有一些典型作品教育学生。毛主席力图找到一个途径,解决普及和提高问题。解放后编《毛选》时,我提出,普及与提高,对有些作品不那么适用,比如说音乐,欣赏音乐当然也要有一定水平,但很难说哪一作品是一年级的音乐,哪一作品是二年级的音乐。绘画,也可以有这样的作品,人人都能欣赏。比如《蒙娜丽莎》这样的作品,不一定要学过多少美术,都可以欣赏,觉得很美。这种例子很多。当时毛主席说,如果没有普及和提高的分别,就没有教育了。教育就是由没有受过教育，然后受教育，一年一年提高的。因此，还是原话不动，没有改。现在可以想到，文艺座谈会讲话的背景，就是战争环境、农村环境，如果离开这样的环境看问题，把讲话绝对化，那是非历史的态度。

讲话提出文艺的源泉是生活，这话是完全正确的，什么时候都适用。从文学史上看，所有大作家对生活都得观察、研究。作家必须深入生活，深入群众，与群众相结合，但怎么结合法，要看历史和个人条件的不同。有些作家可以下乡、下厂、下部队，但不可能所有的作家都下去。解放后毛主席有一次讲话，说如果不能下马观花，走马观花也好，也可以，这已经考虑到各种实际情况的不同，说明他的思想是发展的。对有些人，让他同工农兵同吃同住同劳动是不可能的。这种要求，对很多文化工作者、科学工作者是很难做到的。大学教授也很难做到，他要备课、讲课。像这样的要求，要看是在什么条件下、对什么人提出的。延安的情况，恰好比较适合。在延安，做专门研究很困难，缺乏这个条件。鲁艺有一位钢琴家就很苦恼，因为他没有用武之地。傅聪讲过这样的话："文艺工作者都去参加劳动，我的手如果劳动两个月，就不能弹钢琴了。"少奇同志说这话有道理。确实不能要求所有的人都去参加体力劳动。

与时俱进的胡乔木，以其真诚的理论勇气和政治责任，提出对于《讲话》，不能搞"句句是真理""句句照办"那一套，彻底地检讨了毛泽东文艺思想曾经的"左"倾观念，不仅正确扭转了新时期中国文艺事业的发展方向，而且真正改变了文艺事业的面貌，也赢得了中国文艺界的尊重。

（本文刊载于 2012 年 5 月 23 日《中华读书报》，系该报为纪念毛泽东《在延安文艺座谈会上的讲话》发表七十周年特约文章，发表时有删节。《新华文摘》2012 年第 15 期转载）

宽容·局限·叙述
——浅谈重大历史题材报告文学写作的三个关键词

胡乔木说："愤怒出诗人，但不出历史学家。"我套用一下：愤怒出诗人，但不出优秀的报告文学作家。从事报告文学写作，尤其是重大历史题材的报告文学写作，应该做到——热心冷手，热进冷出，热考（考证、采访调查）冷思，热写冷改，热风冷语，做到安静、冷静、理性，充满理论的勇气和力量。历史学家是把活生生的现实理化为冷冰冰的历史，作家是把冷冰冰的历史活化还原为活生生的现场。因此，重大历史题材的报告文学写作就如同"过马路，左右看，要走人行横道线"，既要做到一分为二，又要做到恰如其分。因此，对于重大历史题材的报告文学写作，我认为必须处理好三个关键词或者三个方面的关系，即：一是宽容，二是局限，三是叙述。说白了还是那句老话——写什么，怎么写。

第一个关键词：宽容——宽容的历史与历史的宽容

这个标题其实是我的报告文学著作《五四运动画传：历史的现场和真相》自序的标题。我在自序中这么写道："历史是宽容的。我们回望历史，不能对前人求全责备，更不能做事后诸葛亮，更更不能当'马后炮'，我们既不能用今天的眼光去指点过去，也不能拿过去的事物来类比今天，一定要回到历史的现场，正视先人的历史局限性，也不要限于自己的局限。因为在现实面前，谁都不是先哲和先知。而在历史面前，任何人推动或者改变了历史，同样也被历史推动和改变。"

胡适先生说："宽容比自由更重要。"我们善待历史，就是善待现实。回望历史，需要我们用正确的历史观，同时用审视、平视和俯视的眼光，来静默观察那历史长河中的人和事。因此，重大历史题材报告文学的创作，就必须建立正确的历史和文化的坐标，用事实说话，紧紧围绕爱国的、进步的、民主的、科学的那部分，来思考和弘扬历史中那些有益的民族的、文化的精神；必须在坚持历史现场细化的同时，还要坚持可信的现代解读，从个体的记忆和公共舆论中聆听那些被历史烟云所湮灭的声音，感受悲感交集的历史表情，省察波澜壮阔的人物命运，继承和弘扬民族革命的精神之光。

记得钱穆先生讲过，一个公民当对自己国家的历史具温情和敬意。五四运动作为一段不可忽略的历史，已经写进了历史教科书，似乎人人耳熟能详，但实际上对大多数人来说，这段历史却是一段并不完全被知道的历史。这些年来在学术界更是出现了一些全盘否定五四运动的声音。作为文学创作和新闻出版的重大选题，五四运动似乎成了一个禁区或者烫手的山芋，中国作家始终没有人去完整地重叙这段历史，至今没有一部全景式反映五四运动的报告文学著作。五四运动是一个大舞台，那个年代大师灿烂，政界、学界人物粉粉亮相，因此如何写出五四人物在历史潮流中的选择和命运，也是必须注意的一个问题。但五四爱国运动和历史上的任何一次文化运动或政治运动一样，都有其时代的局限性和历史性，它所承担的历史使命和责任都不可能是超时代的。在写作中，我曾多次按照五四运动中学生游行示威路线去追寻，到老北大旧址红楼、到箭杆胡同的陈独秀故居等处去走访。我想，这种走访和追寻，是对五四运动表达敬意的一种方式，也是穿越历史隧道、试图重返历史现场的一种尝试。在我看来,这是一种对历史负责的精神。因此,在这样的写作中,我必须做到去伪存真,拨开重重迷雾,写出历史的温度,让历史人物的态度可感、声音可闻,从而完整地呈现那个时代的风云变幻,塑造出历史长河的中流砥柱,而不是炒作历史的花边新闻搞八卦。

《五四运动画传:历史现场和真相》写作完成后被报送国家新闻出版总署,并经中共党史研究室专家审读,认为该书"对人们特别是青年人了解中国革命的历史,了解五四运动,增强对中国国情的了解和认识,激发强烈的爱国主义精神,建设中国特色的社会主义,实现中华民族的伟大复兴,会有积极的启迪作用"。中共党史研究室专家如此高度的评价,令我非常震惊,给了我巨大鼓舞。

第二个关键词:局限——局限的历史与历史的局限

人类的历史,就是思想史。或者也可以说,就是思想者的历史。我们作为报告文学作家,无论是追溯历史还是记录现实,其根本的目的就是传承民族的精神和文化。面对历史,我们或壮怀激烈仰天长叹,或引吭高歌击掌叫绝,或怒发冲冠拍案而起,或俯首沉思一声叹息。而对于一个历史人物,任何人(包括他自己)都有自己的说法。但写什么?怎么写?这既是立场问题,更是历史问题。我们需要尊重,更需要尊严。历史是有局限性的。任何一个历史人物也都有局限性,包括我写的陈独秀、毛泽东、王明、邓小平、胡乔木等等也不例外。甚至,现在的我们也身在局限之中。没有一个历史人物能够超越时代,超越历史,从而超越自身的历史使命。因此,审视历史,无论是宏观全局、中观局部,还是微观细节,我们千万不要在局限的历史中陷入历史的局限,更不能陷入自身的局限。我们应该正视历史的局限,正视历史人物的历史局限性,一分为二地在历史的局限中总结过去,在局限的历史中展望未来。只有这样,我们阅读历史的时候才会感到真实,感到纵深,感到智慧，也感受到境界和力量。

在历史的长河中，历史人物处在历史创造的现场。我们在观看或记录历史时，就必须回到那个历史的现场，建立一个实事求是的坐标系——纵横的而不是单一片面的，整体的而不是断章取义的，联系的而不是割裂歪曲的，发展的而不是孤立静止的——把"此处"的自己慢慢地放在"彼处"，放在"彼时"，去分析"彼人"和"彼事"，既不要忘了历史的"背景"，也不要当"事后诸葛亮"和"马后炮"。也就是说，对于历史人物的研究，我们同样需要准确把握主题和主线、主流和本质，以客观的实事求是的方法和辩证唯物主义的态度，去全面分析。诚如胡乔木所说：研究历史，我们的目的不是面向过去，而是面向现在，面向未来。因此，我之所以强调回到历史现场，就是说历史并不是我们想象中的历史，就像任何历史事件都有其必然性和偶然性一样，因此我们考察历史，既不能只拿显微镜去"放大"偶然性，也不能只戴老花镜去"模糊"必然性。

我创作的《中共中央第一支笔（胡乔木传）》这部书，其实是一部胡乔木的传记。我用五年业余时间，搜集资料，访人探学，完成了任务。图书出版后受到了许多专家学者的好评，逄先知、滕文生、朱佳木、李捷、侯树栋等专家认为，我的这部作品文笔生动细腻，构思精巧，看后令人感到可读可信，不仅有助于读者了解真实的胡乔木，而且对读者学习了解党史、国史很有裨益。他们读后认为，这部作品智慧地解决了重大历史题材作品怎么写、写什么的问题。朱佳木评价说："为党的思想家、理论家立传，尤其是为像胡乔木这样的党中央的'大秘书''大笔杆子'立传，要写得准确生动，难度确实很大，实在是对作者功力的大考验。丁晓平同志以清醒的逻辑思维能力、严密的归纳总结能力和高超的文字把握能力，较好地处理了与传主密切相关的诸多政治的、历史的、现实的、敏感的话题，妥当地解决了重大历史题材作品'怎么写'和'写什么'的问题，起到了对一系列歪曲、丑化党史、国史和胡乔木历史的错误言论给予正本清源、澄清事实的作用，做到了

'研究深入、讲述浅出',引导读者回到历史的现场,还原了一个有血有肉的历史人物的真实形象。这对于一个"70后"的年轻作者来说,是十分难能可贵的。"

第三个关键词:叙述——叙述的历史和历史的叙述

怎么写?写什么?重大历史题材报告文学的写作和历史研究一样,都同样面临这个问题,其实也就是作家文学写作的立场问题。毛泽东主席1942年3月30日在延安曾就"如何研究中共党史"的问题发表了真知灼见,提出了"古今中外法","就是弄清楚所研究的问题发生的一定的时间和一定的空间,把问题当作一定历史条件下的历史过程去研究"。他强调,"研究中共党史,应该以中国为中心,把屁股坐在中国身上。"我想,在重大历史题材报告文学创作中,也应该遵循毛泽东主席的这种研究方法。

怎么写?写什么?具体到写作技术层面,也就是怎么叙述和怎么选材的问题。历史的叙述和叙述的历史,都是被选择的历史。但,关键是这种选择,必须是科学的选择、整体的选择,而不是断章取义、移花接木和偷梁换柱。古人云:兼听则明,偏听则暗。同样,历史需要兼听!因此,重大历史题材报告文学的写作,千万不要单纯地相信一个人的口述史,要一分为二,综合辩证地分析,要做到有了调查也不一定就有发言权,还得做到"大胆假设,小心求证"。

怎么写?写什么?我认为,要写好重大历史题材的作品,就是要写历史中最有价值的那部分。什么才是历史中最有价值的那部分呢?我认为,就是推动历史进步并有利于民族、国家和人民的根本利益的那部分历史,就是历史发展的主题和主线、主流和本质。因此,重大题材报告文学的写作,在无限接近历史真实和有限挖掘历史事实(真相)之间,我们必须追求和实现历史的真实和历史价值的最大化;在真实和真相、主体和主题、事实与史实之间，我们必须以正确的立场和价值观，去思考，去选择，有正思就有反思，有选择就有扬弃，而不是把历史中已经不再成为历史的所谓历史进行翻新炒作，当历史的"狗仔队"，搞八卦，把历史变成噱头，写历史的花边新闻。

2012年3月，我的另一部重大历史题材报告文学作品《王明中毒事件调查》出版。"王明中毒事件"可谓是七十年来歪曲丑化中共党史和污蔑毛泽东的"第一谎言"。王明子虚乌有的"一家之言"至今仍被境外反共反毛的人不断复制、贩卖和炒作，当作"句句是真相"来"揭秘"，其实质就是把一部中共党史歪曲丑化成龌龊的"内斗"史，进而从根本上丑化和动摇一个执政党的道德形象和它的公信力。或许是因为缺乏原始证据，几十年来，史学界始终没有人站出来澄清"王明中毒事件"。1998年，我从一位民间收藏家手中发现了从康生家中流落出来的当年王明住院的第一手资料，并从中国现代史学会会长、王明研究专家郭德宏先生处，获得王明儿子保存的一部分原始证据，紧接着抢救性地采访了曾参与护理工作的原延安中央医院护理部主任郁彬、中央医院护士李坚，以及当年参与审查的公安部原副部长凌云等多位当事人和见证者。我一边采访，一边查阅有关资料，研究前辈学者的成果，完成了《王明中毒事件调查》的写作，还原了历史的真相，被党史界誉为中共党史研究近十年来的重大突破和重要收获。

歌德说，有限制才有自由。这实在是伟大的真理，简单却又深刻。文学创作尤其是报告文学也是如此。许多朋友都认为重大历史题材的报告文学不好写，诸多历史问题、社会问题、敏感问题，有管涌有暗礁有高压线，不敢动、不敢碰、不敢写，担心写了通不过审查，发表不了，出版不了。我认为这只是一种现象。从我目前从事的重大历史题材创作来看，在写作中确实碰到许多敏感问题，比如《中共中央第一支笔（胡乔木传）》中有关胡乔木和周扬的"人道主义和异化问题"的争论，至今依然是一个敏感话题，但我去伪存真，客观公正地叙述了事件真相，中央文献研究室审读后一字未改。再比如《张万年传》这本书，传记组原先有人写了一稿，因为下册涉及1992至2002年我党我军重大国防和军队建设的决策，许多敏感甚至涉密的问题怎么处理，高层的决策内幕如何表现，错综复杂的关系如何处理，等等，在写作的结构、语言和叙述上都存在问题，没有通过。我临危受命，推倒重来，另起炉灶，一稿通过，万年副主席审阅后几乎一字未改。因此，我认为从事重大历史题材报告文学写作的作家，不是新闻记者，也不是小说家，更不是观众。以写作的方式介入历史，我们就不仅仅是一个旁观者。我们就必须具备战略的眼光、理性的思考、理论的勇气，凌云健笔意纵横，才能从外部枝节看到内部核心、从现象看到本质、从支流看到中流、从局部看到全局，从有限看到无限，从中国看到世界，从而准确地科学地把握作品所涉的历史和现实以及人物的主题、主线、主流和本质，这样才能写出经得起时间检验的重大历史题材的报告文学作品。

历史写作需要有一种冒险的精神。在重大历史题材报告文学的写作上，我坚持走文学、历史、学术的跨界和跨文体写作的道路，其方法就是采取"文学的结构、历史的态度和学术的眼光"，围绕"实"字做文章，即：以真实为生命，以求实为衣钵，以写实为根本，老老实实不胡编乱造，踏踏实实不哗众取宠，保证每一个历史细节都有它的来历，保证每一句历史对话都有它的出处，让读者在我们的报告文学中体味到个体生命的质量，体验到民族精神的能量，感悟到科学理论的力量。我想，只有这样，重大历史题材报告文学的写作才能经受得起时间的考验和历史的检验，从而得到读者的欢迎。

历史，总是慢慢地让人知道的。重大历史题材报告文学写作的根本任务是还原历史，美好生活，照亮未来。我相信：优秀的报告文学作品将带着读者回到历史的现场，在现实的背影中看见未来。而伟大的报告文学作品尤其是传记作品，特别是那些品行良好的历史人物的传记，给人类带来了福音——它教给人们和世界一种高尚的生活、高贵的思想和充满生机活力的行为模式，对人的成长是最有启发和最有作用的。而报告文学的责任和使命，我想还是用宋代思想家张载"四句教"来回答——为天地立心,为生民立命,为往圣继绝学,为万世开太平。

(本文系作者 2012 年 10 月在全国报告文学创作交流会上的发言,刊载于《中国报告文学通讯》总第 23 期)

传记文学写什么，怎么写
——与美国著名历史传记作家罗斯·特里尔对话

2016年8月26日，CCTSS"阅读中国"——中外传记文学作家沙龙在中国国家图书馆举行。此次活动为文化部、新闻出版广电总局和中国作家协会主办的"2016年中外文学出版翻译研修班"特别活动之一，旨在推动中外文学出版领域优秀作品的互译合作，以中外主流畅销书为媒介，以有影响力的作家和译者为使者，向中外读者传播推介优秀作品和作家，展现中外文化交流互鉴、美美与共的友好精神。本次活动邀请了美国哈佛大学费正清研究中心研究员、《毛泽东传》作者罗斯·特里尔博士与笔者对话。

话题一：创作经历与感悟

罗斯·特里尔：大家早上好！我们今天讲的话题是畅销书，但是我想说，其实畅销书只是一个关乎运气的事情。在美国，写中国书的人很少能够获得巨大成功。我知道一个例外，就是赛珍珠写《大地》。因此，各个方面的学者对她都有一些研究。比如说，就有中国学者对赛珍珠有一些研究，但写的这个东西非常简单。我想提醒这个中国学者注意的是，可能他并没有关注农村的中国。因为赛珍珠写的是中国的农村，而在当时中国另外一位伟人——毛泽东，其实他关注的也是中国的农村。

讲到毛泽东，虽然毛泽东今天已经不是这个国家的领导人，我们也有很多人对这位领导人有很大的意见。但这个人物，仍然是无比重要的，因为他建立新中国，因为他直接为今天中国的崛起打了一个基础。我们知道马克思，在苏联有列宁、斯大林，在中国有毛泽东。但是我们看到，毛泽东他好像是马克思、列宁和斯大林的结合体。他在他自己的政治斗争当中，发展了很多政治斗争方面的思想。在这一点上，我觉得他身上既有马克思的影子，又有列宁的影子。同时毛泽东还是社会理论的奠基人，我觉得中国在处理毛泽东方面事务的时候，比苏联在处理斯大林事务的时候要谨慎得多。如果大家不相信的话，可以去读一下赫鲁晓夫在1956年做的一个演讲，是针对斯大林的演讲，然后再对比一下邓小平在1981年做的《关于毛泽东同志的若干决定》。①大家就可以看到，邓小平在处理前任领导人的事务上，比赫鲁晓夫显得更为机智一些。

关于毛泽东方面的著作和介绍，我觉得写传记是比较安全的一个办法。其实写传记相对于以其他方式写关于毛泽东的著作，更容易获得成功，更容易成为一个畅销书。写毛泽东传记的时候，我们需要考虑，这个人物，他后来做了什么样的事情，以及他之前的生活会怎样影响他后来所做的事情，为什么他后来成为这样一个人。对于这个传记的作者而言，思考这样的问题，也是他进行深入研究的起点。对于读者而言，我相信也是带着这样的问题去读传记的，这是传记文学的魅力所在。

最后，我想讲一讲社交媒体与图书之间的关系，很多人都把社交媒体视为图书的一大威胁。当然随着技术的发展，人们的行为、阅读习惯也在变

---

① 应该是《关于建国以来党的若干历史问题的决议》，作者注。

化。我本人是不会用智能手机来阅读的，但是我周围的年轻人不停地在这样做。所以从这一点可以看到新的技术、社交媒体不一定是我们的敌人。但是我们一定要探索到一个合适的方式，让社交媒体成为图书之友，而不是图书之敌。从作者的视角而言，写书之后变成电子书的形式，还是变成纸版的形式，并没有任何区别。但是，我要说社交媒体它可能会带来一个问题，因为在社交媒体上，你能够获得的材料太多元化了，这样影响到这个东西的质量。

丁晓平：大家早上好！刚才聆听了罗斯·特里尔先生对历史传记和创作的体会，我深有同感。首先讲讲我的创作道路。其实，我和所有的文学爱好者一样，从高中时代开始写作，从写诗写散文开始。后来，我到出版社工作，方向发生了改变。从2001年，成功策划编辑《毛泽东自传》这部畅销书后，我走上了历史传记文学的创作道路。但文学写作是业余的，职业还是从事编辑出版工作。从2005年开始，我先后写了有关埃德加·斯诺、邓小平、胡乔木、王明、陈独秀、蔡元培和毛泽东，以及五四运动和二战的历史文学作品。

刚才，特里尔先生讲到了，关于毛泽东，关于我们国家的历史，怎么来写作，我觉得这是当前一个非常重要的问题。习总书记提出了"讲好中国故事"，如何讲好中国故事？我觉得非常重要的一点，就是要正确面对历史，避免误读历史。应该说，我们非常幸运，处在这么一个伟大的时代，但是我们也看到，这个时代也很混乱。我自己感觉当今的时代，是一个容易忘却历史却特别需要历史的时代，是一个物质极大丰富而理想时常被湮没的时代，是一个人才辈出却又真人难觅的时代。无论是历史传记写作，还是畅销书的写作，无论对编辑还是作家来说，都存在这些问题，还是那一个老问题：写什么、怎么写，编什么、怎么编的问题。

这些年，我通过写《中共中央第一支笔（胡乔木传）》《王明中毒事件调查》《五四运动：历史的现场和真相》这三部历史著作，得出一些启示，并总结出自己的写作道路和方向，提出了一个概念，就是"文学、历史、学术的跨界跨文体写作"。很早以前，我就阅读了特里尔先生的《毛泽东传》，那时他的作品是河北人民出版社出版的。非常荣幸，我在前天的开幕式上，特意拿着这本书请特里尔先生给我签了名。要感谢特里尔先生，我在阅读他的作品中得到了很多启发。同时，现在，我也始终在想一个问题，那就是——当许多美国人，包括特里尔先生，还有埃德加·斯诺、索尔兹伯里，还有很多外国作家，他们在作品中，客观、公正、理性地评价中国和中国的政治人物，而且是以肯定、赞美的语调，反而在我们国家却出现那么多嘈杂、低级，甚至很卑劣的声音。这是我一直在思考的问题。

我从特里尔先生《毛泽东传》里也感觉到，似乎也能找到我自己现在坚持的"文学、历史、学术的跨界跨文体写作"模式。为什么这么说呢？我觉得，任何一部文学作品或者历史传记，无论它是不是畅销书，它应该给我们带来什么？那就是带来力量。什么力量？文化的力量、理想的力量、信念的力量、温暖的力量。当下的中国，可以说是世界上是最开放、思想最解放的国家之一，甚至美国和欧洲也不会有中国思想这么解放。我们不反对有多种声音，在中国什么声音都可以发出来，这是我们幸运的地方，这是我们这一代人感到骄傲的地方，但许多声音听起来令人难以理解，甚至非常气愤。

前天，我在开幕式上送给特里尔先生一本《王明中毒事件的调查》。"王明中毒事件"可谓是歪曲丑化中共党史的第一谎言。七十年过去了，也没有权威机构来反驳这个谣言。而谣言却大行其道，非常有市场。其中有个叫张戎的写了一本《毛泽东：不为人知的故事》，更是专门就此写了一章，叫"给王明下毒"。非常荣幸，我作为一个业余研究历史的作家，通过新发现的原始档案资料并采访健在的当事人，还原了历史真相，完成了这个任务，为党、国家和民族，也为毛泽东本人，做了一件我自以为很值得骄傲的事情。所以说，一个作家，无论他的书能不能成为畅销书，但是我们最起码的一点，是要有知识分子的良知，要有基本的道德底线。

应该说，我坚持十多年历史传记写作，给了我一个很大的启示。我对"知识"这两个字有了新的理解——"知"是调查研究，"识"是辩证分析。只有在调查研究的基础上，再去进行辩证分析，才能获得"知识"。就像刚才特里尔先生专门讲到了，中国共产党与苏联共产党，在处理斯大林与毛泽东的问题上有不同的智慧和方法。这说明什么呢？那就是我们对历史包括对现实的判断，要有两句话八个字：一分为二，恰如其分。

话题二：如何写好人物传记

罗斯·特里尔：就市场出版而言，现在出版社一直都致力于提高公众的素养，但是另一方面，出版社也必须尊重大众的口味，尊重大众的需求。我觉得，我作为一个作者在写作的时候，可能也不能做到有的放矢，做到完全满足读者对我的需求。我现在正在写的这本书叫作《青少年时期的毛泽东》，也是一本人物传记。我们看到，在研究毛泽东青少年时期经历的时候，我们会有很多意想不到的情况，比如毛泽东并非出生于共产主义世家，他是出生于佛教世家；他从小就非常喜欢学习，但是他天性又非常叛逆，他反抗，是从反抗他的父亲以及私塾老师开始的，而不是一开始就是在政治斗争当中，他是一个叛逆者。还有一些让我们非常惊讶的地方，包括毛泽东在青少年时期的时候，他对于俄国的十月革命，其实一开始并不是特别喜欢，他觉得这是因为不能够妥协才有这样的一次革命。

写人物传记很重要的一点，就是这个传记能不能非常客观地去看待历史人物。在中国，似乎人们也总是这么说人物传记。传记似乎就是一种评判，就是对一个人的评价，就是盖棺定论。的确有的时候，社会上会形成一定的评判。但是，我想说，我们不一定要一锤定音，不一定说我们给出的东西，就是一个板上钉钉的东西。我们可以通过我们自己的观察，去间接地进行一些描述，然后可能会间接地影响到人们对这个人物的认识，而不是一锤定音。比如说在写毛泽东的时候，他曾经这么描述自己说："我自己是半虎半猴。"[1]所谓半虎，虎它非常勇猛，知道目标在哪儿，能够勇敢地朝目标迈进；但是猴子呢，在走路的时候，可能经常三步两回头，有的时候会有一些疑虑。我觉得，就从这个为切入点，很好地展示了毛泽东这个人物的复杂性。因为他本人，可能在他成长发展当中，也是有这样的一个特性。人物是非常复杂的，毛泽东这个人物的特性、思想，都非常复杂，这其实对于传记作者而言，是一件很好的事情。如果这个人物过于单一，那我们可能不太能够写出优秀的有意思的作品。

另外一点，我想说的就是，我自己把毛泽东定义成是一个"半知识分子"。因为他从小熟读中国的经典和孔孟学说。但是毛泽东的父亲却对他说这些东西都是无用的，所以从小他就对他父亲有一定的"憎恨"。在他解放了全中国之后，一个很有意思的事情是，他却复制了他父亲的性格。他父亲的军人性格，在他身上体现得淋漓尽致。而且毛泽东本人，也不那么喜欢知识分子，在这方面，他同法国的戴高乐、英国的丘吉尔，都有相似之处。他们都非常喜欢阅读，非常喜欢读历史，但是另一方面，毛泽东又有他的矛盾性，就是他只是一个"半知识分子"。

通过描写这种故事，我可能并没有用我自己的话，一锤定音地给他一个评判，但是我能够间接地去描述，去影响人们对他的看法，我觉得这也是不失公允的。

我去过很多毛泽东生活和工作的地方，包括韶山、长沙，还有很多其他的地方。关于谈到对读者的期待，其实一直以来，是从读者那儿受益良多，是从他们那学到很多东西。包括有很多读者给我来信，让我思考。比如说，有一个人就在信中写道，说他自己是做生意的，生意非常成功，赚了一百

---

[1] 毛泽东曾在一封信中说："在我身上有些虎气，是为主，也有些猴气，是为次。"作者注。

万。但是他现在却开始想了解毛泽东,想研究毛泽东。这一点让我思考。另外,还有一个人给我写信,问我为什么中国人不能够像我这样客观公允地写毛泽东的传记。当然那都是在1990年代,可能现在情况有一些改变,但是一直以来,我都能够从读者那儿学到很多东西。

我还想加一点,在我写作过程当中,我发现青少年时期的毛泽东,他是一个非常迷茫的人,他经常不断地改变他的想法,没有一致的想法,包括在择业方面,也是经常变化,他的脑子里面的想法非常困惑。在当今的中国,我们看到很多的年轻人,他们也是属于这样的情况。迷茫,不知道应该做什么。那我觉得他们应该想一想年轻时候的毛泽东,年轻的时候,如果处于这种迷茫的状态,不一定代表着你未来就不能够成功。

丁晓平:在成功策划编辑畅销书《毛泽东自传》后,我写了一本书,叫《解谜〈毛泽东自传〉》,专门为《毛泽东自传》这本书,写了一本传记。写这本书,我花了七年时间。现在,我正在做的一件事,就是为纪念长征胜利八十周年,写一本《世界是这样知道长征的》,算起来也有十年时间了,就像《解谜〈毛泽东自传〉》一样,我从出版物的传播视角,讲一讲长征的叙事史。当然,像这种书不可能成为畅销书,是小众产品。特里尔先生一开始就说了,一本书能成为畅销书,是需要机会需要缘分的,有些书可能永远不会成为畅销书。但是作为出版人,作为作家,我们也要不遗余力地用真诚的心,去创作它、编辑它。

关于历史传记的写作,我觉得,比如像写毛泽东这样的人物,他是人类历史上的人物,是伟大的人物,那对我们作家本身来说,就必须要有大格局、大情怀、大境界,才能把握他。我觉得,我们中国作家确实应该向罗斯·特里尔先生,还有埃德加·斯诺先生、索尔兹伯里先生这些美国作家们学习。学习什么呢?我个人体会,不在于写作技术层面,而在于创作和研究的态度上。如何讲好中国故事、传播好中国声音,增强文化自信,我们的创作，包括新闻出版的文化产业，怎么来做？我认为需要把握好三个关系：第一，宏观与微观的关系；第二，历史与现实的关系；第三，中国与世界的关系。今天因为时间关系，我不去详细论述了。讲好中国故事，避免误读历史。讲历史写作，我提出一个问题需要大家注意，包括读者，那就是千万不要相信一个人的口述史。这个时代，口述史、微观史太多了，太泛滥了，包括所谓的非虚构写作。

文化翻译工作，我觉得无论是对中国，还是对世界，甚至对人类的文明史，是起到了一个桥梁的作用的。我们知道，中国这个国家，非常古老，但又非常年轻，这一点我们往往好多人没有认识到。为什么说它年轻？现代中国比美国还年轻，我们要认识这个问题，如果不从这个角度来认识中国的话，我们对历史对现实就把握不住。我们古老是因为我们的文明古老，我们年轻是因为我们的思想、我们的精神、我们的现代化的道路还任重道远。所以说文化翻译工作确实太重要了。其实人类的文化，尤其是东方文明，当然是我们中华民族的文明，可以说是人类最优秀的文化。美国没有多少文化，但是为什么美国的价值观，现在成为公知们嘴里最时髦的普世价值呢？为什么这么吸引人呢？我觉得文化翻译工作，在这上面，确实大有可为，要在世界上普及我们的优秀文化，宣扬我们的价值观。现在，习近平总书记提出了"四个自信"，这非常重要。当然，我觉得当下的中国，还要有一个更加重要的自信要提出来，那就是"价值自信"。我觉得前面的"四个自信"都在为"价值自信"服务。我们应该提出这个自信。

最后，我想用美国独立战争开国元勋约翰·亚当斯的一句话，作为我的发言的结束语。约翰·亚当斯怎么说的呢？他说："在我的记忆中，没有什么东西比我通过观察得出的这个结论更古老了，艺术、科学和帝国，总是向西前进。从我还是一个乳臭未干的小孩起，在平日交谈中我就总是强调，历史将跨过大西洋来到美利坚。"他的这句话说得真好！所以，今天我在这里，与大家分享这句话，同时，我也要接着他的话说下去："艺术、科学和帝国，总是向西前进，历史将跨过太平洋来到中国。不！我还要改一个字，历史将跨过太平洋回到中国！

（罗斯·特里尔是美国科学艺术研究院、耶鲁大学、哥伦比亚大学、加州大学洛杉矶分校、加州大学伯克利分校、普林斯顿大学等诸多国外知名高校公众演讲主嘉宾，著名的中国问题专家，畅销200万册的《毛泽东传》作者，曾参与习近平主席新书 The Goverence of China 华盛顿新书发布会，接受CCTV、《北京青年报》等诸多国内著名媒体采访。本文由中国文化译研网提供。对话为即席发言，根据录音整理。特里尔先生的发言未经本人审阅）

如何拥有历史感与拥有怎样的历史感

2016年11月30日，习近平总书记在中国文联十大、中国作协九大开幕式上发表重要讲话，指出："没有历史感，文学家、艺术家就很难有丰富的灵感和深刻的思想。"那么，历史感到底是个什么东西呢？

从字面上来讲，历史感，可以理解为我们对历史的感觉。当然，感觉有很多种，诸如视觉、味觉、嗅觉、触觉，等等。但笔者认为，对历史的感觉，其实就是对历史的态度问题，一句话就是历史观。对待历史我们应该采取什么样的历史观呢？在弄清楚这个问题之前，我觉得，首先要弄清楚历史是什么。

习近平说："历史是一面镜子，从历史中，我们能够更好地看清世界、参透生活、认识自己；历史也是一位智者，同历史对话，我们能够更好地认识过去、把握当下、面向未来。"正是从这个意义出发，他强调指出："坚定文化自信，离不开对中华民族历史的认知和运用。"

众所周知，"一切真历史都是当代史"——这是意大利著名学者克罗齐1917年提出的一个命题。当下，"一切真历史都是当代史"在中国却被普遍地滥用和误读，甚至已演变为"一切历史都是当代史"，把"真"字丢了，以致谬种流传。在他们看来，现实是从历史中来的，甚至现实很多顽症根治乎历史，欲知现实之所以然，离不开去历史里面寻踪索秘，似乎现实就是历史的翻版或历史就是现实的预演。其实，早在1947年，朱光潜先生在《克罗齐的历史学》论文中探究克罗齐的史学思想时，就曾对这一命题做了比较正确的解读："没有一个过去史真正是历史，如果它不引起现实的思索，打动现实的兴趣，和现实的心灵生活打成一片。过去史在我的现时思想活动中才能复苏，才获得它的历史性。所以一切历史都必是现时史……着重历史的现时性，其实就是着重历史与生活的连贯。"笔者认为，就像历史问题应该依靠历史来解决一样，现实问题，既不可能从历史中找到原因，也不可能从历史中找到答案。我们可以鉴古知今，可以资治通鉴，可以从历史的经验教训中找到一些方法，但现实中的问题，只能抓住现实中的矛盾来解决，在现实的发展中找到答案。

"观古今于须臾，抚四海于一瞬。"文学家、艺术家应该拥有怎样的历史感呢？笔者认为，树立正确的历史观，对中华民族历史的认知和运用必须在避免误读历史的基础上，把握好以下三个关系。

一是要把握好个体与整体的关系，呼唤宏大叙事

在大力讲好中国故事、盛行阅读中国故事的当下，在全球正在"化"为一体、在微观历史、口述史和非虚构写作泛滥的今天，在日常生活史、个人口述史、小历史、野史于各种各样传播媒介上出尽风头的今天，在史学家和公知们沉溺于对五花八门五颜六色的微观史并自足于津津乐道的今天，我们的文学写作同样出现了这个问题——如何把握个体与整体的关系。

当下，一个不可忽略的现象已经浮出水面——个体的历史越来越清晰，整体的历史却越来越混沌。文艺创作已经明显暴露出了"捡了故事（个体或局部），丢了历史（整体或全局）"的问题。细节片段的微观历史遮蔽了总体全局的宏观历史，混乱平庸的微观叙事瓦解了宏大叙事，琐碎局促的微观书写离析了历史的唯物主义和辩证法——显然，这是当代知识变迁过程中一种错位的"非典型状态"。

我认为，要把握好个体与整体的关系，我们就不能轻易相信一个人的口述史，要树立大是大非的大历史视角，要有宏观的整体的纵横的发展的联系的全局的一盘棋思想。一个人的口述史，只是一个人的，他的想法、看法、说法，是否就是历史呢？是否还原了历史的真相呢？一叶障目，不见泰山。历史的"碎片化"和"碎片化"的历史，实质上已经说明个体甚至个人主义的微观史终究不能承担"究天人之际、通古今之变"的历史责任和使命，更无法克服其自身致命的弱点——没有足够的能力来理解和诠释世界已经发生和正在发生的重大转变。对重大问题的失语和无力，是微观史所面临的最大挑战。

树立正确的历史观，就是改造和创造自己的价值观，就是必须要实事求是地回到历史现场和现实语境当中，完整书写整体的历史和历史的整体。这就要求我们要坚持唯物史观，旗帜鲜明地反对唯心史观，坚决反对"调侃崇高、扭曲经典、颠覆历史"的创作方法和文艺作品。我们必须突破现实（历史）的局限，不当"事后诸葛亮"，不做"马后炮"，在宽容、坦率、真实、正义中正视现实（历史）的深度价值和潜在秘密，循着实事求是和辩证唯物主义的路径，在常识中把握中国现实（历史）发展的主题和主线、主流和本质——这才是真正的大历史的视角，从而避免陷入历史的虚无和知识上的尴尬境地。

习近平指出："古今中外，文艺无不遵循这样一条规律：因时而兴，乘势而变，随时代而行，与时代同频共振。在人类发展的每一个重大历史关头，文艺都能发时代之先声、开社会之先风、启智慧之先河，成为时代变迁和社会变革的先导。离开火热的社会实践，在恢宏的时代主旋律之外茕茕孑立、喃喃自语，只能被时代淘汰。"落实到具体的文艺创作上，我们就应该以客观的、辩证的、唯物的、理性的方法去结构、去描述、去创作，既要多谋善断，又要留有余地和想象的空间，不能把话说满说死，要把握分寸和时机，不媚俗、不迎合、不迁就、不功利。作为一名作家和文艺工作者，我们必须明白自己的身份，当我们用文艺介入社会介入生活介入现实的时候，我们可以批评、批判，但不是审判。因为我们是作家是诗人是艺术家，而不是法院不是法官。

只有这样，我们才能做到"用有筋骨、有道德、有温度的作品，鼓舞人们在黑暗面前不气馁、在困难面前不低头，用理性之光、正义之光、善良之光照亮生活。对人民深恶痛绝的消极腐败现象和丑恶现象，应该坚持用光明驱散黑暗、用真善美战胜假恶丑，让人们看到美好、看到希望、看到梦想就在前方"。

二是要把握好历史与现实的关系，坚持用辩证法

历史是昨天的现实，现实是明天的历史。历史不是人类的包袱，而是智慧的引擎；历史不是藏着掖着的尾巴，而是耳聪目明的大脑。历史更是一种文化，是一种价值观。讲好中国故事，就必须要把握好中国历史与中国现实的关系。我们既不能拿着显微镜放大中国故事的偶然，也不能戴着老花镜模糊中国故事的必然，更不能戴着有色眼镜对中国故事说东道西，王顾左右而言他。如果说"历史是平的"，这个"平"就应该是公平正义。没有公平正义的历史，绝对不是人类史。

历史是时间和空间的坐标系。时间的叠加形成了历史的厚度，空间的链接形成了历史的广度。在文艺创作中，我们既要在时间的纵的坐标轴上寻找历史，同时也应该在空间的横的坐标轴上寻找历史，并最终在纵横坐标交汇的位置找到真实的历史。真实是文艺作品葆有生命力的核心元素，文艺作品的真实主要有历史真实和艺术真实两个方面。如果判断和评价文艺作品的历史真实，一方面要看作品描述的历史事件或历史背景是否吻合基本史实，另一方面要看作品是否真实反映了时代风气、时代精神与时代风貌。当然，"讲历史真实并非要文艺作品事无巨细地涉及每件历史琐事，亦非要作品如实记录生活事实，而是要以历史史实为基础、以揭示时代精神为内核，用现实主义精神观照生活和浪漫主义情怀创作文艺作品，使作品具有现实性、当下性、引领性，扫除社会颓废萎靡之风，吹散人们内心弥漫的雾霾，温润心灵、陶冶人生、启迪思想"。①

"不识庐山真面目，只缘身在此山中。"眼见不一定为实，耳闻不一定为虚。现象不是现实，现实也不等于历史。历史人物推动或改变了历史，同时又被历史推动和改变。任何现实和历史的人物，他亲见亲闻亲历的也只是其亲历历史事件的一个瞬间，在主动和被动之间，在历史现场的他甚至也不清楚自己的角色而被蒙在鼓中，而"新闻背后的新闻"或许才是真实的历史。就像"小我"是"大我"的一部分，现实也只是历史的一部分。这就要求我们文艺工作者要具备大胸怀、大眼光和大格局的家国情怀，要具备包容、宽容、从容的社会美德，要具备稳重、郑重、持重的人文品格，我们的姿态、心态和情态要高于一般的群众，不仅要看到事物的表面现象，更要看到事物的本质，抓住根本，看到主流、主体，从而完成主题、主线。

"文学家、艺术家要结合史料进行艺术再现，必须有史识、史才、史德。"笔者理解，这是习近平总书记要求文学家、艺术家在讲好中国故事的时候，需要具备良心、良知来造就良史，需要在常识的基础上建立共识，造就知识。何谓知识？笔者认为：知即调查研究，识为辩证分析。毛泽东主席说，没有调查研究就没有发言权。后来他又说，不做正确的调查研究，同样没有发言权。可见，只有做正确的调查，再加上辩证分析，才能成为知识，才有发言权。因此，我们必须学会用辩证法。辩证法的基本精神就是理论联

---

① 李志远：《开展文艺作品批评的四个基点》，《光明日报》2016年12月8日。

系实际,一切从实际出发,实事求是。辩证法要的是在事物之间活学活用各种道理,灵活地看问题,机动地做事情,也就是用正确的方法去做正确的事情,它其实是一种人文的方法,它要求以我们的价值观去改变历史(改变并不是改写)。简单地说,辩证法给我们提供了一些思考问题的角度,主要有两个角度:一个是从整体的角度去思考,就是说,一个事物的各部分必须在整体联系中才能真正被理解;另一个角度是以历史的眼光去看问题,一方面历史在操纵着我们(任何一个历史人物也包括在内),另一方面我们又在创造历史,我们在历史中处于承先启后的位置,所以我们的所作所为既有来路又有去处,才能踩在历史的点子上,不然就会被历史抛弃。

"任何一个时代的经典文艺作品,都是那个时代社会生活和精神的写照,都具有那个时代的烙印和特征。任何一个时代的文艺,只有同国家和民族紧紧维系、休戚与共,才能发出振聋发聩的声音。反映时代是文艺工作者的使命。广大文艺工作者要把握时代脉搏,承担时代使命,聆听时代声音,勇于回答时代课题。"落实到具体的文艺创作中,这就是要求我们要用辩证法建立一个实事求是、理论联系实际的坐标系,通过自己的独立思考,紧紧围绕人物、事件的主题,牢牢抓住主流和本质,既不以偏概全、含沙射影、移花接木,更不以个案代替整体、以局部置换全局,力求客观公正。著名作家加缪说过,做一个作家,难道就是把世界要没落的消息告诉读者就行了吗?难道作家不需要起码的意向性的立场吗?正因此,习近平总书记在讲话中反复强调,文艺工作者要用积极的文艺歌颂人民,用高尚的文艺引领社会风尚。他实事求是地说:"历史给了文学家、艺术家无穷的滋养和无限的想象空间,但文学家、艺术家不能用无端的想象去描写历史,更不能使历史虚无化。文学家、艺术家不可能完全还原历史的真实,但有责任告诉人们真实的历史,告诉人们历史中最有价值的东西。戏弄历史的作品,不仅是对历史的不尊重,而且是对自己创作的不尊重,最终必将被历史戏弄。只有树立了正确历史观、尊重历史、按照艺术规律呈现艺术化的历史,才能经得起历史的检验，才能立之当世、传之后人。"

那么，何为历史中最有价值的东西呢？笔者认为，就是要讲好中国历史和现实、前进和发展中的大是大非，就是推动历史、社会和生活的进步，有利于民族、国家和人民的根本利益的故事，就是历史中最有价值的东西。诚如习近平所指出的："对文艺来讲，思想和价值观念是灵魂，一切表现形式都是表达一定思想和价值观念的载体。离开了一定思想和价值观念，再丰富多样的表现形式也是苍白无力的。文艺的性质决定了它必须以反映时代精神为神圣使命。社会主义核心价值观是当代中国精神的集中体现，是凝聚中国力量的思想道德基础。广大文艺工作者要把培育和弘扬社会主义核心价值观作为根本任务，坚定不移用中国人独特的思想、情感、审美去创作属于这个时代，又有鲜明中国风格的优秀作品。"他还引用鲁迅先生的话强调，文艺不仅是国民的思想火花，同时也是引导国民前进的灯火，这种"灯火效应"正是来自于正确的价值观。

鲁迅先生说："无穷的远方，无数的人们，都与我有关。"在这个风云际会的大发展、大变化、大调整的时代，文艺工作者更应该用用正确的历史观指导自己的创作，彰显中国精神、凝聚中国力量，创造更多更好的精品力作，温暖人心，引领风尚。习近平一再指出文艺工作者要像一滴水融入大海一样，既要深入生活又要提炼生活，这是方法论上的顶层设计，指向的是文艺工作者的天职，提醒的是文艺工作者的初心，那就是要进行世界观与人生观的改造和创造，最终形成在道路自信、理论自信、制度自信、文化自信基础上的价值自信，让中国价值观惠及全世界全人类。只有这样，我们才不会妄自尊大也不会妄自菲薄，才不会历史虚无也不会全盘西化，才会创作出有道德、有筋骨、有温度的优秀文艺作品，才能发出时代之声、爱国之声、人民之声，从而做到像习近平总书记所希望的那样——"既能够像小鸟一样在每个枝丫上跳跃鸣叫，也能够像雄鹰一样从高空翱翔俯视。中国不乏生动的故事，关键要有讲好故事的能力；中国不乏史诗般的实践，关键要有创作史诗的雄心。我相信，我们这个时代的中国文学家、艺术家不仅有这样的雄心，而且有这样的能力，一定能创作出无愧于我们这个伟大时代、无愧于我们这个伟大国家、无愧于我们这个伟大民族的优秀作品。"

三是要把握好中国与世界的关系，"把屁股坐在中国身上"

思想与理性是人类天性中最重要的素质，对此我们笃信不疑。就像没有思想的历史学家不是称职的历史学家一样，没有思想的作家也绝对不是好作家。尤其在当下，中华民族实现伟大复兴的中国梦正面临着前所未有的机遇与挑战，面对"中国威胁论"舆论战和唱衰中国的文化侵略，如何讲好中国故事，更加要求我们作家要把握好中国与世界的关系。早在1942年，毛泽东主席在延安就"如何研究中共党史"的问题提出了"古今中外法"，就是弄清楚所研究的问题发生的一定的时间和一定的空间，把问题当作一定历史条件下的历史过程去研究。他强调，"研究中共党史，应该以中国为中心，把屁股坐在中国身上"。

讲好中国故事，同样也应该像毛主席所说的那样，应该以中国为中心，把屁股坐在中国身上。讲好中国故事，我们必须让中国走向世界，同时也让世界走进中国。因此，我们必须拥有历史担当和家国情怀，突破自身的局限，以世界眼光宽容异己，不搞含沙射影、指桑骂槐那一套尖酸的把戏，更不能浅薄无知地拿过去类比今天，拿外国类比中国，否则就会滑入经验主义、教条主义和主观主义的茅坑中去，陷入痴人说梦盲人摸象的唯心主义的泥沼。而那些靠炒作中国故事的负面新闻来标新立异、像狗仔队一样挖掘中国故事花边新闻来哗众取宠的人，那些不惜人格、国格而媚俗、媚外、媚低级趣味的人，那些宣称"以黑暗寻找光明"暴露阴暗丑陋的人，终究将成为历史虚无主义的奴才和知识的乡愿之徒而被中国人民所抛弃、被历史所耻笑。

"落其实者思其树，饮其流者怀其源。"中华文化既是历史的，也是当代的，既是民族的，也是世界的。只有扎根脚下这块生于斯、长于斯的土地，文艺才能接住地气、增加底气、灌注生气，在世界文化激荡中站稳脚跟。落实到具体创作中，尤其是重大历史题材的作品更要有足够的历史耐心，对历史事件和历史人物的记叙以及在史料去伪求真的过程中，必须要抛开个人情感色彩的狭隘的判断，既求真更求实，也就是既要一分为二，又要恰如其分。我们应该时刻警惕不可让文艺作品承担不应该承担的额外"任务"，应该警惕把个人政治化的倾向、个人的恩怨加入文艺理论和创作中，不能仅仅靠个人主观的经验、观念和意图，或人云亦云地介入现实或历史，应该守住底线、把握界限、强化主线，要入乎其内又出乎其外，从而做到总书记要求的那样："我们要坚持不忘本来、吸收外来、面向未来，在继承中转化，在学习中超越，创作更多体现中华文化精髓、反映中国人审美追求、传播当代中国价值观念、又符合世界进步潮流的优秀作品，让我国文艺以鲜明的中国特色、中国风格、中国气派屹立于世。"

（本文刊载于 2016 年 12 月 22 日《文学报》）

"我从中得到温暖,也把火传给别人"
——带你走进中国现代文学馆

  20世纪是汇聚了中华民族觉醒、思想解放和向世界开放的历史风云的一百年,同时,也是中国文学不断获得现代性的一百年。这之间,我们有了鲁迅,有了郭沫若、茅盾、巴金、老舍、曹禺、冰心这样众多的文学大师,宛若璀璨的文学星空中熠熠发光的北斗七星。是他们的不朽作品,使得中国的文学堂堂正正地跻身于世界文学之林。如果有一天,你有机会走进大师们的文学殿堂,置身于他们的世界——故居的瓦舍、书房的灯光、每一本作品凝聚的智慧和历史镜头的聚焦,径直走近大师,感受他们的博大内心和丰富性情,我有千万个理由相信,你肯定不愿意错过。

  2000年5月23日,中国现代文学馆开馆。这座位于京城东北角的中西合璧、富有浓郁艺术气息的现代建筑,给你展开了领略、浏览20世纪中国文学发展的历史画卷。这就是由巴金老人倡议、在中央领导人直接过问下建立的中国现代文学馆。

  在文学馆正门中央嵌着的一块重五十吨的巨石上,铭刻着巴金老人的一段话:"我们有一个多么丰富的文学宝库,那就是多少作家留下来的杰作,它们支持我们,教育我们,鼓励我们,使自己变得更善良,更纯洁,对别人更有用。"这是一段令我们无法忽略的话，循循而又谆谆，没有迟疑，没有虚妄，抱朴含真，是对文学自身本质而经典的支撑，它让今天的我们能怀淡泊宁静之心，从容地走近大师，感受大师，在大师们的精神家园里散步……

一走进大堂，是扑面而来的纯净：墙是白色的，地是白色的，阳光从圆穹的玻璃屋顶照射进来也是白色的。沿着一小块黑色的大理石踏上四级台阶，蓦然回首，就会发现大门两边是五彩缤纷的彩色玻璃镶嵌壁画，类似敦煌莫高窟，却又有着不同的主题。从右至左依次是《祝福》《家》《茶馆》《女神》《白杨礼赞》和《原野》。大厅两侧伫立着两个高达三米的大瓷花瓶，上面烧制有五千个中国作家的亲笔签名，按姓氏的汉语拼音首字母排序，你可以很快找到你所熟悉的名字。

继续往里走，展厅门前两侧的墙上各有一幅中国现代文学名著中典型人物的巨幅油画。右边的叫《受难者》，左边的是《反抗者》。在众多的肖像中，不看图解说明就能辨认出：阿Q、狂人、白毛女、祥子、虎妞、陈白露、孔乙己……这些人物组成了一幅真实的中国现代文学历史画卷，在读图时代以这种方式对中国现代文学进行形象的概括，确是要比一大面墙的文字介绍来得更直接、通俗、亲近。在这样一个"受难"与"反抗"的对比夹击中，你不得不带着一颗沉重的心，走近大师，感受大师……

"20世纪文学大师风采"展厅里，七位大师像七座星宿各占一方天地。鲁迅先生的书房坐于中央，特有讲究——小屋被《朝花夕拾》等几十本书的封面制作的"篱笆墙"所围。散文《秋夜》就写在后园的墙上，供你欣赏回味，后园里依然能见到先生钟爱的两株树的影子——一株是枣树，还有一株也是枣树。

作为名誉馆长的巴金，是目前七位大师中唯一健在的一位。展厅左边第一个书房就是他的，里面存放着他所获得的各种奖章，墙上挂着四位画家送给他的画像，其中高莽的那幅他最喜欢，并亲笔题字：一个小老头名字叫巴金。书房的一边放置着巴老的书桌，竟细窄得如中学生的课桌，著名的《随想录》就诞生在这桌上。而为了现代文学馆的建设，1993年九十岁高龄的巴老特意写信给中央领导人，并得到批示。巴老把建现代文学馆当作他一生中最后的一件大事，殚精竭虑，捐献二十五万元和七千七百余件各种收藏版本及手稿、书信、资料。如今深卧病榻的巴老虽然无法走进他二十年朝思暮想的现代文学馆，但他早在《随想录》里就讲述了他如今已成真的美梦："在梦里我也几次在文学馆的门前，看见人们有说有笑地走进走出。醒来时我还把梦境当作现实，一个人在床上微笑。"

坐在展厅右边的老舍先生，则微笑着和墙上一百个出自他笔下的主人公面对面地聊天？回忆？……在他那为人熟知的小花铲、茶壶、手杖的旁边，令人好奇地立着一个插满刀、枪、剑、戟等古兵器的木架。文学馆的常务副馆长、老舍先生的儿子舒乙先生告诉我们，老舍年轻时曾患背疼、泻肚，病后求教于济南拳师马子元，学习武术以强身健体。他在济南、青岛的家中都备有这等器械。

曹禺的小屋是一个"黑匣子剧场"，不停地放映着他的成名作《雷雨》，两面的墙上是《北京人》和《日出》的大幅剧照。郭沫若依然站在垂花门前，书房的一侧立着他喜爱的银杏树，他的散文《银杏》也写在另一侧的墙上。茅盾的书房极其简单，简陋的书桌上仍放着他用过的笔墨纸砚和著作《霜叶红于二月花》的打印稿。这位大师在临终前写信给党中央和胡耀邦同志，强烈要求加入中国共产党，并捐献了他毕生的稿费，设立了"茅盾文学奖"。

当过水兵的冰心先生，书房简单得无法形容，一张矮小的铁架子床、一个发黑的床头柜、一张破旧的书桌，让人感觉像是走进了十年前的基层连队。令人注目的除了一张《大海的女儿——冰心》的油画之外，还有一幅日本著名作家小路实笃的《石榴》。据舒乙先生说，这是冰心和吴文藻先生在日本时购买的，当时小路实笃穷困潦倒靠卖画糊口，现在日本人把它当作国宝想买回去。

就像大师们引领我们进入文学殿堂一样,让我们站在大师们的肩膀上,爬上二楼展厅,去领略中国现代文学的全貌,看一看"中国现当代文学展"。这里共分六个部分,分别以纸、石头、木头、铜、水泥等六种材料,做成六尊以"人"为主题的名为"娃娃""山丹丹""向往""青春"等等的精美雕塑,以代表中国现当代文学发展的不同阶段,这也是"文学就是人学"的印证。在这里,你看到最多的是一张张熟悉和陌生的面孔,有四百三十多位作家的照片资料,还有七八千位作家的资料存在计算机里,可检索查询。

穿过一道凸起的宽约四十厘米的银灰色地面——"历史走廊",就踏上这个非常摩登的展厅中最晶莹剔透的地面——"五四沙滩",脚下厚厚的玻璃泛着金沙滩一样的光芒。这不大的三角地带,承载的却是最贵重的物品:鲁迅的《从百草园到三味书屋》,巴金的《家》,老舍的《四世同堂》,茅盾的《子夜》,郭沫若的《孔雀胆》和闻一多的《九歌》等手稿,这一页页珍贵的发黄了的纸张,见证着历史,也昭示着未来。

朱自清先生追悼会的签名纪念簿,白色的布料上有朱光潜等许许多多名人的亲笔签名,还有他生前用过的眼镜、衣箱和在清华大学上课用的皮包也静静地躺在这里。老舍先生 1924 年至 1929 年在伦敦东方学院教授中文时,为灵格风语言中心灌制的一套汉语教学唱片和书籍也叶落归根,课本正翻在第 21 课《看小说》。旁边是萧乾二战期间使用的照相机和 1939 年至 1940 年在纳粹德国轰炸伦敦时他使用的防毒面具。

三楼的"作家文库"是五十五位作家的个人文库,一个挨着一个,顶天立地占据了四面的墙壁。环厅一周的十八位作家的模拟书房,足够你"探头探脑"地瞻仰品味大半天。书房中摆的都是作家捐赠的实物。在所有的大书桌里,最值钱的要算陈白尘那个出自清宫仍留有皇家墨迹、如今价值五十万元的黄花梨镶大理石写字台。屋内的摆设除了笔、纸、书和钟表之外,各有千秋。胡风的案头有用来插笔的小金属火车,桌前是他坐过的破旧藤椅;丁玲的木躺椅,桌上有鲁迅的全身像;叶君健的桌上放着至今仍能使用的英文打字机，他就是用这台打字机翻译了十部著作；诗人阮章竞的书房里挂着他自己的两句诗——无才做诗苦，何似种瓜甜；端木蕻良和萧军的小玩意儿最多，前者有三叶虫化石、缅茄、南极石和彩陶片，后者的墙边竖着古筝，墙上挂着长剑，还贴着一人一马两个皮影，桌边放着一柄拐杖，悬着一个旧军用水壶，书柜上有一把二胡，里面还有一块不知什么年代的青瓦；而萧乾的书房最有现代气息，有录音机、自行车，还有一个脚掌按摩器。而在这十八位作家中，目前仍健在的只有著名作家刘白羽，书房里挂有一张他的个人油画像，一副"明月手可掬，清风不用钱"的对联，或许这正是作家一生的写照。而在地下室，有中国当代最著名的四十位艺术家在两个月内为中国现代文学馆建立所做的藏书票，精彩纷呈，蔚为大观。

作为中国现当代文学的资料中心，中国现代文学馆无疑是我国20世纪文学的宝藏，也是21世纪颇为重要的标志性文化载体之一，它在设计和建造上极为考究，首期投资一亿五千万元，三期建成后是世界上最大的综合性现代文学馆，可谓是俯仰古今、笑对千年的文学殿堂。走出展厅，在正门中央嵌着的巨石背面，又读到巴金先生坦诚的心声："我们的新文学是表现我国人民心灵美的丰富矿藏，是塑造青年灵魂的工厂，是培养革命战士的学校。我们的新文学是散播火种的文学，我从中得到温暖，也把火传给别人。"

文学馆展厅旋转大门的门把上有拓下来的巴金先生的手模，来这儿的每个人都会在与大师手印的相握中，感受到新文学的温暖，从而在大师深情的牵引下，也会变得目光远大……

同样有千万个理由相信，大师温暖的教诲在这里获得了不朽的延伸。

(本文刊载于《青少年文学》2000年第8期)

第二辑　**论语**

五问中国文学的"环保问题"

这篇文章写作于 2006 年，今日略作修订，增了些新闻性的文字，声明一点：对事也对人！但不对某某人！不要对号入座！近日，读《文学报》（2008 年 4 月 3 日第 1823 期）消息《如何遏止"不是金子的在发出刺眼的光芒"——中国作协七届三次全委会热议"提升文学批评公信力"》。读后感触颇深，便揣摩旧作，期抛砖引玉，一孔之见，欢迎诸路方家批评！

是到了给当下中国文学把脉的时候了！
是到了给当下中国文坛打一针强心剂的时候了！
两年前《光明日报》曾在显著位置发表了雷达先生《当前文学创作症候分析》一文，为中国文学当前的现状发出呐喊。诚如雷达先生所言，当下，人文精神被迫在人们日益物质化和功利化的精神生态中大幅滑坡，中国文学及其读者在遭遇了众多的伪崇高、伪深沉、伪宏大、伪美和伪善的欺骗与伤害之后，对文学似乎已经心存怀疑甚至厌烦。浮躁的消费社会让生活其中的作家们也难以静心，文学的品位和格调也日趋变得市场化、消费化、庸俗化，文学创作表面上的"繁荣"似乎难以掩饰作家内心的虚空。精、气、神普遍缺失的文学在习惯了炒作，习惯了克隆，习惯了媚俗、流行和畅销之后，丧失了深刻，忘记了责任，也躲避了崇高。而用生命原创、用灵魂原创、用爱原创的作家和作品已经是凤毛麟角，深怀历史和时代的责任感、使命感，真情呼唤真善美，张扬中华民族的精神和血性，重塑理想，指引光明，礼赞崇高的大作家、大作品更是千呼万唤未出来——这确实已是不争的事实。

雷达先生的《当前文学创作症候分析》一文发表后，有人认为他发出了"黄钟大吕式的声音"。我觉得这个形容不很贴切，我想，就是雷达先生本人也不需要这样的"奉承"。我认为这只是雷达先生说出了他作为文艺评论家应该说的真话，他自己想说的实话，说出了大家熟视无睹习以为常、大家心中想说却说不出、欲说却未说或者没有勇气公开说的话。这一点非常重要。而这正是他的话引起广大读者共鸣的原因所在，也是他作为一个具有独立品格和坚持说真话的文艺评论家的良知和操守所在。君不见，历史上的许多悲剧，不正是那些没有或者缺少独立品格的人，以及不说真话、不听真话的人起哄所造成的吗！

雷达先生文中对当前文学创作症候"四个最缺少"的阐述和分析，我举手赞同。但面对当下中国文学这样的"症候"，我们该如何面对？如何反思呢？

多年来，我一直都非常困惑于一个问题——当下我们还有相当一些同志一提到"精神滑坡"，总是习惯说成是"受到市场经济的冲击"之类的话，似乎一切都是"市场经济"惹的祸，"市场经济"成了该死的"替罪羊"，殊不知他自己正在享受着"市场经济"带来的极大好处。那我们的问题究竟出在哪里？真的是在于市场经济吗？像马克思这样伟大的思想家，也没有说过市场经济必然伴随着精神文明的衰弱和腐败。问题究竟出在哪里？无疑，我们应该从自身找到答案。因此在"当前文学创作症候与发展问题讨论"

中，无论是作为作家、评论家，还是出版社、编辑和读者，我们应该扪心自问，问一问自己的良知、责任和使命，看一看当前我们身处其中的文学创作环境是不是也存在"环保问题"。

一问：作为作家，我们都写了什么？

雷达先生的文章中已经对作家讲了很多，我们的作家、诗人们应该好好地读一读，回头看一看自己作品的品质、品格和品位，自己读一读自己的作品看看是否满意，然后总结一下自己，是否对得起读者。但严重的是，当前中国文学的"精神缺失"已经不是一个作家的问题，而是群体甚至整体缺失的问题。我想其根本原因除了"浮躁"之外，还是"功利"两个字在作怪。如今，我们的许多作家已经放弃了文学的尊严和崇高，忘却了文学的庄严和神圣，在市场、在名利的诱惑之下成了一个玩弄文字的"匠人"，"快餐式"的商业化写作生产出了大量的"肯德基""麦当劳"式的"垃圾"作品。其实，这些作家们的内心也是矛盾的，也是不满意自己的，却缺少操守的坚持，缺少一颗平常心，眼光短窄。军队作家张卫明先生在回答《文艺报》记者关于"繁荣新世纪军事文学创作"问题时的一段话值得回味。他说："回到作家本身，不外乎还是那句话，如何写得更好。严格说来，作家只管创作，不管繁荣，没人不想写得更好。质量繁荣自然不可瓦解数量，不可刻意抬高门槛来逼质量……可大作品必须要有安于寂寞甘于清苦的大精神和大态度。文学没有比数量的传统，也一向没有比创作速度的传统。小说不是新闻，怕过时就不免真有新闻嫌疑了，务须热写冷改，初稿放半年一年再看再想，多几遍反复不吃亏。"（《文艺报》2006 年 6 月 13 日第 1 版）解放军文艺出版社最近出版了张先生长达一百五十万字的长篇小说《城门》。这部演绎彻底的革命英雄主义的鸿篇巨制，整整耗费了他十年光阴。有评论说《城门》为中国作家和原创文学树起了又一面新旗帜。避开作家的才华和作品质量不说，单就其在创作中为汉语文学所付出的心力、毅力、定力和体力来说，确实令人钦佩。

当然我们也不能否认，文学的非实用性，让它越来越边缘化，当下的作家们正遭遇着这种被边缘化的尴尬和无奈。当这样一个重实名讲实利、重实惠讲实用的现实摆在作家们面前的时候，他们相当一部分人害怕被边缘化，而选择了"把读者当上帝看，不免仰视，察言观色，处处迎合，顾客就是上帝，被市场牵着鼻子走，难免不滑入媚俗之途"（雷达语）。而有的作家在有了一些所谓的名气之后，竟然只"动口不动手"，收买"枪手"写作；有的干脆也不写了，改行做起了名利双收的电视剧、电影编剧。

当然我们还不能否认，文学除了有教育、净化人心的功能之外，也有供人娱乐、消遣的功能。而文学本身也就存在着两种不同的类型，一种是"纯文学"（即"严肃文学"），一种即通俗文学。前者自然偏重于思想性、艺术性，后者则偏重于娱乐性和消闲性。但通俗并不等同于庸俗。文学类型有不同，但对作家的品德标准的要求却是相同的。著名作家邓友梅先生在接受《人民日报》记者徐怀谦先生采访时说："如今中国文学的写作环境空前宽松自由，在这样的大好局面下，作家就更要有社会责任感和道德自律精神。纯文学也好，通俗文学也好，都是既要有趣也要有益。作品内容总要有益于世道人心，最低限度也要积德而不缺德。不可在道德理念上误导读者，尤其是损害青少年一代的心灵。"邓先生的话讲得真好！他还接着讲了一个故事：

"在西方，人们从不把作品销量等同于作品水平。他们说'有钱的作家不等于最好的作家'。有次在法国我跟一位作家一起吃饭，当时我的小说一版可印三四万册，心想他是西方世界著名的作家，印数一定比我多。就问他：'你的书一版能印多少，总会有七八万册吧？'他一听就火了，说：'你把我看成什么人了？有这么多人读我的书？我不是畅销书作家！'"

与这位法国作家相比，我们的许多作家是汗颜的。扪心自问，我们许多作家一味地追求印数、要求版税，而他们的创作却已经不仅仅是媚俗的问题，而是"媚低级趣味"，书商要什么就写什么，什么好卖钱就写什么，哪里还有什么文学的良知和艺术的追求。这也是我们的文学中充斥着大量的"隐私揭秘之作、远离现实之作、藻饰脓疮之作、涂改历史之作、贩卖乡土之作、玩弄智巧之作和在'寄生阶层'的虚拟传奇里'打情骂俏'的粉气的、匪气的、流气的、仙气的杜撰之作"的真正原因。如果我们的作家什么时候也能像这位法国作家一样，坚守自己的文学理想和艺术追求，勇于拒绝名利的诱惑，那么我们的文学创作环境就会高尚许多、纯洁许多。

在此，我还要特别提请注意的是，当前的文学翻译工作同样也存在"症候"。我实在难以想象一部外国作家刚刚出版的长篇小说新作，在不到一年甚至两三个月的时间内它的中文版就在中国出版了，我不知道这样新闻式语言的翻译能否达到原著的真实？我们的读者又如何能读到真正的原汁原味的外国文学？它的文学含金量还有多大？在中国如今仍没有出现曹雪芹、鲁迅这样的文学大师的时候，什么时候还能出现像傅雷、萧乾等这样的翻译大家？

二问：作为出版社作为编辑，我们都编辑、出版了什么？

"书籍是人类进步的阶梯。"一说起"书"，我们总会想起高尔基的这句伟大格言。然而，"书"的概念已今非昔比。就像雷达先生所说的："'书本'或'作品'的定义似已悄悄地发生变化。这也已严重地改变了文学的生产机制。原先的'书'是神圣的，是人类知识的结晶，放在书架上，要代代相传。"而现在的书"更换率和淘汰率急剧加快，书架上的书也加快了变换的速度。特别是现在的作品，往往变成了一次性的、快餐性的物品——由于成了商品，消费性和实用性就占了上风。大凡商品，都有一个突出特性，那就是喜新厌旧，追逐时髦，吸引眼球，就是用完即扔，于是文学也就不能不在媚俗、悬疑、惊悚、刺激、逗乐、好看上下大力气，这样，也就不可能不以牺牲其深度为代价。"

说起书的生产机制，自然离不开我们的出版社我们的编辑。面对当前文学创作的"症候"，我们的出版社我们的编辑，也自然应该勇敢地承担责任和使命，不能袖手旁观，更不能麻木不仁。作为"为人作嫁衣"的编辑，如何为作者的作品裁剪，如何把美丽合体的"嫁衣"送到读者手中，这是一个值得思考的问题。因为我们目前每年生产的成千上万的长篇小说和其他文学作品，都是经过我们编辑之手才"繁荣"起来的。当然，出版社作为一个企事业单位，它确实面临着生存的问题，因此也确实在社会效益和经济效益的"两手"上出现了一只手软、一只手硬的情况。因为经济效益是"短、平、快"，可以"当年见效"，而社会效益是"胡子工程"，很难当年见效。于是出版社和编辑也开始精心"策划"，有的还和作者联手"炒作"，在媒体虚假"爆料"，甚至不惜印上高达几十万、几百万的虚假印数，或找托儿到书店买自己的书上排行榜，等等，"没事找事"地吸引读者关注。在这个信息化社会里，这似乎也没有什么大错，但对掏腰包买书的读者来说是不公平的。因为许多靠虚假"炒作"的图书，其质量与宣传广告中所说的并不相符。

因此，我们的编辑，就应该加强自己的文学修养，提升自己的审美品格，和作家们一起为读者奉献有营养的"精神食粮"，因为读者是我们的衣食父母，是我们的兄弟姐妹，还有更重要的是，他们中一大部分是我们的孩子，他们是民族的未来。一句话可以影响一个人的一生，一本书可能影响一个民族的未来。从这个意义上说，出版社编辑出版什么比作家写什么更重要，承担的责任更重大，因为书是在出版社这个"产房"里经过编辑这个"接生婆"之手才来到这个世界的。

另外，书商的介入、图书"二渠道"的发行以及变相买卖书号的存在，更是严重改变文学生产机制，导致文学创作趋于庸俗化的一个重要原因。不可否认，有相当一部分书商文化素质很高，出版理念清晰，眼光独到，具有很强的市场操作经验，确实激活了图书市场。但"一粒老鼠屎坏了一锅粥"，书商整体素质的偏低也是不争的事实。

三问：作为评论家，我们都说了什么？

文艺评论作为文学创作的一个重要组成部分，面对当下文学创作的"症候"自然有不可推卸的责任。而作为文艺评论家，面对雷达先生的呐喊，更应该有一种自醒、自省和自讼的精神，来做出检查，认真地做一个"批评与自我批评"。应该说大多数的文艺评论家都能够像雷达先生一样，面对当下文学的"症候"同样感到忧虑，甚至感到痛心疾首。但也不得不承认，我们的文艺批评存在着诸多问题，有些评论家缺失独立的品格和说真话的勇气，有的在人情、"红包"面前说了违心话，说了"假、大、空"话。再看看我们的文学评奖，为什么在读者中会出现那么多的争议和反对的声音？读者是有意见的，他们的意见理应得到尊重。要把评奖真正地做到公平、公正、公开，让真正的好作品获奖，让权威奖项名副其实，而不是行政干预、不是人情，更不是"红包"推动的金钱交易，这或许也是净化文学环境的一个关键。这难道不值得我们反思吗！2007年春晚上，赵本山、宋丹丹的小品《策划》，已经把大刀砍向虚假的炒作，一句风靡全国的"你真的太有才了"的笑话，足够让文艺圈里多少人汗颜？！

刘勰在《文心雕龙》里指出，评价作品时要避免三种缺点：一是贵古贱今，二是崇己抑人，三是信伪迷真。而这又牵扯到那句老古话："作文，就要先做人。"说句实在话，我打心里对当下的文艺评论界有些不敢恭维。在经历过庸俗捧场的"无争论"现象、"亵渎偶像"般的"混战"之后，文艺批评的名声多多少少被败坏了。但作为一个真正的文艺批评家，他应该始终把文学的客观规律作为评是非、论优劣的标准，摒弃那种从小圈子利益出发的无原则吹捧和逢迎，以一个艺术家的良心和科学严谨的态度，运用马克思主义哲学分析文艺现象和评价作家作品，"有好说好，有坏说坏"。而他发出的声音应该是一种历史的声音,是应该经得起时间的检验的。评论家就应该用自己热情的深入与冷静的思考,脚踏实地地寻求理论与创作、作家与受众之间的直接对话,让文艺评论走出"象牙之塔",走向大众,引导大众。而富有责任感和科学态度的批评家,就应该是吐真言不虚美、说实话不隐丑,是扎扎实实、认认真真做学问的评论家;是在对当下文学创作进行静默观察之后,洞若观火,发表有自己独到见解的评论家;是敢于站出来说真话,倡导实事求是的批评风气,扎扎实实地为繁荣中国文学做出自己的贡献,用真诚的心灵发出自己的声音的评论家。只有这样,评论家的声音才能自然而又必然地引起读者更多的共鸣。

四问:作为读者,我们都读了什么?

是的,作为读者,作为文学读者,我们都读了什么?或者说我们都买了什么?我们也应该反思一下。因为无论如何,作家都是读者的作家。作家就是读者的"鱼",没有读者,作家就无法生存。因此作家造就读者,而读者也造就作家,这是一种客观的真理。我们读者的阅读兴趣、爱好、品位和鉴赏能力也自然是作家创作时需要呼吸的空气,是作家创作赖以生存的土壤。读者环境的优劣可以说是文学创作环境的一个晴雨表。而身为亿万文学读者的一分子,在面对当下文学的"症候",面对我们伟大的时代为什么不出现文学大师的尴尬时,自然也多了一份阅读的责任和使命。随着"书"成为商品,文学也成了消费品,在这样的消费中,我们的阅读为什么越来越肤浅,越来越平面,越来越模式化,越来越平庸,也越来越低级?是生活的压力,还是竞争社会的压力使然?读者们尤其是年轻的读者,在阅读面前失去了自制力,也缺失了鉴别力。年轻的读者在煽情的媒体炒作之中失去了方向,成了完全被动的消费。读图时代的平面阅读、浅阅读,让欣赏和品味成为奢侈。许多畅销书的格调和品位媚俗,甚至迎合低级趣味,而读者也在自觉或不自觉地把娱乐变成了"愚乐"。因此作为读者，我们需要清醒，必须改变——因为我们的生命需要深刻，需要崇高，需要思考，需要激情，也需要理性，需要真善美的爱——我们要拯救我们的阅读！

五问：作为媒体，我们都宣传了什么？

媒体就是声音，就是导向。面对文学，我们的媒体对受众宣传了什么，把什么样的文学推荐给了读者？我想这里确实应该有一个选择和引导的问题，尤其是大众媒体，是猎奇搜艳还是求真向善？媒体的中介作用不可忽视，更应该承担起突破世俗化、拒绝欲望化和打破时尚化之格局的任务，排斥和抵制落后的、颓废的文学思想和文学作品，提高读者的审美格调，为受众营造良好的欣赏文学的空间和氛围。但不可否认，中国的许多媒体（包括文艺、读书、出版方面的专业媒体）和记者，丧失了独立、公正的品格，或像娱乐圈的"狗仔队"一样追逐所谓的名家们，或故意联手炒作来一个"小骂大帮忙"，或在金钱面前失去了体统。其实这个道理大家都明白，也就不多说。

结语

对于"当前文学创作症候"的问题，雷达先生主要从作家和作品的关系进行了系统分析。笔者在这里又从作家、出版社和编辑、评论家、读者和媒体五个方面围绕"当前文学创作的环境"进行了一些补充分析。当然作为文学创作的主体，作家承担的责任是主要的。而这五个方面又是紧紧联系在一起的，他们之间是有影响、有作用的。

雷达先生说，文学"应该是民族精神的高扬，伟大人性的礼赞，应该是对人类某些普世价值的肯定，例如人格、尊严、正义、勤劳、坚韧、创造、乐观、宽容等等。有了这些，对文学而言，才有了魂魄。它不仅表现为对国民性的批判，而且表现为对国民性的重构，不仅表现为对民族灵魂的发现，而且表现为对民族灵魂重铸的理想"。是的，面对当前文学创作的症候，笔者认为：无论有内在的还是外在的原因，无论有主观的还是客观的原因，无论有主动的还是被动的原因，我们都应该毫不犹豫地在世界文学的背景下，在继承与创新、坚守与拒绝间回到现实中来，铸造自己的精神品格，走出一条有中国特色的民族文学的和谐发展之路，期待与美好的未来相逢。

（本文刊载于 2008 年 5 月 15 日《文学报》，《作品与争鸣》2008 年第 8 期转载）

语言·思想·心态
——当下长篇小说创作的三个现象和三个问题

"说起来容易做起来难",对于当前长篇小说创作和文艺批评来说,这句俗语可谓是一句真理。中国文学乃至世界文学,我们评判它的标准是什么?我想这个标准很难把握。我们知道,文学可以分为纯文学和通俗文学。当下的中国俗文学市场经济化了,纯文学也市场经济化了,这并没有什么不对,也不能说是什么坏事。但令人担忧的是我们的作家、文学批评和媒体一样媚俗了。据我观察世界文学的进程,如果没有高质量的文学批评,就很难发现经典的文学。因此,我认为当代文学批评对中国文学应该担当责任。

无论是作为一个作者,还是作为一个文学编辑,从我本人八年的文学编辑工作经历和阅读经验来说,当下的中国文学创作,尤其是长篇小说创作(包括我们军队的作家)存在着三种有目共睹的现象:一是数量的繁荣,质量的缺失;二是电视的繁荣,文学的缺失;三是复制的繁荣,原创的缺失。这三个现象说明了一个问题,那就是在当下"全民写作"的环境中,作家多了,作品多了,但经典却少了,甚至没有了(经典应该是值得人们反复阅读的作品,并不是以发行量的多少来衡量的)。

今年5月,我曾在《文学报》上发表了长篇文学评论《五问中国文学的

"环保问题"》,对中国文学的环境建设发出拷问,对中国文坛、中国文学、中国作家和长篇小说的编辑出版做了一些反省和思考,提出了一些新的观点和思路,引起较好反响。因此,对军队作家尤其是青年作家的长篇小说创作,我感觉仍存在三个方面的问题:

一是语言问题。我们的作家(尤其"80后""90后"作家)普遍存在语言上的问题,他们思想活跃,充满梦想和激情,写作无拘无束,但语言上缺乏磨砺,修辞粗糙。当下流行一种"新闻写作",就是以一个新闻事件为原型写一部小说,这当然无可厚非。但当下长篇小说创作中有些作家完全是新闻式写作,没有语感,没有氛围场景的烘托,没有心理描写,也没有结构,只有对话,只是讲故事,甚至说是"口水写作"也不为过,总之没有文学之美。我觉得,既然是文学创作,首先就应该讲究语言美。俄国文艺批评家别林斯基说过:"少说多做,保护语言。"我们的作家有责任和义务来保护汉语,保护我们的母语。

二是思想问题。作家除了作家本身这个角色之外,还应该是一个具有思想家和哲学家品格的人,军队作家似乎还应该有军事家的智慧、战略战术和指挥艺术。因为文学是影响人的,而不是娱乐,更不是"愚乐",不是直接教别人去干什么。"影响"这两个字值得琢磨,它是从无形到有形,是一种文化的力量,是一种血液里流动的力量。我对"军事文学"这个定义有一个看法,觉得应该用"战争文学"来替代更贴切、更有张力,它对作家创作来说更易唤起激情。因为"战争"是动感的,是感性的,是可以触摸的,是血与火,是男人和女人,是祖国和民族,当然也可以是一个时代的背景;但军事是个抽象的词语,没有美感。在这里应该说一说《士兵突击》,可惜它不是一部长篇小说。但在这里我提醒大家注意,我们对《士兵突击》有了很大的误读。这部作品中的人物,并不是《亮剑》中的李云龙、《历史的天空》的梁大牙这种"二杆子"人物的继续,因为《士兵突击》写的是许三多和成才这两个战士的成长历程。电视剧的最后袁朗告诉成才,说:"你的路还很长，比许三多要长得多。"这是极富哲学的结束语，也是文学的美好表达。但我们的观众却被王宝强饰演的许三多这个角色的光芒给吸引住了，大多没有准确领悟到这最后一句话的含义或者哲学意义，没有看到我们的军队更多地是像成才这样聪明、文化水平高、有更大提升空间的士兵。而不是许三多。这也是《士兵突击》给我们长篇小说创作带来的启示。

三是心态问题。作家自身的精神状态是非常重要的，尤其是我们年轻作家，更应该保持文学的纯粹性，不能太多地考虑为挣钱而写作。军队专业作家的基本生活是有保障的，应该静下心来，不能也不必要跟地方作家和"触电"的作家们比挣钱，当然挣钱也没有错，但更应该保持纯真的心灵，写出深刻的人生。因为我们正年轻，文学的路还很长，我们必须有世界文学的眼光，也就是以人类的视野来创作，依然要怀抱理想，需要忍耐、寂寞和孤独！

（本文系作者2008年在丹东召开的全军长篇小说创作笔会上的发言，根据即席发言录音整理，摘要刊载于2008年9月25日《文艺报》）

论作家的"气"和"度"
——从报告文学作家的"责任与担当"谈起

近一两年来,关于报告文学和报告文学作品、作家的讨论多了起来,这是一件好事。我记得,在20世纪80年代,尤其是1988年前后,报告文学可谓在当时的中国文坛坐上了头把交椅,实实在在"热"了一把。那时,由我们解放军文艺出版社的《解放军文艺》杂志牵头,全国一百多家报刊联合举行了"中国潮"报告文学征文评奖活动,真是轰动全国的文学盛事,涌现了一大批优秀作家和优秀作品。随后,《解放军文艺》还邀请全国著名作家、评论家和读者,专门开了一个座谈会,题目就叫《关于报告文学的对话》。

今天,鲁迅文学院以"责任与担当"为主题,举办这样一个"当代青年报告文学作家的困惑与追求专题研讨会",我感到是一个非常有价值、有现实针对性的会议。这次会议的主题是"责任与担当",话题是"困惑与追求",这四个词语放在一起,细细琢磨起来,真是非常深刻。就研讨会的主旨,我个人理解为——因为有责任,不免有困惑;因为有担当,所以要追求。反过来,因为有困惑,所以有责任;因为有追求,所以要担当。因为真实的历史永远比虚构的故事更精彩更深刻。

我不是专业作家，我的本职工作是一名编辑，受时间、空间限制，我只能把自己的业余创作主要集中在重大历史题材的报告文学（历史传记）创作上。对我来说，在创作上从未感到什么困惑，但对"责任与担当"这个严肃的话题还是有话要说，尤其是在当下意识形态多元、各种思潮泛滥的情况下，作家特别是报告文学作家更应该保持清醒的头脑，树立正确的历史观和价值观，具备强大的"气度"。气度，即气魄和度量。那么，作家到底需要具备怎样的"气"和"度"呢？

第一，作家的肩膀要有硬度，用正气担当历史的责任。

说起担当，我们不应该忘记前辈李大钊的名言："铁肩担道义，妙手著文章。"报告文学作家的肩膀一定要很硬，要如铁似钢，对国家对民族对人民对我们党赋予我们的历史任务，要用正气担当起历史的责任。现在文坛有人炒作所谓"非虚构文学"，这其实是一个非常老的概念。我同意何建明主席的观点，报告文学、纪实文学、传记文学都属于写实文学。但是，写实文学如果仅仅把"真实"作为生命，我觉得还是远远不够的，除了真实之外，还要求实，作家要有实事求是的精神，就是除了调查还要研究、分析，这就是虚实结合。有了虚实结合，就能产生思想。我们报告文学作家，不能仅仅满足于当一名记者，尤其在这样一个资讯发达却又鱼龙混杂的时代，不能跟着媒体起哄，不能看到风就是雨，我们的肩膀要有硬度，我们的头脑要清醒。我认为，报告文学作家的正气，不仅表现在对世间不公平、非正义的人和事敢于仗义执言，敢于大胆揭露，而且表现在自身严肃的政治立场和严格的道德自律上。尤其在社会风气不好的情况下，我们不能人云亦云、哗众取宠。落实到具体的创作上，就是要以客观的、辩证的、分析的、唯物的、理性的态度和方法去结构、去描述、去创作，既要多谋善断，又要留有余地，把握分寸和时机，不能把话说得太满太死，更要避免那种自欺欺人的、夸张的甚至虚假的文风,做到不媚俗、不迎合、不迁就、不功利。但我们还必须明白一个最基本也最有原则性的道理——批判不是审判。

第二,作家的思想要有深度,用才气担当文化的使命。

评价一个报告文学作家是否优秀,关键的一个指标就是看他有没有思想。所谓思想,当然不是指创作想法或思路,而是指作品由内而外所体现出的思想深度,也就是说给读者带来了什么样的思考,或者说是给了读者什么样的思想引导。我们知道,当前我们正在大兴文化产业,但是我始终觉得文化产业和文化事业的关系怎么处理,这是一个问题。文化自觉、文化自信、文化自强,这是三个非常重要的特质。但是,如果总是以"文化搭台,经济唱戏",那么我们的文化就会在产业化的口号中沦落,带来的将是一场文化灾难。我们可以看到,如今大量低俗、庸俗、媚俗的产品,比如雷人的抗战电视剧等,这都是文化市场跟风惹的祸,这是文化人的悲哀。为什么会这样?关键是我们的文化有没有思想,我们从事文化事业的人是在创造文化还是在制造市场?哗众取宠,玩八卦、搞噱头,说白了就是唯利是图。你看看,我们的国家现在多么开放,打开电视机,看看那些文娱频道的所谓明星们,一个个打扮得光怪陆离,其实他们是道貌岸然,非常浅薄。这样的公众人物或公共知识分子,带出来的学生、引导的青年人,他们的人生观、价值观、历史观,能显示出是一种正能量吗?因此,作家必须要有思想,用自己的才气担当起文化的使命。写历史,就应该具有历史学家的眼光;写政治,就应该具有政治家的眼光;写军事,就应该具有军事家的眼光。也就是说,报告文学作家应该具备思想家的品质和品格,要有立场、有理论、有哲学。比如像美国作家威廉·曼彻斯特的《光荣与梦想》,这部社会纪实作品被誉"是美国决定性四十年的出色而引人注目的人物素描,没有一本小说能与这本充满市井俗话和奇闻逸事的出色的史书相抗衡"。在这一点上,美国电影大片对美国精神、美国梦和爱国主义、英雄主义的呈现,是潜在的,是润物细无声的,达到了《孙子兵法》的最高境界"不战而屈人之兵"的效果,在艺术上是值得我们学习的。

第三,作家的眼光要有锐度,用勇气担当社会的秩序。

所谓"锐度",就是"锐利"。作家尤其是报告文学作家就是社会观察家,其眼光的锐利绝对是捕捉创作题材和主题的利器。我在这里强调眼光的"锐度",不仅仅是指作家发现问题的独特性和敏锐性,更是指作家要有一双火眼金睛和善于见微知著、辨伪识真的能力。报告文学作家眼光的"锐度",是一种功夫,它直接关系到作家能否创作出"高、精、尖"的好作品。现在社会现象纷繁复杂,在这种情况下,我们更需要勇气坚持报告文学的真实性原则,抵御各种诱惑,担当正常社会秩序的引导者。报告文学作品要以其对社会问题的犀利关切,释疑解惑,回答了社会争议,起到社会引导作用,维护社会正义,给人以思考、以希望。

第四,作家的胸怀要有宽度,用底气担当人民的良心。

胡乔木说:"愤怒出诗人,但不出历史学家。"同样,愤怒不出优秀的报告文学作家。对社会上的不良现象,我们报告文学作家不能像一个愤青那样去发牢骚、谩骂,应该更理性、冷静、客观,没有偏见,要上下左右、古今中外地辩证分析,并克服自身的局限。这就需要我们的报告文学作家要有大胸怀,要有世界的、历史的、全局的眼光和格局,要具备包容、宽容和从容的社会美德,要具备稳重、郑重、持重的文化品格,这也是报告文学作家的底气。报告文学作家不是用作品忽悠群众、煽动群众情绪的,是要引导受众和读者(包括官员和百姓)用正确的方法去做正确的事情,这就需要我们用底气来担当人民的良心。我们报告文学作家，不是一般的群众，我们从群众中来，回到群众中去，但我们的姿态、我们的心态、我们的情态要高于一般的群众，我们不仅要看到事物的表面现象，更应该深入地看到本质，抓住根本，看到主流、主体，从而完成主题、主线。比如，对社会的丑恶现象、对于官僚腐败、对于住房改革、教育改革、医疗改革这些关乎民生的话题等等，我们报告文学作家当然要采取正面进攻的姿态，并以侧面、迂回等各种手段进行生动的反映。但在创作过程中就要注意不能以偏概全，不能写成"天下乌鸦一般黑"，要警惕主观主义。在这一点上，河南作家乔叶曾经以小说的形式写了一篇《拆楼记》，就处理得非常到位，精彩可读，值得报告文学作家学习。但梁鸿的《中国在梁庄》，熊培云的《一个村庄里的中国》，以及陈桂棣、春桃的《中国农民调查》等作品就值得商榷。我从未怀疑这些作品的真实性和案例的典型性及其社会调查的价值，但他们都以"中国"二字作为书名概括自己的作品，以个别代替整体、以局部代替全局、以特殊代替普遍，使得作品存在片面、极端，作品内容与书名发生了倒置。《中国在梁庄》应该叫"梁庄在中国"，《一个村庄里的中国》应该叫"中国的一个村庄"，或许更贴切些。"中国"二字不仅没有帮上他们的忙，没有提升作品的品质，而是降低了作品的公信力。

第五，作家的手脚要有速度，用地气担当知识的良知。

记者有一句行话叫"脚板底下出新闻"，其意不言自明，就是说新闻记者既要讲抢新闻的速度，又要深入实际、深入群众。报告文学是文学中的轻骑兵。报告文学作家从某种意义上说，应该培养自己成为一个"新闻记者型的作家"，要有一股风风火火的精神，要有一股不畏风风雨雨的气质，用这种"沉得下去、站得起来"，顶天立地接地气，深入并贴近现实生活、深入并贴近人民群众、深入并贴近基层底层，迈开双腿，拿起笔杆，快速高效地反映社会正能量。比如在抗洪救灾、抗击"非典"、抗震救灾等方面，报告文学作家就是用"脚板"加"笔杆"的速度，以知识分子的良心，写出了许多反映社会现实、呼唤社会良知的好作品。

第六，作家的心灵要有强度，用浩气担当做人的本分。

强度是指一个人在面对阻力、压力时所表现出来的一种形而上的强大的意志。古人云："形而上者谓之道，形而下者谓之器。"孔子曰："君子不器。"意思是说，君子不能像器具那样只有特定的用途。报告文学作家应该是"道"，而不是"器"。这就要求我们要有坚持真理的精神，要有不怕吃苦、不怕吃亏的精神，要有像古人所说的"立大志者，富贵不能淫，贫贱不能移，威武不能屈"的气概和品质。在这方面，许多报告文学作家在写作中，都碰到了来自四面八方的阻力，甚至官司缠身，但他们坚持真理，敢于面对打击，大气沉稳，保持了报告文学作家的气节和做人的本分。我的《王明中毒事件调查》出版以后，也受到了威胁和谩骂，有人甚至专门在新浪网开了一个博客骂我、诅咒我，要请我和老婆孩子去吃砒霜、吃汞，我一笑置之。我相信，无论面对什么样的压力和阻力，作家在真理和正义面前所表现出的敢于坚守的浩气，就是坚持正义的光明磊落，就是坚持真理的坚贞不屈。借用毛泽东主席的话说，我们的作家"只要有了这点精神，就是一个高尚的人，一个纯粹的人，一个有道德的人，一个脱离了低级趣味的人，一个有益于人民的人"。

（本文系作者在鲁迅文学院举办的"责任与担当——当代青年报告文学作家的困惑与追求专题研讨会"上的发言，发表于2013年7月2日中国作家网和《中国报告文学通讯》总第24期）

"非虚构"之辨

"非虚构文学"和"非虚构写作"这一概念是西方文学界提出来的，又被称为"第四类写作"。在美国，它也只是从广义上说，一切以现实元素为背景的写作行为均可被称为"非虚构文学"创作（写作）。这种文学形式因其特殊的叙事特征被誉为新的文学可能性。"非虚构文学"这个"舶来品"，在中国目前还没有一个可以成为定义的概念。有人认为"非虚构文学"（写作）与中国学界惯常认为的"纪实文学"有着类同属性，也有本质区别。区别主要在于，前者更强调支持作者以个人视角进行完全独立的写作行为，这一写作行为不应依附或服从于任何写作以外的（包括政治）因素。如果按照这种说法，中国"纪实文学"的创作在本质上是没有或失去独立性的，显然这种观点是不准确而且十分偏颇的。

因为第六届鲁迅文学奖评选时，某位著名作家的某部作品在终评中以零票落选，这使得"非虚构写作""非虚构文学"与"报告文学"之争，再次爬上了中国文坛的风口浪尖。其实，有关"非虚构"的争论，就像"非虚构"本身不是什么新鲜名词一样，在中国文坛已经不是什么新闻了。那么，这个本来由外国人发明的写作新名词怎么一舶到了中国，就被炒作得如此热闹，弄出了许多是非呢？为了搞清"非虚构文学"与"报告文学"之间的是是非非，笔者认为，我们首先必须搞清"非虚构"到底是个什么东西。

第一，从概念上来说，"非虚构文学"不是一种文学体裁，而是一种从作品题材、内容和创作技巧上来区分的文学形态，它既可以被理解为文学的创作方法手段，也可以被理解为一种文学创作的类型或文学样式。

第二，从逻辑上来说，与"非虚构"相对应的只能是"虚构"，它们之间不会有中间地带，如同理性与非理性的关系一样。如果一定要把"非虚构文学"作为一种文学体裁，那么文学体裁只有两种，即"虚构文学"和"非虚构文学"。

第三，从现代汉语词性上来说，虚构既可以是一个名词，也可以是一个形容词，有时还可以作为动词。同样，"非虚构"既可以是形容词，也可以是名词或动词。如果把"非虚构"作为形容词的话，它就属于形容词附类的属性词（形容词的另一附类叫状态词），那么对于"非虚构"的"非"，我们可以做出两种解释：其一是"异乎寻常的、特殊的"之意，如"非常"与"常"、"非凡"与"凡"的关系；其二是"不""不属于"之意，如"非分"与"分"、"非礼"与"礼"、"非人"与"人"的关系。如果把"非虚构"作为名词的话，它就有点类似于"非金属""非晶体""非卖品"的意思。笔者认为，作为一个概念，"非虚构"中的"虚构"是形容词；但作为创作方法，"非虚构"中的"虚构"则是名词。同理，在"非虚构文学"和"非虚构写作"中的"非虚构"，作为一个概念，它就是形容词，是一个定语；而作为创作方法，它则是名词。由此可见，"非虚构文学"或者"非虚构写作"应该是一个名词，因为它说明的是文学写作的内容、题材或创作方式。而作为一种分类形式或方法，如果以"非虚构"来划分文学或写作类别的话，与"非虚构文学"和"非虚构写作"相对应的就只能是"虚构文学"和"虚构写作"了。

在认知了"虚构"这个词语之后，我们还有必要再来分析一下"非虚构"中的"非"字。"非"字在《现代汉语词典》(第5版)里共有九种解释：①错误（跟"是"相对）：是非、痛改前非。②不合于：非法、非礼、非分。③不以为然；反对；责备：非难、非议、无可厚非。④动词，不是：答非所问。⑤前缀，用在一些名词性成分的前面，表示不属于某种范围：非金属、非晶体、非司机。⑥副词，不：非同小可、非同寻常。⑦副词，跟"不"呼应，表示必须：要想出成绩，非下苦功不可。⑧副词，一定要；偏偏：不行，我非去！⑨不好；糟：景况日非。

由此可见，"非"字的含义实在太丰富了。而在"非虚构"一词中，笔者认为，它的解释应该是属于第五种。但事情并没有这么简单。当"虚构"和"非"这两个词语结合在一起的时候，我们就可以提出如下两个问题：一是"非虚构文学"和"非虚构写作"中有没有"虚构"？二是"非虚构"就等于"真实"吗？

显然，就像文学写作从来就没有百分百的真实或者绝对真实一样，"非虚构文学"和"非虚构写作"从来就离不开"虚构"，也就是说，"非虚构"绝对不等于"真实"。为什么这么说呢？在笔者看来，"非虚构文学"和"非虚构写作"中的"非"在"虚构"的面前，它的含义暧昧又含糊不确定，它的态度"骑墙"且模棱两可，完全没有"不"的否定的意义，而处于否定与不否定之间，似是而非。比如：理性、非理性、不理性，我们完全可以从这三个词语中看到虚构、非虚构、不虚构的价值取向。因此，笔者认为，所谓的"非虚构文学"和"非虚构写作"，其实是一种微观写作，是个性化甚至个人化的写作（即某些评论家强调的所谓的"独立性"）。我们可以举例说明：被评论家炒作得成为中国"非虚构写作"代表的学者梁鸿的作品《中国在梁庄》，内容咱不乱评，仅从其作品的标题来看，就有以偏概全、哗众取宠之嫌。作为作者的故乡，梁庄在中国的政治、经济、文化的版图上是否具有典型性、标本性，是否就是整个中国的缩影呢？从宏观上来看，它内容的真实性就显然打了折扣。青年作家乔叶的《拆楼记》也被评论家称为"非虚构文学",但作品中涉及的人物都不是真名实姓,作者也是以小说的技巧来完成创作的,写得十分精彩可读,但从体裁上来说却完全是一部优秀的小说。

综上所述,笔者认为:"非虚构文学"和"非虚构写作",作为一种写作形式或者模式是完全可以存在的,它对鼓励作家打破文学创作理论、体裁、题材以及创作方法和技巧的限制,创造性地完成作品具有一定的积极意义。但是,从文学体裁上来说,"非虚构文学"不成为一种文学体裁,只是一种创作形态、类型;从文学创作方法上来讲,恰如"最高的技巧是无技巧"所形容的那样,无技巧不是没有技巧,而是打破传统陈规,吸收灵活运用一切文学技巧为我所用,"非虚构写作"正是这样的一种写作模式,它吸收和借鉴众多文学体裁的方法和技巧,达到作家所需要的一种自由的、有独立性的表达。

(本文刊载于2014年10月27日《光明日报》,发表时有删节)

报告文学需要"热心冷手"

胡乔木说:"愤怒出诗人,但不出历史学家。"我套用一下:愤怒出诗人,但不出优秀的报告文学作家。从事报告文学写作,尤其是重大历史题材的报告文学写作,应该做到"热心冷手",对主题投入激情,写作中却要保持冷静和理性。这与其说是情感和理智的一分为二,不如说是写什么和怎么写的合二为一。

重大历史题材的报告文学写作,需要处理的对象不是别的,是历史。面对历史,我们或壮怀激烈仰天长叹,或引吭高歌击掌叫绝,或怒发冲冠拍案而起,或俯首沉思一声叹息,无所不可。这是人的激情的一面,也是创作的灵感的源泉。但是当我们被激情击中,选择了写作,并且选择了报告文学创作的时候,这种激情就需要被"冷处理",需要注入冷静和理性的"调和剂"。或者如同疏导渠道一样,给激情一个合理的、可控的因而可预期的表达方式。这一热一冷是很多艺术门类创作的共同途径,但对报告文学创作来说尤其如此。

首先是对历史的冷静。报告历史,需要善待历史,对历史负责。历史是有局限性的,任何一个历史人物也都有局限性。甚至,作为写作者的我们也身在局限之中。没有一个历史人物能够超越时代，超越历史，从而超越自身的历史使命。作为历史的后来人和观察者，我们需要建立一个历史和文化的坐标系，一个实事求是的坐标系——整体的而不是断章取义的，联系的而不是割裂歪曲的，发展的而不是孤立静止的，既不要忘了历史的"背景"，也不要当"事后诸葛"和"马后炮"。

其次是对主题的冷静。报告文学无论是追溯历史还是记录现实，其根本目的就是传承民族的精神和文化。既然写重大历史题材，就应当写历史中最有价值的那部分。什么才是历史中最有价值的那部分呢？我认为，就是推动历史进步并有利于民族、国家和人民的根本利益的那部分历史，就是历史发展的主题和主线、主流和本质。因此，重大历史题材报告文学的写作，在无限接近历史真实和有限挖掘历史事实（真相）之间，必须追求历史价值的最大化；在真实和真相、主体和主题、事实与史实之间，必须以正确的立场和价值观，去思考，去选择，去有所扬弃，而不是当历史的"狗仔队"炒作八卦，把历史变成噱头，写历史的花边新闻。

再次是对写作的冷静。回到历史现场，是因为历史并不是我们想象中的历史，就像任何历史事件都有其必然性和偶然性一样，我们考察历史既不能只戴显微镜去"放大"偶然性，也不能只戴老花镜去"模糊"必然性。必须在坚持历史现场细化的同时，还要坚持可信的现代解读，从个体的记忆和公共舆论中聆听那些被历史烟云所湮灭的声音，感受悲感交集的历史表情，省察波澜壮阔的人物命运，继承和弘扬民族革命的精神之光。理想的报告文学，既有文学的结构，也有历史的态度，还要有学术的眼光。从事重大历史题材报告文学写作的作家，不是新闻记者，也不是小说家，更不是观众。以写作的方式介入历史，我们就不仅仅是一个旁观者，而必须具备战略的眼光、理性的思考、理论的勇气，凌云健笔意纵横，才能从外部枝节看到内部核心、从现象看到本质、从有限看到无限，从而准确地把握作品所涉及的历史、现实和人物，写出真正有分量的重大历史题材报告文学作品。

歌德说：有限制才有自由。如果说报告文学构思之初的激情是自由的化身的话，那么其创作过程中的冷静，未尝不是一种有限制的自由，并且通过限制，给报告文学提供更多丰富蕴藉的可能。而后者，才是更经得起时间检验的自由。

（本文刊载于 2012 年 11 月 20 日《人民日报》）

论报告文学的"场"

在讨论报告文学的"场"之前,先对"场"做出解释。根据《现代汉语词典》中的释义,此处的"场"的解释为:名词,物质存在的一种基本形态,具有能量、动量和质量。实物之间的相互作用依靠有关的场来实现。本文以"场"为议题,就是把报告文学(作品)作为一种物质(实物)来看待。由此笔者认为,优秀的报告文学想要具有"三量"——能量、动量和质量,就必须具备"三场"——立场、现场和气场。

立场

立场是报告文学的能量之源。

没有人否认,真实既是报告文学的生命力,也是报告文学区别于其他文学体裁的标准。因此,报告文学与虚构和想象无缘,它的使命一是记录现实,二是还原历史。但无论是记录现实,还是还原历史,对作家来说首先要解决的就是"立场"问题,也就是创作的方法论和价值观、历史观问题。"立场"就是头脑,就是思想,就是方向,就是能量之源,落实到具体创作中就是要用历史唯物主义和辩证法观点建立一个理论联系实际的坐标系。作家通过自己的独立思考，紧紧围绕人物、事件的主题、主线，牢牢抓住主流和本质，既不含沙射影、移花接木，又不以个案代替整体、以局部置换全局，力求客观公正。报告文学作家不仅需要技巧和才能，更需要勇气和担当。加缪说过，做一个好的作家，难道把世界要没落这个消息告诉读者就行了吗？难道作者不需要起码的意向性的立场吗？如果报告文学创作只在细枝末节上打转转、嚼噱头哗众取宠，攻其一点不及其余，其结果自然是"一叶障目，不见泰山"。

现场

现场是报告文学的动量之基。

报告文学的真实性、客观性从哪里来？答案就是"现场"。无论是现实题材，还是历史题材，报告文学的创作都必须强调抵达生活的现场或回到历史的现场。眼见不一定为实，耳闻不一定为虚，"现场"需要纵横分析和理性判断。因此，现实题材的报告文学记录"现场"，历史题材的报告文学还原"现场"，都需要报告文学作家具备思想家的高度、政治家的宽度和历史观察家的锐度，在呈现现实和史实的过程中，既要发挥主观能动性，更要强化没有偏见的客观洞察力。也就是说，报告文学作家不能把报告文学不能承担的任务强加于它来承担，应该警惕把个人政治化、情绪化的想法放入文学理论和创作上，不能仅靠主观的经验、观念或意图简单地介入现实或历史，更应该正确地守住底线、把握界限，避免泛政治化。因此，报告文学的"现场"维度应该是四维空间，是立体的，是一个永恒的动量。

气场

气场是报告文学的质量之本。

当前中国文学（包括报告文学）的"精神缺失"恐怕已经不是一个作家的问题，而是群体甚至整体缺失的问题。我想其根本原因除了"浮躁"之外，还是"功利"两个字在作怪。如今许多作家已放弃了文学的尊严和崇高，忘却了文学的庄严和神圣，在市场的诱惑之下失去了"气场"，成了一个玩弄文字的"匠人"，"快餐式"的商业化写作生产出了大量的"垃圾"作品。恐怕这些作家内心也是矛盾的，也是不满意自己的，但却缺少操守的坚持，缺少一颗平常心。因此，这就需要弘扬正气，向真向善向美，鞭笞假丑恶，传递正能量，坚决拒绝"三俗"——媚俗、低俗、庸俗。邓友梅先生曾经说过："如今中国文学的写作环境空前宽松自由，在这样的大好局面下，作家就更要有社会责任感和道德自律精神。纯文学也好，通俗文学也好，都是既要有趣也要有益。作品内容总要有益于世道人心，最低限度也要积德而不缺德。不可在道德理念上误导读者，尤其是损害青少年一代的心灵。"作家失去"气场"，一味地追求印数、要求版税，创作质量下降已经不仅仅是媚俗的问题，而是"媚低级趣味"。书商要什么就写什么，影视制片人需要什么就写什么，邀约单位或传主需要些什么就写什么，什么好卖钱就写什么，哪里还有什么文学的良知和艺术的追求。这也是我们的文学中充斥着大量的"隐私揭秘之作、远离现实之作、藻饰脓疮之作、涂改历史之作、贩卖乡土之作、玩弄智巧之作和在'寄生阶层'的虚拟传奇里'打情骂俏'的粉气的、匪气的、流气的、仙气的胡编乱造杜撰之作"的真正原因。

最后，笔者需要强调的是，上述报告文学的"三量"和"三场"，它们有机统一，互为条件，互相影响，都服从并服务于报告文学的责任和使命。什么是报告文学的责任和使命呢？我愿意用宋代思想家张载"四句教"来回答——"为天地立心,为生民立命,为往圣继绝学,为万世开太平。"

(本文刊载于 2013 年 6 月 4 日《光明日报》)

报告文学的"几何学"

几何学，是数学的一个分支，研究空间图形的形状、大小和位置的相互关系等。报告文学十分类似"几何学"，它可以说是真实记录人与人、人与社会、人与自己在"世界"这个"空间图形"中的形状、大小和位置的相互关系的一门学问。

文学是引导人们在进行价值建构和精神生长的过程中，对生存意义的自我发现、自我认识、自我确证，并发现、认识和确证他者和世界，进而从物质世界跃升至精神境界的文化之旅。但与小说、诗歌、散文相比较，报告文学的"几何学"所呈现的空间图形，其形状更加逼真、直接、清晰，其内容更加具有介入性、批判性和理性。

在数学的"几何学"中，有两个最为重要的概念或者研究的对象，就是"几何体"和"几何图形"。"几何图形"指的是点、线、面、体或它们的组合；"几何体"是空间的有限部分，由平面和曲面组成，如棱柱体、正方体、圆柱体、球体，也叫"立体"。与之对应，作家选取的创作素材就好比一个个"几何图形"，完成的作品则是一个组合的"几何体"。正因此，一部优秀的报告文学作品应该是"立体"，而不是平面。

如何才能让报告文学"立体"起来呢？我觉得以下话题值得商榷并形成共识。一孔之见，供诸位前辈方家批评教正。

点：关于体裁概念

作为文学体裁，报告文学在中国文学史上是一个既年轻又古老的学科门类。说它"年轻"，是因为它是在20世纪之后或者说是五四新文化（新文学）运动之后，才逐渐进入中国文学的范畴，并经过夏衍、徐迟等几代作家的创作实践而确立下来。说它"古老"，是因为两千多年前司马迁就写下了《史记》，被报告文学界奉为老祖宗。基于此，从广义上来说，当代中国报告文学其实传承了中国文学史上散文文体的写实传统，它从理论上应该涵盖当下的纪实文学、传记文学、报告文学和所谓的"非虚构文学"，而成为跨界跨文体的"大报告文学"。因为文本内容的"写实"特性，"大报告文学"注定不能"虚构"。在这里，我想特别强调，"非虚构"不等于报告文学，因为与"非虚构"相对应的是"虚构"，"虚构"不是一种文学体裁，"非虚构"自然也不是。我认为，"非虚构"的含义表现在两个方面：一方面它是界定文本内容的一种方式和手段，另一方面它是作者在写实题材创作上的一种具有个性的独立的叙事方法和状态。其实，归根结底是作者如何把握和处理好历史（生活）真实与艺术真实的问题。笔者曾在《光明日报》发表过一篇《"非虚构"之辨》，旨在希望学界要积极、健康、准确地理解"非虚构""非虚构写作""非虚构文学"这个舶来品，引导更多的写作者因此获益进步。基于此，我在探索并实践重大历史题材的创作中，逐渐形成了"文学、历史、学术跨界跨文体写作"的理念，获益良多。

线：关于时间界限

报告文学到底有没有时间的界限？是否只有现实题材才能被纳入报告文学的范围呢？其实，任何一部现实题材的报告文学作品，叙述的也是"过去时"，或者是"现在时"与"过去时"的融合，只是时间距离的远近而已。也就是说，在真实的前提下，报告文学写作的内容可以说都进入了"历史"。没有"过去时"的报告文学，就难以获得历史感。而没有历史纵深感，报告文学就没有思想，就失去了力量。因此，我认为，报告文学应该打破时间界限的自我束缚和条条框框，在理论上大胆突破。因为现实题材和历史题材，应该是报告文学的两条平行前进的钢轨，把它送达更远的地方。

面：关于创作理念

无论是历史题材还是现实题材，我认为，当代报告文学的创作，在导向上要把握好"三场"——立场、现场和气场，从而使作品完成能量、动量和质量的转换；在创作方法上，要把握"三视"——仰视、平视和俯视，从而使作品拥有敬畏、尊重和批判精神；在创作观念上，要把握好"三观"——宏观、中观和微观，从而使得作品怀抱全局、情节和细节；在创作态度上，要把握三个关键词——宽容、局限和叙述，从而使作品具备大格局、大视野和大情怀。尤其是对重大题材的作品，作者更要有足够的耐心，在对事实材料、历史史料去伪求真的过程中，必须抛开带个人情感色彩的狭隘判断，要实事求是，保证事实或史实的准确、正确，既要做到一分为二，又要做到恰如其分。同时，适当做好索引、注释工作，对被采访者、前人和先辈的智慧和劳动表示敬意和尊重。

体：关于价值创造

当下的报告文学，尤其是"非虚构写作"（包括口述史、微观史、知识分子写作），已经出现了一个非常突出的现象——"捡了故事（个体、局部），丢了历史（整体、全局）"，许多作品充斥着消极、抱怨、悲观、浮躁情绪，或历史虚无、或玩世不恭、或无病呻吟、或讥诮怪诞，在恢宏的时代主旋律之外茕茕孑立、喃喃自语，沉溺于鲁迅先生批评的"不免咀嚼着身边的小小的悲欢，而且就看这小悲欢为全世界"，没有把真正有价值的东西呈现出来。

正因此，习近平总书记在中国文联十大、中国作协九大开幕式上的讲话中指出："坚定文化自信，离不开对中华民族历史的认知和运用……文学家、艺术家不可能完全还原历史的真实，但有责任告诉人们真实的历史，告诉人们历史中最有价值的东西。"何谓最有价值的东西呢？笔者认为：最有价值的东西就是真实客观全面呈现中国前进和发展中的大是大非，推动历史、社会和生活的进步，并有利于民族、国家和人民根本利益的中国故事。这就要求作家必须树立正确的历史观，与时俱进地改造和创造自己的价值观，既要用历史的眼光看，还要从整体的角度去思考。也就是说，要弄清楚所研究的问题是发生在一定的时间和空间中，要把问题当作一定历史条件下的历史过程去研究，因为一个事物的各部分必须在整体联系中才能真正被理解。

组合：不算结论的思考

历史和现实都是由时间和空间组成的坐标系。在这个坐标系上，报告文学作家如何建构属于自己的"几何学"呢？笔者在《如何拥有历史感和拥有怎样的历史感》（载《文学报》2016年12月22日）一文中指出，作家在创作中需要把握好三个关系：一是宏观与微观的关系，呼唤宏大叙事；二是要处理好历史与现实的关系，坚持用辩证法；三是要处理好中国与世界的关系，把"屁股坐在中国身上"。只有这样，我们的作品最终呈现的才不是一个平面，而是有点、线、面、体完整组合的"几何体"；只有"立体"的文学创作，我们才能做到用来自于人民的文学表达人民对美好生活的向往。

(本文刊载于 2017 年 1 月 9 日《文艺报》)

现场感·方向感·纵深感
——浅谈当下报告文学作家和创作面临的三个问题

十八大以来，报告文学在"讲述中国故事，凝聚中国力量，实现中国梦想"的伟大使命中，应该说依然发挥了生力军、排头兵的作用，形成了"有核心、有旗帜、有队伍、有作品、有信心"的生动局面，涌现了众多优秀作品。无论是现实题材还是历史题材，报告文学作家都在第一时间，深入第一现场，运用第一手资料，写出了一流作品。现实题材的报告文学作品扎根于人民，深入生活，热情讴歌祖国、讴歌时代、讴歌楷模，为中华民族伟大复兴的"中国梦"鼓与呼；历史题材的报告文学作品坚决抵制和反对历史虚无主义，还原历史，鉴古知今，礼赞英雄，走在了"讲好中国故事"的最前列。

关于报告文学理论的重要话题，莫过于处理好它与"非虚构"的关系。当下，报告文学和"非虚构"在概念上依然混淆，模糊不清。众多文学期刊和作协的重点扶持项目，把"非虚构"与诗歌、散文、小说并列开设为一个栏目或单列为一种项目，这是不科学不准确的，应该引起高度重视。此前，我曾在《光明日报》《文艺报》《中国艺术报》发表过《"非虚构"之辨》《报告文学的"几何学"》《历史之问》等理论文章，作了辨析说明。若要厘清二者之间的关系，其核心和实质就是一句简单得不能再简单的大白话——"非虚构"不是一种文学体裁。如果一定要界定出一种类型叫"非虚构"的话，那么文学就应该而且只有两大类型——虚构和"非虚构"。没有混淆，就没有争论。我们总习惯于把简单的事情搞复杂，结果往往是从终点又回到起点。这些争论当然有它的意义，但对于创作来说，混淆了理论，混淆了概念，就混淆了是非。

报告文学作为写实体文学，在中国目前的文学生态中，广义上应该包括报告文学、纪实文学、传记文学，其写作范畴应涵盖现实题材和历史题材两大类（现实题材其实也是过去时或现在完成时，是对历史的记录；历史题材因为面向并服务于现实和未来，具有了现实价值）。既然"非虚构"不是一种文学体裁，那么自然就不能与报告文学相提并论，也不能与诗歌、散文、小说并列。当然，"非虚构"与报告文学在写作指向、内容和技艺上有某种交叉、重叠，但这种叠合，必须建立在真实性或文献性的基础上。如果失去了真实，所谓的"非虚构"就不能成为报告文学，因为散文、叙事诗也可称之为"非虚构"。

下面我就报告文学如何面对、思考、介入现实和报告文学的艺术表现问题，谈一点自己的意见。

一、讲好中国故事要有"现场感"，永葆宽容之态度。

毛主席说："作家到群众中去就能写出好文章。"报告文学作家常说"七分采访，三分写作"，强调采访的重要性。其实，采访（查阅史料）和写作同等重要，如同车之两轮、鸟之双翼，二者不可偏颇。如果有了好的采访，掌握了好的材料，却不会选择材料来叙述，或者采访到的好东西在写作时没有被重新发现、发掘，却被湮没、遮蔽，捡了芝麻丢了西瓜，那么采访的效果就等于没有达到；如果掌握了写作技艺，有高超的语言表达能力，却没有材料，巧妇也难为无米之炊。如何做到采访和写作相得益彰，让有限的采访素材呈现出无限的文学"现场感"呢？一是作家要怀有巨大的同情心，全身心地回到并融入历史和现实的那个"原现场"中去，回到那个历史的时间和空间中去，以宽容之态度建设一个心灵史的实验室，静默观察，科学判断；二是作家要正视历史和现实、时代和人物的局限性，理解历史、现实中的人物及其命运；三是作家在把文学的镜头聚焦个体命运沉浮变迁的同时，还要全景式地呈现"原现场"整个群体的大历史，有节制地、理性地、优雅地完成叙事。

二、讲好中国故事要有"方向感"，永葆良善之情怀

无论是现实题材，还是历史题材，报告文学必须旗帜鲜明，理直气壮，不媚俗、不媚外、不媚上。作家仅仅做好田野调查是永远不够的，还要研究，要辩证分析，用知识分子的良知、良心，寻找到最本质的东西来描绘现实、描绘历史、描绘人物及其命运。如何研究呢？一方面要站开一点，从远处通观全貌，另一方面要一直追溯到产生矛盾的起因，从人物的心灵深处去看待事实。我通常把这种方法叫作报告文学创作的"三视"（仰视、平视和俯视）和"三观"（宏观、中观和微观）。报告文学的情节不是设计出来的，细节不是凭空想象出来的，而应当从掌握的材料的内部去发现、分析、理解、洞悉，进而创作。作家是人类灵魂的工程师，作品正是作家人格的试金石。报告文学作家在采访、创作中一定要拥有"方向感"，弘扬社会主义核心价值观，传递社会正能量，向真向善向美，有情有义，给人带来温暖、光明、力量和希望，以良善之情怀引导人民向前看、向上看，为人民生存、生活、生命的健康、持续发展，建立人生前进道路的里程碑。我相信，最好的报告文学作家是能够把事实证据同"最大规模的智力活动、最温暖的人类同理心以及最高级的想象力"相结合的人。

三、讲好中国故事要有"纵深感",永葆正义之精神。

习近平总书记多次强调作家、艺术家要有"历史感","没有历史感,文学家、艺术家就很难有丰富的灵感和深刻的思想"。讲好中国故事,就是要全面、深刻、立体地反映中华民族伟大复兴的"中国梦"的光辉历程,揭示中国故事在中华民族史乃至世界史中的地位、作用、内涵、价值和启迪。作家的"历史感"就是责任感、使命感,本质上是一种正义的精神。作家拥有了"历史感",作品就自然给读者带来历史的纵深感。身处这个伟大的时代,报告文学作家更应该坚持以人民为中心的创作导向,敢于担当,敢于有所为有所不为,纵横捭阖,打通现实与未来,牢牢掌握中国人讲述中国故事的话语权,建构人民语境的坐标系,反映人民心声,体现人民诉求,表达人民对美好生活的向往,写出体现民族、国家和人民根本利益的文学作品。心有大我,山一样巍峨;心有大我,海一样辽阔。报告文学作家要拥有大格局、大情怀、大气象,才能写就大文章、大作品、大历史,不能只把眼光瞄准当下,不能只看自己脚下的一亩三分地,不能就事论事,要避免"灯下黑",更不能坐井观天,喃喃自语,要立足现实,面向未来,上下求索。也就是说,不仅要看到现象,还要看到本质;不仅要理解现实发展中的矛盾和问题,还要提出理性的批评和建设性的意见。同时,报告文学必须坚持真实性、文献性,坚决反对历史虚无主义和犬儒主义,反对打着所谓"非虚构"的幌子搞虚构写作。

报告文学有成绩,但也存在问题。一个不可忽略的现象是,报告文学被怀疑、歧视和不理解,以至于被边缘化。具体分析,抛开外在的成见等因素,报告文学应该从自身查找原因:一是报告文学作家的思想理论、文学素养、创作技艺需要提高;二是报告文学评论、评奖、评选要经得起读者、市场、社会和历史的检验;三是报告文学要坚决反对和杜绝"有偿服务"。总之，报告文学作家、评论家和编辑出版家要结成命运共同体，团结奋斗，形成合力，坚持靠作品说话，提高文学的品质和诚信，以实际行动为报告文学正名。

(本文系作者2017年8月28日在文艺报社"奋进的五年：报告文学座谈会"上的发言，刊载于2017年9月8日《文艺报》)

文学是什么

一

文学是什么？文学是引导人们在进行价值建构和精神生长的过程中，对生存意义的自我发现、自我认识、自我确证，并发现、认识和确证他者和世界，进而从物质世界跃升至精神境界的文化之旅。这是我对文学的定义，也是从事文学创作的终极目的。我希望我的读者从我的作品中汲取人生的经验、工作的方法、创新的智慧，发现存在于我们内心却又被我们不小心忽略的人生的真善美，从而唤醒自己，激发能量，不忘初心，继续前进。文学即人学，或许也基于此。

二

中华民族是一个盛产故事的民族，中国是一个爱听故事的国家。如何讲好中国故事？首先，我认为必须要搞懂什么是中国故事。什么是中国故事？中国故事就是以中国和中国人民为核心，真实再现中国的历史与现实，客观正视中国社会的主要矛盾和问题，准确反映中国人民的生活与心声，完整体现中国人的物质文明与精神气质，全方位、大视野、多角度地呈现中国的发展与进步的文学作品。我们知道，现实题材和历史题材应该是文学两条平行前进的钢轨，把文学送达更远的地方。

如何讲好中国故事？笔者认为，无论是历史题材和现实题材，都必须要把握好下面三个关系：一是要把握好个体与整体的关系，呼唤宏大叙事；二是要把握好历史与现实的关系，呼唤用辩证法；三是要把握好中国与世界的关系，把屁股坐在中国身上。

三

目前，"非虚构"的理论问题，还没有引起中国文学界的高度重视。众多期刊跟风滥用，扰乱了中国文学的生态。我曾在《光明日报》和《文艺报》发表过《"非虚构"之辨》和《报告文学的"几何学"》，旨在厘清当下所谓"非虚构"和报告文学二者之间的关系和冲突。其核心和实质就是一句简单得不能再简单的大白话——"非虚构"在中国不是一种文学体裁。如果一定要把"非虚构"作为一种文学来界定的话，那么文学就应该而且只有两大类型或题材——虚构文学和非虚构文学。没有混淆，就没有争论。生活中，我们往往总是习惯于把简单的事情搞复杂。从终点回到起点，这些争论当然有它的意义。但对于作家来说，混淆了概念，就混淆了是非。尤其是对从事"非虚构"——写实类型创作（包括报告文学、纪实文学、传记文学，其实都属于具有写实传统的散文类作品）的作家来说，更是如此。因为，它要求高度的真实性，或者说文献性。还有更重要的是，"非虚构"不是虚构剩下的东西，"非虚构"文学同样具有艺术性。当然，"非虚构"的写作同样需要想象力，只是这种想象力与小说等虚构文学体裁创作所需的想象力截然不同，这种想象力是建立在实事求是的基础上的历史学家的想象力，是合情（事实）合理（道理）合法（规律）的想象力。

"非虚构"是一个好东西。但它不能与诗歌、小说、戏剧等文学体裁并列，一起混搭乱用。它和报告文学、纪实文学、传记文学一样，既要注重调查研究，还有注重辩证分析。毛泽东主席说："作家到群众中去就能写出好文章。"习近平总书记号召我们要"深入生活，扎根人民"。作为一个作家，只有通过调查，才能深入理解你收集到的事实，发现你的主题。显然，报告文学往往会遇到材料成灾的问题。周围的事实那么多，一本本的笔记都记满了，我们陷入事实材料的汪洋大海，要么生怕捡了芝麻丢了西瓜，要么生怕挂一漏万，事实甚至成了难以摆脱的负担。这就说明，仅仅调查还是不够的，还要研究，还要辩证分析，寻找到你需要的最本质的东西来描绘生活、描绘生活中的人物、描绘人物的命运、描绘人物在这个时代与国家、民族的关系。如何研究呢？一方面要站开一点，从远处通关全貌，另一方面要一直追溯到产生矛盾的起因，从人物的心灵深处去看待事实。也就是联系的、整体的、发展的、历史的眼光去研究。我通常把这种方法叫作报告文学的"三视"——仰视，以敬畏之心去采访；平视，以平常之心去思考；俯视，以艺术之心去描绘。因为，报告文学，是文学。这一点很重要。它的情节不是设计出来的，细节不是想象出来的，而应当从掌握的材料的内部去发现它，分析它，理解它，洞悉它，从而创作它。

采访创作的问题，是一个方面。另一方面，最使人感兴趣的自然还是现实生活本身。我甚至认为可以说得更具体一些，使人最感兴趣的是生活或人物的"非典型性"，从某种意义上来说，只有从典型的特殊性中发现普遍性的时候，典型才能成为典型，因此才获得代表性。其实，生活中大多数人都是不典型的，司空见惯、普普通通，人生没有多少惊天动地，或者某种令人难以置信的东西。既然生活中没有什么有代表性的东西，文学就不会对它感兴趣。可是，当你一旦捕捉到、认识到它有某种奇特性——与众不同的"非典型性"时，你就不可避免地要加以思考，再琢磨，然后就变得深刻起来，虽然它未必都能成为文学写作的对象。

(本文节选自作者所著长篇报告文学《铁汉丹心》的《后记》,社会科学文献出版社2017年8月第1版)

创意写作刍议

关于创意写作的话题，还存在一些疑惑。近年来，国内一些高校你追我赶地陆续开设创意写作专业，像晴天里突然刮了一场大风。无论是在教育界，还是在文学界，创意写作引起了越来越多的关注和讨论，经过质疑、辨析、讨论，大家对这一新事物有了更深的思考。

何为创意写作

像"非虚构写作"一样，创意写作也是一个"外来物种"。据有关报道，自1936年美国爱荷华大学创立第一个创意写作工作坊以来，至今在美国已有超过七百二十个创意写作相关的专业点和工作坊，由还处在创作中的作家们担任教职，学员也多是作家，这种相对成熟的作家教作家的模式被视为"世界上从未有过的对当代作家最大的文学支持体系"。

在中国，因为是新鲜的"舶来品"，创意写作和当代文学理论的话语体系一样，所有的教材及理论体系也大都依靠"进口"。吸收人类一切优秀的文明成果，为我所用，这是完全正确的。但是，完全用西方的文学理论来指导教导中国文学，评论中国文学，引领中国文学的发展方向，把西方的文学理论视为自己的文学理论，这种"外来的和尚好念经"的做法是不可取的。张嘴闭嘴都是马尔克斯、博尔赫斯或者卡夫卡，动不动就是魔幻现实主义、后现代等五花八门的西方语词，这种抛弃中国正统的文学理论而"言必称希腊"的状况和生态是一种危机，也是一种悲哀。就像马克思主义必须实现中国化才能指导中国革命的实践，从而成为毛泽东思想一样，西方先进的文学理论也必须与中国文学的实际相结合才能指导中国文学的创作实践，从而形成自己的理论体系，掌握自己的话语权。否则，都是东施效颦、生搬硬套、纸上谈兵。没有文学理论的大师，就没有文学创作的大师。显然，现当代中国文学理论缺失，如何建构中国文学理论体系已经成为当下中国文学迫在眉睫的重大课题。

何为创意写作？提请大家注意一个问题，那就是"写作""创作"和"创意写作"这三个词语作为名词的概念差异。从具体的实践来说，"写作"（广义上应该包含应用文写作）不一定是"创作"，但所有的"创作"都必须而且应该是"有创意的写作"，没有"创意"就没有"创作"。因此，从本体意义上说，"创作"就是"创意写作"的简称。由此，可以得出这样两点结论——第一，创意写作不是一种创作模式；第二，创意写作是一种写作教育模式。也就是说，创作是作家的事情，创意写作是教师的事情。当然，作家也可能并可以成为创意写作的教师。

创意写作何为

创意写作是干什么的？创意写作怎么干？在厘清何为创意写作之后，创意写作何为也就清晰了。一句话，就是教育写作，或者说是写作教育。一方面要求教师有创意地教学写作，一方面要求学生有创意地写作。于是，创意写作必须承担以下两种角色：

一是引领者的角色。就是把有写作爱好并有写作基础的人引领进创作的大门，发现其写作特长、潜质，充分发挥其潜能，并让其发现自己。也就是说创意写作的教学就是引领写作者由想写、能写到会写，让他心中暗合的东西明亮起来，从而进入由自发、自觉、自醒到自主、自悟的创意殿堂，实现自我提升。创意不是灵感，而是方法。创意写作的目的，一是引领写作者发现作家成长的内在规律，走上一条快车道，找到成功的捷径；二是引领作家的创作技巧、水平得到新的提高，使其更上一层楼。

二是摆渡者的角色。创意写作不是创作，是教育教学，也是一种文化产业，它承担的功能和作用更加具有摆渡者的价值。因此，我有两个小小的建议：一是创意写作在教育上应该打通学科界限，不分文史、理工，实现跨学科跨门类的融合发展。就像优秀的记者并不一定是新闻系毕业生，优秀的作家也大都不是中文系毕业的一样，创意写作为我们培养复合型的优秀写作者（包括编剧、广告策划、文案设计和应用文书）提供了某种可能和愿景。二是创意写作在人才培养上应多向度。创意写作应该让公众明白它不是作家班，不要让人们误以为是培养作家的。作家是可以培养的，这是一个不需要讨论的问题。这种培养其实就是给他营造一种氛围，搭建一个平台，提供一把梯子，让他被文学包围，传导技艺，看到方向，找到信心。比如莫言，如果不上解放军艺术学院，或许他的命运就会是另一个模样。但我们必须明白，一个想成为作家的人，经过创意写作培训也并不一定能成为作家。因此，创意写作应该在广义上进行多向度的人才开发，重在创意写作人才队伍的整体建设，提高创意写作人才的情商，引导创意写作培养下的人才成为文化产业和文化事业的创业者，而不仅仅是一个写手或作家。

（本文系作者2016年9月24日在文艺报社和上海大学联合举办的"全国创意写作大会"上的发言，刊载于2017年9月29日《中国艺术报》）

"莫言热"的冷思考

作家莫言获得了诺贝尔文学奖,对中国当代文坛来说,尤其在文化大发展大繁荣的氛围中,当然是一件值得庆贺的事情。莫言在第一时间低调地表达希望"莫言热"降温,但有关他的评论必然还要持续一段时间。笔者认为,作为一个坚持以汉语写作的中国作家,莫言的获奖其实并不意外。而且,我认为,对于中国作家来说,除了应该知道诺贝尔文学奖不是评价文学的唯一标准之外,无论是作家还是评论家,无论是媒体还是读者,都需要在"莫言热"中做一些必要的冷思考。

冷思考之一:莫言为什么能够获诺贝尔文学奖

这个问题看似简单,其实并不是一句"因为莫言写得好"就能回答得好的。瑞典文学院评委会称:"通过幻想与现实、历史视角与社会视角的混合,莫言结合威廉·福克纳(William Faulkner)与加夫列尔·加西亚·马尔克斯(Gabriel García Márquez)作品中的因素,创造了一种世界性怀旧,与此同时,也找到了旧式中国文学与语言传统的新出发点","幻觉现实主义融合民俗传奇、历史与当代性",写出了"融合了民间故事、历史与当代的魔幻现实作品"。多年来,人们一提到莫言的作品就自然联想到西方作家和作品,比如马尔克斯,比如福克纳,比如博尔赫斯,等等,评论家们都会提到魔幻现实主义和解构、重构等新鲜的文艺理论。这些来自西方的文艺批评方法和方式被说得天花乱坠,其实大多不过是"新瓶装旧酒"般的忽悠或者自说自话,一时间我们中国传统的优秀文艺批评理论和方法似乎处于失语的状态。而莫言的创作难道真的是靠所谓的西方理论和创作技巧而获得西方文学界认可的吗?魔幻现实主义难道真的就是西方文学的专利吗?非也。莫言曾多次撰文直言不讳地说,他的文学创作深受他的山东老乡蒲松龄《聊斋志异》的影响。无论是文学的想象力还是文学的修辞,莫言对《聊斋志异》可谓佩服得五体投地。而《聊斋志异》《西游记》《山海经》等这些经典的中国文学作品,不都是所谓的魔幻现实主义的作品吗?显然,说起魔幻现实主义,中国文学还是它的老祖宗。不可否认,莫言的作品的确吸收了西方文学的一些创作技巧,但莫言的文学创作是完全深深植根于中华民族这块深沉的大地,"找到了旧式中国文学与语言传统的新出发点",以人类朴素的悲悯情怀和强烈的民间观照,以狂飙般的想象力和狂狷的文字表达力将汉语创作提升到了一个新的高度。同时,在中国改革开放、综合国力不断提升的历史机遇下,莫言与时俱进,不失时机地向西方世界推销自己的作品,成为中国当代作家中作品翻译语种和数量最多的作家,从而受到了西方文学界和广大读者的关注。也就是说,莫言作品的核心和灵魂还是深深打上了中国烙印,是极具中国特色的世界文学。

冷思考之二:莫言代表中国文学走进世界了吗

毫无疑问,莫言是中国当代作家中颇具才气和颇有成就者之一,也是颇为勤奋的作家之一。作为中国本土第一位获得诺贝尔文学奖的作家,莫言的获奖是中国文学走进世界的标志性事件,但这并不能说明中国文学就已经走进了世界。众所周知,从《诗经》到唐诗、宋词、元曲以至曹雪芹的《红楼梦》,施耐庵的《水浒传》,吴承恩的《西游记》,吴敬梓的《儒林外史》,王实甫的《西厢记》,孔尚任的《桃花扇》,这些都堪称世界文学宝库中的璀璨明珠。现代的鲁迅、巴金、老舍、张爱玲、沈从文等一大批优秀作家及其作品,还有当代诸如陈忠实的《白鹿原》、霍达的《穆斯林的葬礼》、张承志的《北方的河》,以及海子、周涛的诗歌等等,与世界同时期西方作家作品相比也毫不逊色。但因为诸多原因尤其是语言的障碍,他们没有进入西方的视野。因此,中国文学走进世界依然任重道远。但莫言的获奖,在当下这个信息时代无疑为中国文学走进世界打开了一扇希望之门,中国作家和文坛的诺贝尔文学奖情结也终于解开。但笔者强调的是,面对世界,中国文学和中国作家既不要妄自尊大,也不要妄自菲薄。

冷思考之三:莫言是中国当代最好的小说家吗

如果因为获得诺贝尔文学奖,就说莫言是中国当代最好的小说家,我相信这个论断连他本人都不会接受。但作为中国当代表现很好的小说家之一,莫言获得诺贝尔文学奖当之无愧。文学是人学。文学是影响人引导人的。文学的力量是一种润物细无声的滋润,它渗透人生直至人内心深处,其穿透力和影响力是一般的教育所不能及的。因此,以莫言的获奖为契机,文艺界尤其是媒体更应该有责任和义务,引导更多的读者来正确地认知中国文学,提高读者的文学鉴赏力和阅读力,营造一个美好的文学空间,让文学成为人民快乐生活的源泉,从而培养和造就更多更优秀的年轻作家,在适度理性与浪漫中和中国文学美好的未来相逢。

冷思考之四：莫言是中国年轻一代作家的榜样吗

俗话说，不嚼别人嚼过的馍。莫言创作具有莫言的特质，不可复制也无法复制。因此笔者认为，从创作的角度来说，获得诺贝尔文学奖的作家莫言是我们的荣光，但不是我们的榜样。笔者不希望年轻一代作家因为莫言获奖，而从创作上简单地跟风，一味地去模仿莫言，琢磨莫言的写作技巧，其结果终将是东施效颦。年轻一代的作家可以从莫言身上吸取创作的经验和营养，深深扎根于中华民族丰茂的文化大地上，大胆地走自己的路，我们不希望出现所谓的"莫言第二"。我想，这是莫言所期待的，更是中国文学所期待的。

（本文系作者 2012 年 12 月 5 日在获悉莫言荣获诺贝尔文学奖当日所写，首发于"丁晓平的博客"，微信公众号"解毒历史"转载）

砥砺血性的经典样本
——边塞诗漫谈

  边塞诗是中国古代战争诗歌的重要组成部分，可以说，没有边塞诗，中国古代战争诗歌就失去了魂魄；甚至还可以说，边塞诗是中国古代诗歌的"男神"。除了主持人讲到和刚才小片中播放的那些著名诗人之外，无论是诗仙李白，还是诗圣杜甫，都写过许多边塞诗。比如李白就写过《塞下曲》（六首）、《从军行》，杜甫写过《前出塞》（九首）、《后出塞》（五首）。许多没有从军的伟大诗人都写过非常伟大的边塞诗。为什么呢？那就是爱国心。古人如此，今人亦如此。作为当代军人，喜爱边塞诗，我觉得是骨子里的一种偏爱，或者说是爱国主义的情怀穿越时空的一种共鸣，没有距离，超越历史，融汇在我们中国人的血液里，源远流长，生生不息。在边塞诗里，可以找到中华民族文明之所以成为人类最古老、最先进、最具有生命力的证明。这也是我们之所以拥有文化自信的最好注释。

  我们大多从小学课本里就接触到了边塞诗。比如王昌龄的《从军行》。但要说起我个人与边塞诗的缘分，我还是要说说更早一个时期的两位诗人。他们是兄弟，也是三国时期著名的诗人，一个叫曹丕，一个叫曹植。他们的父亲曹操，也是伟大的政治家、军事家和诗人。他们都是建安文学的代表人物。曹丕写过《饮马长城窟行》《黎阳作三首》；曹植写过《失题》《白马篇》，其中有"捐躯赴国难，视死忽如归"，读来震撼人心。《白马篇》是乐府《杂曲歌辞》的名字。包括隋炀帝杨广等很多古人都曾以《白马篇》为题写过边塞诗，歌颂边塞上的热血男儿。传说曹丕就出生在我们家乡安徽怀宁，他出生的那个地方叫作太子墩，据说是他出生的胞衣，也就是胎盘，被埋在那里，由路过那里的魏军将士每人捧一把土垒筑而成，养育他的那个村庄现在叫育儿村。苏轼的《念奴娇·赤壁怀古》写的小乔和周瑜的故事，也发生在我们那里。我们家乡还是孔雀东南飞的诞生地。或许，这就是古代战争诗歌与我最早的缘分了。其实，我觉得曹操的《观沧海》也是边塞诗。只是那个时代是黄土文明，没有海洋文明，现在是海洋世纪。所以说，毛主席喜欢曹操的诗歌是有道理的。

边塞诗中还有一个标志性的作品，就是《凉州词》。凉州是现在的甘肃武威市。在古时候，素有"通一线于广漠，控五都之咽喉"之称，是军事重镇，历代兵家必争之地，也曾是中国第三大城市，一度是西北的政治、军事、经济和文化中心，也是一个开放的城市。从地理意义上讲，这里还不是边塞。但是，在中原文化为主导的古代，那里就是文学的一个地标，或者是边塞文化的精神坐标。所以，古代众多的诗人都愿意以凉州这个曲调，吟咏唱和，抒发心中的块垒，表达爱国的雄心壮志。

再来谈谈关于边塞的界定。边塞诗的"边塞"，无论是从地理学还是从文学上来讲，首先都具有地域特征，在古代战争诗歌中，边塞主要是指在现在的西北方向，因为那里经常受到外敌的入侵。如今这些边塞已经不是边塞了，都在我们中国的版图内。但是，如果从边塞诗的内涵和外延来说，我觉得边塞的象征意义大于实质意义，以至于到后来形成了古代诗歌中的一个潮流，或者一个创作方向、一个诗歌品牌，所以许多伟大的诗人都留下了边塞诗歌，仿佛他们不写边塞诗，就不能成为伟大的诗人一样。为什么？原因就是古代的诗人们就像今天的我们一样，有英雄情结，心中也埋藏着一个舍身报国的英雄梦想，他们需要借边塞诗表达自己的爱国抱负，追寻那敢于打胜仗、善打胜仗、能打胜仗的豪壮英魂。因此，从另一个意义上说，边塞也是一个文学的疆域，或者说是心灵的疆域、精神的旗帜。在诗人心中，那个边塞就是祖国的神圣领土不可分割。

关于边塞诗歌的特点，我认为主要有两个：一个是匹夫有责、由家及国的爱国主义；一个是义无反顾、马革裹尸的英雄主义，而且表现得都特别彻底，说白了也可以说是一种"亮剑"精神和牺牲精神，这里面自然包括了习主席要求的军人必须要有的血性。

联系到当下的军队、军营、军人，每每想起祖国边境线上的士兵，隔着千山万水，我也能感受到他们的崇高。当然，边塞诗歌中的苦与现在边关生活中的苦，从物质条件上来说大不相同了，但从精神意义上来说，是一样的。父母、妻子、儿女、边关风萧萧，决不是一首轻松浪漫的抒情诗。"孰知不向边庭苦，纵死犹闻侠骨香"。但我想，每一个有过戍边经历的男儿，都是一个真正的男子汉。要不我们怎么说：当兵后悔三年，不当兵后悔一辈子呢！这就是人生，这就是选择。我们选择了，无怨无悔。在这里，我要向每一个过去、现在和未来在边关保卫祖国的战友们敬礼！

关于当代边塞诗，我认为，边塞诗的概念在当下已经比较模糊了，大多被称作军旅诗歌。军事文学，我始终觉得应该叫战争文学更合适一些，军事这两个字比较冷，是静态的，不像战争这个词更具动感，更具热血和激情。现在的军旅诗歌创作，我觉得，还是阎肃老师所说的"风花雪月"四个字比较贴切——铁马秋风、战地黄花、楼船夜雪、边关冷月。军旅诗歌有了这样的"风花雪月"，就既传承了古代"边塞诗"的传统，又踩上了时代的节拍。古代的边塞诗诞生于冷兵器时代、黄土文明时期，现在我们是热兵器，甚至是信息化战争时代，是海洋文明世纪。我觉得当代战争诗歌的特点，可以用我主编的《军事故事会》杂志的办刊宗旨来概括，就是：青铜品格、钢铁旋律、英雄本色、家国情怀。

通过阅读古代战争诗歌，可以激发、唤醒，或者说点燃我们当代军人内心的火种，培育阳刚威武之气，锻造勇猛精武之风，使其树立精忠报国之志。对当代军人来说，这个军魂就是我们的"强军目标"，就是"忠诚于党，能打胜仗，作风优良"。

(本文系作者作为中央电视台军事频道特邀嘉宾，做客《军旅文化大视野》栏目"边塞诗砥砺血性"主题的讲稿)

军事文学：20 世纪中国文学的"半壁河山"

2000 年盛夏，热风扑面的北京为你敞开了走进文学殿堂的大门。在这座位于京城东北角的中国现代文学馆里，军旅文学作家和军事文学作品几乎占据了"半壁河山"，而军事文学总是以其强烈的爱国主义和传奇的英雄主义特色赢得读者的青睐。当我们把目光投向"中国现当代文学展"，浏览中国现代文学的全貌，就不难嗅到军事文学独有的气息。在这里，你可以看到军旅作家那一张张熟悉的面孔和一本本耳熟能详的名篇佳作。

首先映入我们眼帘的，是著名革命作家丁玲。她的《一颗未出膛的子弹》《我在霞村的时候》，在当时产生了较大影响。1936 年 9 月，丁玲在我地下党组织的帮助下，离开南京，11 月到达陕北，受到热烈欢迎。毛泽东专门作词称赞她是"昨天文小姐，今日武将军"。到了 1948 年 9 月，丁玲创作了反映土改运动的长篇小说《太阳照在桑干河上》，并于 1951 年获得了斯大林文学奖金二等奖。同时期萧红创作的反映东北沦陷区生活的小说《生死场》，萧军创作的反映东北抗日游击队生活的长篇小说《八月的乡村》，在当时影响也较大，揭示出了"不前进即死亡，不斗争即毁灭"的主题。

此间，军事小说中臻于成熟的作品，则有孙犁那清新、恬美、隽永的短篇《芦花荡》《嘱咐》和《荷花淀》。在孙犁的照片下，我们看到这样一段文字：《荷花淀》表现了白洋淀民兵的战斗生活，其浪漫抒情的笔调与以往这类题材的作品，风格迥然不同，后被称为"荷花淀派"的代表作。在另一块展板上，我们看到现代军旅诗人艾青、田间、柯仲平等人"炸弹和旗帜"般的诗作，读来仍散发着当年"鼓点式"的韵律。艾青《大堰河——我的保姆》《向太阳》等，表现了严酷的斗争、悲壮的人物以及乐观的战斗精神。

接着，透过一册册带有明显时代气息的陈旧发黄的图书和一幅幅或清晰或模糊的照片，我们看到，在轰轰烈烈铁流千里的解放战争期间，刘白羽的一组带有相当浓郁的纪实色彩的短篇小说《战火纷飞》《无敌三勇士》等，马烽、西戎的章回体长篇小说《吕梁英雄传》，是这个时期不可多得的军事小说。赵树理反映农村尖锐复杂的阶级斗争的《李有才板话》也是这个时期的名篇佳作。而军旅诗歌的代表作有贺敬之的《白毛女》《回延安》等。

新中国诞生后，军事文学又是捷足先登，在琳琅满目的展板上，军旅作家的作品几乎占据了所有版面的"头条"位置。有刘白羽的《火光在前》，马加的《开不败的花朵》，柳青的《铜墙铁壁》，孔厥、袁静的《新儿女英雄传》，陈登科的《活人塘》，石言的《柳堡的故事》等。朝鲜战争爆发后，一大批作家奔赴前线，军事文学有了新的收获，如杨朔的《三千里江山》、寒风的《东线》、陆柱国的《上甘岭》、海默的《突破临津江》等中长篇小说作品。但更能引起文坛乃至社会震撼瞩目的则是魏巍的《谁是最可爱的人》和诗人未央、张永枚、柯原的战地诗歌。未央的诗集《祖国，我回来了！》以其简捷、朴素、热情的风格，深刻而广泛地击中了当时的社会焦点和人们的心灵，因而大受欢迎。他的《把枪给我吧！》等短章几乎成了传诵一时的名篇。柯原的诗歌具有战士的豪迈与风趣，他的名篇《一把炒面一把雪》，可谓开了"枪杆诗"的先河。

值得一提的是，在文学馆三楼有十八位作家的"模拟书房"，而著名军旅作家刘白羽是其中唯一健在的一位。在他的"书房"里，挂着一张他个人的油画像，书架上摆着他的著作，书桌上除了台灯、笔墨之外，还有一尊徐霞客的雕像，而最惹眼的还是挂在墙上的一副"明月手可掬，清风不用钱"的对联，或许正是作家一生的写照。

继续往里走，你会一眼看见杜鹏程的长篇小说《保卫延安》的最初版本，它的出版在当时震动了全国文坛，被称为"英雄史诗"的一部初稿，成为当代军事文学乃至整个当代文学的"主流"。汇入这一"主流"的重头战争长篇小说先后有孙犁的《风云初记》、吴强的《红日》、曲波的《林海雪原》、刘知侠的《铁道游击队》、高云览的《小城春秋》、梁斌的《红旗谱》、冯德英的《苦菜花》、李英儒的《野火春风斗古城》、刘流的《烈火金刚》、冯志的《敌后武工队》、雪克的《战火中的青春》、柯岗的《逐鹿中原》等。同一时期的军旅诗坛，西南边疆的军旅诗群的出现，以公刘、周良沛等一批青年知识分子军人为代表，谱写了军旅诗歌更加清新的篇章。而开一代军旅诗风并影响广远的军旅诗人李瑛，是军旅诗坛的杰出代表。李瑛的诗歌不仅属于军旅，更属于当代中国。他早期的代表性作品主要收录在《寄自海防前线的诗》《静静的哨所》等诗集，构成了"李瑛模式"，影响"哺育"了一代中国诗人。随后他发表的《一月的哀思》《我骄傲，我是一棵树》等新作，成为名篇，被广为传诵。李瑛不断探索创新的诗歌创作，已经成为中国新诗史上活跃了整整半个世纪的一个"特殊现象"，是军事文学的骄傲。同期雷抒雁的《小草在歌唱》，也为军旅诗歌赢得了新时期最初的声誉。

在同一个展厅里，最显眼的是，20世纪50年代到60年代中期，徐怀中的《我们播种爱情》《地上的长虹》，刘克的《央金》《古堡上的烽烟》，任斌武的《开顶风船的角色》，林雨的《五十大关》，黎汝清的《海岛女民兵》和金敬迈的《欧阳海之歌》等军事文学佳作。与此同时，《万水千山》《战斗里成长》《南征北战》《霓虹灯下的哨兵》《江姐》《红珊瑚》《长征组歌》等戏剧、电影文学作品和歌剧、歌曲，都曾引起轰动，代表了当时军队文化的重要成果和最高水平。

在展厅的右侧，有四台可供观众随时查询作家各种资料的电脑。笔者上前进行检索，在六七千名作家和他们的作品中，可以看出1980年以后军旅文学的繁荣景象。其中以徐怀中的短篇小说《西线轶事》的发表为标志，形成了新时期军事文学的主力军团，一次又一次地"冲锋"，占领了中国文坛一个又一个"制高点"。李存葆的《高山下的花环》、朱春雨的《亚细亚瀑布》、沈石溪的《战争和女人》、朱秀海的《痴情》、韩静霆的《凯旋在子夜》、江奇涛的《雷场上的相思树》、周大新的《汉家女》、宋学武的《山上山下》等优秀作品破土而出，还有老作家刘白羽的《第二个太阳》、魏巍的《东方》等获茅盾文学奖作品的出现，以及朱苏进、刘亚洲、周涛、海波、乔良、简嘉、张卫明等一大批中青年军旅小说家的"入列"。他们的作品既保留了军队文化高扬爱国主义和革命英雄主义大旗的传统优势，又注入了新时代的气息，既继承和发扬了民族优秀文化传统，又吸收了世界先进的文化成果。由此可以自豪地说，军事文学作为军队文化的重要部分，以其雄壮的旋律走在了中国先进文化的前列，为宣传、弘扬和建设民族的、科学的、大众的先进文化，做出了不可磨灭的贡献。

在中国现代文学馆，仔细看看那一面面展板，你不能不感到军事文学和军旅作家、诗人们给你的强烈冲击，正是这些现在看来印刷粗糙、装帧简陋、纸张发黄的书籍，影响了一代又一代人。从某种意义上说，正是他们代表着中国先进文化的发展方向。如今，它们凝固在这里，见证着历史，也昭示着未来。

（本文刊载于2000年8月11日《解放军报》，原题为《中国现代文学馆：军事文学占据"半壁河山"》）

血统·血性·血气
——读者热衷军事文学图书的几点思考

孙子曰:"兵者,国之大事也。死生之地,存亡之道,不可不察也。"一部《孙子兵法》以其博大精深的内容、高度概括的理论,成为世界公认现存最早的"兵学圣典",不仅为中国历代军事名家所推崇,亦为外国军事名家所追捧。军事图书,自其诞生之日起,就颇受读者关注。如果从社会伦理和精神层面来分析读者热衷军事图书的心理,我愿意从以下几个方面来寻找答案。

血统

血统,即由家及国的忧患意识。打开人类的历史画卷,戈戟狼烟、血雨腥风的战争从未间断。而人类社会有了国家之后,国家意识往往更能给爱国者和军人以勇气、智慧和力量,并在此基础上产生了爱国主义。由于中国历史上几经分裂内战,尤其是1840年以来的外敌入侵,使得极其注重血统渊源的中国人将这种由家及国的忧患意识积淀为一种民族心态,并一代一代地传承下来。"生于忧患,死于安乐""忘战必危"的古老信条,就是这种忧患意识的座右铭。因此，战争以及与战争有关的人物、事件、装备，必然最容易触动人们心灵底层最敏感又最脆弱的那一根神经。

血性

血性，即匹夫有责的心灵跃迁。在中国历史上，我们每每听到"位卑未敢忘忧国""天下兴亡，匹夫有责"的豪言壮语。因此，每当面临外敌入侵的危急时刻，总有一大批仁人志士和爱国军人奋不顾身、不怕牺牲，肩负起保家卫国的神圣使命。这种匹夫有责的心灵跃迁，就是一种彻底的革命英雄主义的血性。因此，人们从小就崇拜英雄、敬仰英雄，心中都埋藏着一个渴望成为英雄的梦想。无论是古代的岳飞、霍去病、戚继光、郑成功，还是现代的杨靖宇、黄继光、董存瑞；无论是富有传奇色彩的革命先烈如方志敏、李大钊，还是文学作品中虚构的人物如《英雄儿女》中的王成、《亮剑》中的李云龙，他们均以生命写下了爱国的壮歌，成为杰出的英雄和人们学习的榜样。

血气

血气，即富国强兵的英雄梦想。无论是大风起兮云飞扬的勇气，还是马革裹尸义无反顾的坚贞；无论是义不顾私、忍辱负重的豁达，还是疾恶如仇、忠正不阿的武德，这一切表现为中国军人的血气方刚，其实最终都浓缩成中国人发自内心的那个富国强兵的英雄梦想——中国梦。恩格斯在《波斯与中国》一文中指出："英国政府的海盗政策已引起了一切中国人反对一切外国人的普遍起义，并使这一起义带有灭绝战性质。"这就是说，我们宁肯同侵略者同归于尽，也决不当亡国奴。我想，"江山如此多娇，引无数英雄竞折腰"，毛泽东的诗句正是中华民族这种爱国情怀和英雄梦想的最好表达。

由此，当爱国主义和革命英雄主义成为根植于民族灵魂的文化的时候，当"天下兴亡，匹夫有责"成为每一个公民神圣使命的时候，在21世纪这样一个挑战与机遇并存、伟大的中国梦正在激励我们每一个中国人心中那个富国强军梦想的时候，对于军事图书而言，这当然是一个千载难逢的机会。

我想，读者之所以热衷军事图书，应该可以从上述三个方面找到共鸣。

（本文刊载于2014年8月1日《中国新闻出版广电报》）

第三辑　**别裁**

长征何以成为"英雄创世纪"

——从早期红军长征图书中发现长征

或许,没有人能够知道一本书的影响力有多大。

1937年7月,中国抗日"战事开始以后,我走到一处地方,哪怕是最料不到的地方,总有那肋下夹着一本《西行漫记》的青年,问我怎样去进延安的学校。在有一个城市中,教育局局长像一个谋叛者似的,到我这里来,要我'介绍'他的儿子进延安的军政大学。在香港,一个银行家也使我吃惊地做了同样的请求"。这段文字引自著名美国记者埃德加·斯诺1941年出版的著作《为亚洲而战》。

"斯诺的《红星照耀中国》一书对红军长征所做的史诗般的描述,是那样的扣人心弦、不可思议。一支军队在长途跋涉五千英里、平均每天行军二十四英里之后,而基本保持完整,这是多么令人惊讶。他们翻越了十八座大山,其中五座大山终年积雪,渡过了二十四条河流,这是非同寻常的体力竞技。正是这种人性的非凡素质,造就了一个新中国。阅读此类书籍,对我今后的思想和行为都有所影响。长征所表现出来的中国人的胆略和活力,使他们既是可欢迎的朋友,也是令人敬畏的敌人,不能让他们还在联合国的大门外徘徊和等待。"这段文字引自曾任英国考文垂市市长的乔治·哈德金森

1970年写的自传。1947年,他曾陪同斯诺访问,并请斯诺在其珍藏十年的《红星照耀中国》(1937年10月第1版)上签名留念。

一本书的影响力到底有多大？在上面摘引的两段文字中,我们完全能够找到满意的答案。毫无疑问,《红星照耀中国》(中译本《西行漫记》)在它出版近八十年来,无论在中国,还是在欧美,都产生了无法估量的积极影响,不仅给世界打开了解中国共产党和毛泽东领导的中国工农红军的窗户,而且使中国革命获得了世界人民的理解、支持和同情。在《西行漫记》中,斯诺把《长征》(*THE LONG MARCH*)单列为一章,紧随该书第四章《一个共产党员的由来》(即《毛泽东自传》)之后,以"第五次围剿""举国大迁移""大渡河英雄""过大草地"四节的篇幅,讲述了中央红军长征的主要历程。斯诺《长征》的英文版,最早发表在美国《亚细亚》月刊（ASIA）1937年的第十期和第十一期,中文版则由复旦大学文摘社主编之一的汪衡翻译,以《两万五千里长征》为题,发表在1937年11月8日至1938年1月18日出版的《文摘战时旬刊》第五号至第九号上。1938年1月1日,汪衡译本《二万五千里长征》正式面世。但在内容上,因得到八路军上海办事处潘汉年的帮助,增写了许多斯诺没有写的史实。这也标志着世界上第一部以"长征"作为书名的单行本图书正式诞生。

面对长征,斯诺不无感慨地说:"这是一次浓墨重彩、值得大书特书的远征。冒险、探索、发现、勇气和胆怯、胜利和狂喜、艰难困苦、牺牲和忠诚,而像烈焰一样贯穿着这一切的是这千千万万青年人的经久不衰的热情、永不泯灭的希望、惊人的革命乐观主义,他们绝不向人、向大自然、向上帝,或者死亡屈服认输——所有这一切以及还有更多的东西,都已经载入了现代史上这部无与伦比的史诗中了。"在他看来,长征塑造了红军和中国共产党"英雄好汉"的形象,"不论你对红军有什么看法,对他们的政治立场有什么看法,但是不能不承认他们的长征是军事史上伟大的业绩之一"。他称赞"红军的胜利行军,胜利达到甘、陕,而其有生力量依然完整无损,这首先是由于共产党的领导"。

斯诺说得没错，无论是从政治史、军事史的角度，还是从思想史和文化史的范畴，八十年前的二万五千里长征，以其无与伦比的精神资源、砥砺苦难的物质构件、创世文明的原型素材和原始典型成长的内涵意象，与富吉谷之于美国革命、攻打巴士底狱之于法国革命、攻打冬宫之于俄国革命相比，它的意义已远远超越了革命本身。我们知道，"长征"一词，自唐宋以来均有文人骚客或史家吟唱使用，如：李颀《古意》诗曰"男儿事长征，少小幽燕客"，王昌龄《出塞》诗曰"秦时明月汉时关，万里长征人未还"。在古代诗歌里，长征的意思只是指长途旅行、长途出征而已。因此，使"长征"真正成为"英雄创世纪"，成为"世界语言"，升华为人文精神，理所当然地得益于中国共产党，得益于毛泽东。

毛泽东说："谁使长征胜利的呢？是共产党。没有共产党，这样的长征是不可能设想的。"对于长征，毛泽东情有独钟。从1935年2月到1936年2月一年的时间内，毛泽东在长征路上，先后写下了《忆秦娥·娄山关》《念奴娇·昆仑》《清平乐·六盘山》《七律·长征》《沁园春·雪》等七首诗词，一首比一首豪迈，一首比一首昂扬，一首比一首气魄大，那岂是"王侯将相宁有种乎"，那真是"风流人物，还看今朝"。

毛泽东不仅是长征最早的歌咏者，也是长征历史记忆最早的讲述者、建构者。斯诺笔下的《长征》就来自于毛泽东、周恩来和彭德怀、徐海东等红军将领的采访口述。1936年8月5日，为了斯诺的来访，毛泽东专门致信、致电红一方面军参加长征的同志："现因进行国际宣传，及在国内和国外进行大规模的募捐运动，需要出版《长征记》，所以特发起集体创作，各人就自己所经历的战斗、行军、地方及部队工作，择其精彩有趣的写上若干片段。文字只求清通达意，不求钻研深奥，写上一段即是为红军作了募捐宣传，为红军扩大了国际影响。"

这是中国革命史上第一次开展长征征文活动，也是我党我军第一次大规模的文化征文活动。董必武、谢觉哉、徐特立、李富春、陆定一、李一氓、萧华、王首道、张爱萍、彭雪枫、刘亚楼、杨成武、舒同、贾拓夫、童小鹏等中国共产党领袖和红军将士纷纷响应，撰写文稿二百多篇。随后，经丁玲、徐梦秋等人编辑整理，定名为《二万五千里》，收入文章一百篇。斯诺在陕北访问期间，曾经阅读过部分文稿。它的另一份誊清稿，则被辗转交到上海的冯雪峰手中，现珍藏在上海鲁迅纪念馆。后来，因为西安事变爆发和红军东征，书稿的编辑出版工作暂停下来，直至1942年11月才由总政治部宣传部刊印，最终确定书名为《红军长征记》，作为"党内参考资料"内部发行。朱德曾亲笔签名赠送斯诺一套，现珍藏于美国哈佛大学燕京图书馆。这是第一部长征亲历者的集体口述史。1937年7月5日，"红色牧师"董健吾化名"幽谷"在上海《逸经》杂志发表的《二万五千里西引记》的素材，就源自冯雪峰提供的《二万五千里》誊清稿。随后陆续在上海出版的《从江西到陕北的第八路军》《二万五千里长征记》等十多种图书，其内容大多也出自这里。新中国成立后，《红军长征记》经修订，改名为《中国工农红军第一方面军长征记》，由人民出版社出版。

红军长征路，是鲜血和生命铺就的，是一条苦难之路，也是一条胜利之路。毛泽东不仅是战争艺术的大师，也是舆论艺术的大师，深谙"枪杆子"和"笔杆子"结合的艺术魅力。他说："我们要战胜敌人，首先要依靠手里拿枪的军队。但是仅仅有这种军队是不够的，我们还要有文化的军队，这是团结自己、战胜敌人必不可少的一支军队。"不言而喻，军队宣传文化工作如同革命的左膀右臂。

其实，在《红星照耀中国》和《红军长征记》出版之前，红军长征的历史著述就已经面世。而最早宣传长征的人，就是开国元勋之一陈云。1935年6月，陈云奉命在四川天全县灵关殿离开长征，于月底抵达上海。随后他与陈潭秋、杨之华等一行，奉命参加共产国际第七次代表大会，于8月20日抵达莫斯科，向共产国际执行委员会报告了红军长征和遵义会议的情况，成为第一个向世界宣传长征的人。此间，陈云化名"廉臣"，假托被俘国民党军医身份，撰写了一篇《随军西行见闻录》，讲述了自己随红军部队从江西出发，行程一万两千里，在川西与红四方面军会合的经历。1936年2月，这篇作品以连载形式在巴黎出版的《全民月刊》发表，并于同年7月出版了中文版单行本图书，成为最早的长征口述史著作。随后，邓发化名"杨定华"，假托被俘国民党电台机务员身份，撰写了《雪山草地行军记》和《由甘肃到山西》，由在法国巴黎出版的《救国时报》以共计五十七次连载的形式，完成了陈云长征口述史的接力，完整讲述了长征的全过程。为此，《救国时报》在1937年7月31日专门发表了《本报为出版〈长征记〉招收预约启事》，拟将陈云《随军西行见闻录》和邓发的《雪山草地行军记》《由甘肃到山西》三部作品结集出版。遗憾的是，这部《长征记》的中文版至今没有发现。笔者有幸从莫斯科购得一部俄文版，或许也是国内存世的唯一善本了。

　　一部长征叙述史，也是一代人的革命史。长征，何以成为"英雄创世纪"？从长征叙述史的角度来说，关于长征著述的创作、编辑、出版、翻译和传播的故事还有很多很多，笔者经过十年研究完成《世界是这样知道长征的——长征叙述史》（中国青年出版社2016年10月版），揭开了长征成为"世界语言"的传播秘史和革命传奇。毛泽东说："讲到长征，请问有什么意义呢？我们说，长征是历史纪录上的第一次，长征是宣言书，长征是宣传队，长征是播种机。"但长征是如何成为"宣言书""宣传队"和"播种机"的呢？毫无疑问，关于长征的舆论文化工作，功不可没。正是从这个意义来说，长征，不只是中国革命传奇的名片，也是中华民族实现伟大复兴的中国梦的精神底片；不只是中国从苦难辉煌走向繁荣富强的文化底色，也是中华民族不屈不挠、自力更生、奋发图强的精神本色。

　　（本文刊载于2016年10月21日《解放军报》"纪念红军长征胜利80周年特刊"，标题为《在阅读中发现长征》）

信念·信仰·信心
——重读红军日记想到的三个关键词

在生活中,许多平凡小事,只要你静坐细琢磨,就忽然变得深刻起来。譬如写日记,我们都写过,却少有坚持。在血雨腥风、枪林弹雨的战争环境中,在千难万险、千辛万苦的长征征途中,竟有多位红军将士做到了天天坚持写日记。仔细想一想,这真是一件了不起的事情,这是一件关乎生与死的大事情,并给我们后来人许多启示。

萧锋将军是红军乃至共和国将帅中写日记跨越时间最长、数量最多的人。他自1928年参加革命直至去世,六十四年如一日,不间断地以日记的形式,记录了自己的革命生涯和指挥、参与的1365场战役、战斗经历。1984年2月1日,当他把自己所有的"日记"无偿地捐献给国家博物馆的时候,人们都惊异地问他:"萧锋将军,是什么力量使您能持之以恒六十四年?"将军坚定且自信地回答:"是信念!信念支配着行动。有了坚定的革命信念,就不会把记日记看成是平常的事情。"当他详细记录了红一军团三百六十七天长征历程的《长征日记》公开出版的消息传到海外时,日本作家、《周恩来》的作者冈本隆三先生专程来北京拜访他,连声惊叹:"奇迹!这是世界的奇迹!"

是的，这的确是世界的奇迹！但这更是信念的力量！可你不会想到，没有上过一天学的萧锋，是在革命的征途中自学成才的。1928年，当他所在的部队在打了一个大胜仗后，需要作战斗情况汇报时，因为他是唯一识字的人，被战友们赶鸭子上架般地逼到油灯下，一笔一画地写下了第一篇战斗日志。短短两百多字，他整整花了三个多小时，且有一半的字不会写，只好用〇来替代。

"苦不苦，想想红军二万五；累不累，想想红军老前辈。"长征的胜利是红军用鲜血和生命换回来的。八十年过去了，今天当我们重读红军日记，我们就会发现，长征的艰苦，并非是他们所惧怕和担心的。战友倒下了，掩埋好战友的遗体，擦干身上的血迹，前进的步伐依然没有停止。

1934年11月30日，萧锋在日记中写道："行军路上，担架队战士梅若坚问我：总支书，这里是什么地方？二、六军团在哪里？走到哪是个头。说实在话，我也不知走到哪是个头，我只好回答：我们这两条腿是属于革命的，上级让往哪走，我们就往哪用劲！"湘江战役，红军损失惨重，萧锋在12月1日的日记中说："我团是两千七百多人，现在仅剩下八九百人了"；"炊事员挑着饭担子，看到香喷喷的米饭没人吃，边走边哭。"另一位红军童小鹏，在他《军中日记》的第一页上，就用红墨水笔竖写着两行大字："无论如何忙，此事切勿忘！"在第一页的背面，他用蓝墨水笔写着："当红军是光荣的，那么，红军的生活是最光荣的生活了。这是我记日记的动机了。"

多么纯粹的动机！多么朴素的动机！这样的动机，来自信仰的力量。正如曾跟随红六军团长征行军的英国传教士勃沙特所言："中国红军令人惊异的热情，对新世界的追求和希望，对自己信仰的执着是前所未闻的……"长征路上，在家靠卖油条度日、名叫"铁杆"的新战士对萧锋说："当红军一个钱都没有，还要随时准备牺牲，为钱我就不来当红军了！"这就是一个普普通通的红军战士，连自己的真实姓名都没有。"为钱我就不来当红军了！"萧锋在日记中万分感慨地写道，"这话说得多么深刻啊！"

红军是一支任何艰难困苦、流血牺牲都吓不到、摧不垮的英雄团队，是一支以年轻人为主体、勃发着旺盛生命活力的群体。在红军日记中，我们可以看到，长征虽然给他们的肉体带来了痛苦，但他们的精神却充实而快乐。萧锋在1935年8月24日的日记中说："晨起来，肚子饿得咕咕叫，原来准备的青稞麦炒粉，被雨淋得变成了疙瘩，只好烧些开水泡成面糊糊，加上几片肉干充饥。从军团首长到每个战士，都吃一样的饭汤。我们正在吃的时候，忽然下了一阵白雪，落在汤碗里，大家笑着说'天下白糖，增加营养'。饭虽然简单，汤也不好，可是这么多战友集中在一起，热情交谈，倒也别有风味。"

苦中作乐，以苦为乐，这不正是革命乐观主义和对革命充满必胜信心的真实写照吗？童小鹏在1935年6月30日的日记中，为自己做了半年总结。他这么写道："这半年是很艰苦与快乐的交错时期，从艰苦中取得了胜利，得到了快乐舒畅，为着胜利而吃苦尝辛。如果没有六个月八千五百余里长征，及从来未有的没有吃喝的艰难，也就不会有着这得到的胜利，这就自然地得出了铁证。革命是长期的斗争、流血的过程。胜利是艰苦的结果、困难的总绩。更大的胜利要我们去争取，更多的困难自然会在面前涌现，这就需要了解上述的铁证，用这半年吃苦的精神，来将它战胜，争取完全胜利的伟大光明。"

革命理想高于天。重温红军日记，穿越80年的时空，字里行间，我仿佛看见那条地球上的红飘带由南向北飘拂的沧桑画卷，又仿佛听见红军的血液同样在我的血管中汩汩流淌，而心中鸣奏的正是这信念、信仰和信心的交响。

(本文刊载于2016年10月21日《光明日报》"纪念红军长征胜利80周年特刊"，发表时有删节)

大战争年代大英雄的纪念碑
——简评张卫明长篇小说《城门》

北京军区作家张卫明深怀历史和时代的责任感、使命感。在同时代作家纷纷转向影视剧、转向市场的时候，他却拒绝各种诱惑，坚守自己的文学信仰和艺术追求，"窝"在家中十年，哪儿也不去，以"用生命原创、用灵魂原创、用爱原创"的"百分之百原创精神"，安安静静创作了一百五十万字的长篇小说《城门》①（上部《盘马》、中部《弯弓》、下部《射天》），以适度理性和浪漫情怀张扬中华民族的精神骨骼和血肉品性，史诗一样呼唤真善美、重塑理想、指引光明、礼赞崇高，为新世纪军事文学的康庄大道树立了一座新的里程碑。有评论认为：这部以描写冷兵器时代彻底的革命英雄主义的扛鼎之作，是解放军文艺出版社亮出的原创文学的新旗帜，它的问世将是中国当代军事文学的一个重要事件，也是一个重要收获。

长篇小说《城门》描述的是中国最后一代弓箭骑兵，从北方草原英勇抗日到1949年北平和平解放入城的故事。作家敏锐地发现历时二十二年的起步于农兵的梭镖菜刀、牧兵的弓箭长刃的中国人民的独立与解放战争，恰恰

---

① 解放军文艺出版社2006年6月版。

浓缩了冷兵器到热兵器的几千年武器进化史。他把文学的目光投向草原，投向中国革命由战争向和平过渡的特殊年代，把一支由草原抗日武装改编过来的八路军骑兵师安排在冷兵器和热兵器嬗变的阵痛舞台上，以饱满得几乎要爆炸的激情，为末代弓箭骑兵演绎了一首雄浑悲壮的挽歌。作家既没有把笔触直指古代骑兵，也没有写骑兵的发祥和鼎盛。随着战争进程的发展、武器装备的更替，以及战争样式、战场形态的变化，从冷兵器到热兵器、从草原游击战到城市攻坚战，《城门》中这些既具有耐大饥大渴、负大劳大苦、沐大风大雪、笑大生大死之冲天豪气的马背豪强，正面临着因为战争和胜利而使骑兵边缘化的物质和精神上的双重危机——城市和骑兵是一对千年军事冤家，骑兵进城犹如进大狱。在中国革命这个伟大雄伟的平台上，中国骑兵部队在解放战争时期之后，不断削减，直至如今小编制的骑兵仍在延续。但作者不是仅就军事编制意义来观照骑兵的衰亡，而是将传统骑兵的创痛定位在丧失"射"。而本色骑兵遭"弓矢既失"之千年大痛，就成了阉割的变形骑兵、抽了魂的骑兵。因此《城门》以大篇幅记忆弓矢人类火山样的爆发力，纪念弓矢男人奇迹，怀念和祭奠弓矢英雄时代，欲披肝沥胆为一种空前绝后的原创能力、一种空前绝后的神韵肢体、一种空前绝后的傲美精神，立文字碑。《城门》就是在这种怀旧的痛苦和无奈中，始终缠绕着一种雄性的忧伤，把中国末代弓箭骑兵不乏传奇却无功利的故事，演绎得平平淡淡简简单单自自然然，又轰轰烈烈货真价实。

《城门》是一部寓言，一部具有悲剧色彩的寓言。它好像是一道门槛，革命胜利"进城"的喜悦并没有掩饰住骑兵离开草原的痛苦（这种痛苦其实是一种英雄无用武之地的心灵之殇，是一种巨大的孤独，是一种感动中的悲剧之美），"城里"和"城外"截然不同的风景，就是不同的现实、不同的历史，也是不同的命运。因而对于弓箭骑兵来说，《城门》或许就是历史的一声叹息；但对读者来说，《城门》却又像一座弓箭骑兵的历史博物馆。作品中充满有关弓箭骑兵的历史、文化和传说，诸如"哨鼠"，诸如"立骨"，诸如"夜视",等等。还有骑兵认为北京城是一座"骑兵城",而以山西农民为主体的步兵又说北京是"晋南城",这些新颖而具有独创性的文化观点,深究它或许没有理论上的根据,但考察现实却似乎又能找到似非而是的印证。

《城门》的结构是一个"人"字形,从上部《盘马》的"骑兵耳""骑兵嗓""骑兵鼻""骑兵脑",到中部《弯弓》的"骑兵肩""骑兵胃""骑兵肺""骑兵手",再到下部《射天》的"骑兵腰""骑兵膝""骑兵胯""骑兵趾",这确实是一个大写的"人",像一个顶天立地的英雄。有英雄就有美人就有爱情。《城门》的爱情故事令人浮想联翩。进驻北平的解放军第四野战军骑兵师长巴根与国民党起义的步兵防御专家傅天犁之间,因为同时爱上美丽的京城少女白小翎,而产生了心灵情感的地震,并演化成二人之间体能和智能的比斗,以至于最终演绎成骑兵与步兵之间作战能力之争,可歌可泣又可爱,雄浑悲壮又凄婉。而在这样的"三角"关系中后来又卷入了副团长青格里和连长塔尔木,形成五角状。"江山"和"美人"这个让"英雄"在文学中翻来覆去亘古不变的主题,在《城门》中的表现与众不同。作为整个作品中最重要的女性角色,白小翎的个人身份和家庭背景就好像是另一片草原,让作为末代弓箭骑兵的代表人物的巴根、青格里在他们情感的草原上自由浪漫又踌躇徘徊。而就爱情的果实而言,这个爱情的故事非常"残忍":一方面他们想爱就爱,等级观念不起作用,这是马背男人之间的真正意义的比斗;而真正的残忍在于集体,骑兵荣誉成为巨大的心理障碍,都充满热情而不能奔放;残忍还在于他们自己,在爱情上一次又一次打败自己。

《城门》是阳刚铸就的兵家诗卷,骑手是牧猎的艺匠、战杀的精灵;《城门》是苦难凝造的男人大歌,箭手是血骨的炼狱,心灵的天堂。作品中这群可歌可泣又可爱的马背英豪,他们携雷挟电呼风唤雨般从天苍苍野茫茫的大草原呼啦啦像一阵台风,从我们的心灵上刮过,其磅礴之势难能望其项背，其逶迤之美只见马鬃如旗，给我们留下的是一座用大男人、大丈夫的热血和硬骨头为大战争年代的大英雄雕刻的纪念碑。在当下，《城门》绝对不是一部畅销书，它或许不可能在庸俗的市场上卖出好价钱，也不可能在名利场上左右逢源。但《城门》以其特立独行的语言、独树一帜的情节和走火入魔般的细节，毫无疑问地成为21世纪中国军事长篇小说的新旗帜。

(本文原载于 2006 年 8 月 9 日《人民日报》)

《城门》十三问
——对话军旅作家张卫明

当下，人文精神被迫在人们日益物质化和功利化的精神生态中大幅滑坡，中国文学及其读者在遭遇了众多的伪崇高、伪深沉、伪宏大、伪美和伪善的欺骗与伤害之后，对真正的文学似乎已经心存怀疑甚至厌烦。浮躁的消费社会让生活其中的作家们也难以静心，文学的品位和格调也日趋变得市场化、消费化、庸俗化，文学创作表面上的"繁荣"似乎难以掩饰作家内心的虚空，精、气、神普遍缺失的文学在习惯了炒作、习惯了克隆、习惯了媚俗和流行之后，丧失了深刻，忘记了责任，也躲避了崇高。——这已是不争的事实。北京军区作家张卫明深怀历史和时代的责任感、使命感，十年磨一剑，以"用生命原创、用灵魂原创、用爱原创"的"百分之百原创精神"创作的长篇小说《城门》，让我们仿佛如黑夜行路看到了远方的灯盏。作品以适度理性和浪漫情怀张扬中华民族的精神骨骼和血肉品性，史诗一样呼唤真善美、重塑理想、指引光明、礼赞崇高，从而为新世纪军事文学的康庄大道树立了一座新的里程碑。有评论家认为：这部以描写冷兵器时代彻底的革命英雄主义的扛鼎之作，是解放军文艺出版社亮出的原创文学的新旗帜，被誉为"21世纪中国军事长篇小说的开山之作"。

作为《城门》的责任编辑，我与作家张卫明先生在长达数年的交往以及编辑出版过程中，对他的创作思想、理念和态度有了更多的理解，并深深地为之感动、敬佩。值《城门》面世之际，应《解放军文艺》主编王瑛老师之约，我与张卫明先生就《城门》的创作进行了对话，抛砖引玉，期待更多读者朋友的评论和关注。

一问：张老师，再次感谢你对我的信任。作为《城门》的第一读者，我除了对这部长达一百五十万字的大书深感敬畏之外，首先还是对你个人在这部著作中倾注的心力和才华肃然起敬。在这个急功近利的浮躁世界中，你竟然花了十年时间"窝"在家中，哪儿也不去，在同时代作家纷纷转向影视剧、转向市场的时候，你却拒绝各种诱惑，坚守自己的文学信仰和艺术追求，只为安安静静地写这么一部小说，确实令人感到不可思议。我认为，它的问世将是中国当代军事文学中的一个重要事件，也是一个重要收获。如今这部作品出版了，你的第一感受是什么？你的成就感到底有多大？

一答：第一感受，六个字，三组。其三，轻松。当然觉得非常轻松。心紧绷了九年多，作品好赖不管，终于交卷了。其二，劳心。交卷好像交命，忽悠忽悠的，好一段时间感觉生命火苗可能要熄灭了。三四十岁可能没这么明显。那极度疲弱的感觉，就像机枪枪管打红了，子弹出了膛掉跟前。我常年坚持爬山，深感这不单纯是体力问题。我想，虚构过于熬心熬神，想象力用伤了。去北京植物园曹雪芹纪念馆，我对大偶像说，你才活了四十九岁，现在我可知道长篇小说确实能写死人。其一，感激。第一感受我倒序说，是为了特别强调这一点。感谢董保存副总编和刘立云主任的关心。感谢你这几年耐心等待。我知道，我的部分写法很难讨好，偏偏又全堵在开头，颇有御寻常阅读习惯于城门之外的态势。打头的这二十多万字，对小长篇那就是全部了。于是局部的阅读难度就弥漫为整体的市场风险。看稿前，你们就一再表示，要当作一件事来办。据说你们就是以这样的敬业态度，当初为辗转间的《亮剑》拍板。起始我并没有花这么些时间的心理准备，也预测不准篇幅，就觉得有这么个东西，一两年、两三年总能成吧。开了头也没遇到那么多难题，困难如山时就已骑虎难下。1999年《解放军文艺》选发了四万字，也叫《城门》，王瑛责编，汪守德同期评论，外面转载和评价还不错，大家都鼓励我。所以姿态上就疑似文友们说的"拒绝"和"坚守"什么的，主观上实在是没有台阶下。真实的心态，中间阶段倒可能更像赌徒，索性硬撑着。成就感眼下还谈不到，现在只是完成感，十年一书的作家还有一些，对我是安慰。写得又快又好的作家，我羡慕且服气。就我自己而言，十年不说明任何问题。如果书没写好，除天分和功底的原因外，仍要根究是不是浮躁。

二问：在20世纪90年代，你接连发表了具有代表作性质的中篇小说《双兔傍地走》《英雄圈》，在文坛颇具影响，还因此连获解放军文艺奖、夏衍电影文学奖，之后你的名字突然从文坛上隐身了。为了创作《城门》，你整整花了十年时间，写坏了一台电脑。我想，这部可以说倾注了你生命的作品，它的构思或者说最初引起你创作的那种冲动应该像一道霹雳，闪现在你心灵的天空。那么，到底是什么原因、什么使命促使你立志写这么一部长篇小说？

二答：十年，做其他事情，电脑也该坏了。我的操作手法很轻，坏了两个键盘，共同的几个键坏得那么彻底，确实是艰辛的证明。以往我的作品并不显眼，隐不隐身别人感觉差不多。搞文学我起步晚，进了专业，他人都早有长篇小说的计划，我只是憧憬。中短篇小说可说是热身。"短—中—长"，不少同行大概都经历了这样的"三级跳"。回头看，在当初这可能是个从众的误区。短中结合，以中为主，大概更适我。但歪打正着，终归有了结果。至于倾注生命，或许首先要意识到有什么东西关乎生命。二十岁前后，我的满头硬发楂儿竟变为卷卷的，形同古代胡人。我苦思，这是怎么一回事？在大家都寻根的年代，我的族谱只能经由扎根于山西榆社的十七代的脉络上溯到五百多年前的山西汾阳三泉镇。汾阳古称西河。匈奴的屠各族为张姓，称屠各张氏，早年迁移并盘踞落户西河，称作"屠各胡""西河胡""西河张"。我没来得及核查我的十七世祖与"西河张"的确凿血缘关系，我只粗略知道匈奴人俱是我这模样的"卷毛虎"。而这前后，我十次去内蒙古草原，其中三次专访骑兵。在大草原每次冲动背后都有一种神秘的血液涌动。即令冬季，随便停哪儿，雪片、枯草、畜粪、石块，我都觉得亲切无比。事实上，我已经无条件地、不可动摇地恢复了我与"西河张""屠各胡"，与伟大匈奴的组织关系。我向周涛倾诉了这种单向确认。我断定，敢名之"西河张"，而一向没"老西河张""新西河张"之类的区分，那就是独此一家别无分店了。我故乡榆社的文学骄傲、其母周张氏、天生宝石蓝眼睛的周涛，也认定他与草原大漠有某种遥远的关联。那年我一个字没写，除到陕西拜谒黄帝陵，在家读了整整一年书，二百六十多本，越读越觉构思不成熟。而和周涛关于"我们从哪里来的"这次对话之后不几天，1996年12月31日，我却动笔了。2006年4月28日在北京西直门招待所的周涛得知《城门》出版在即，孩子样的笑容异常快乐。你由一百五十万字的结果反推过程，再由过程反推起点，得出"最初引起创作的那种冲动应该像一道霹雳"的结论。感慨之余，我不得不坦承，你说对了。我还得坦承，我并不因动机的狭隘而惭愧于我自封的多故乡人身份。其时我只觉得，隆隆的滚雷有如万千天马奔腾，闪电裂空，先人一箭穿透了我。

三问：作为一部以描写冷兵器时代彻底的革命英雄主义为主题的力作（我提请注意的是"彻底"这两个字特别重要，值得关注和琢磨，我理解它应该是一种深度或者说是一种高度，也可以说是一种程度，它是纯粹的，又是整体的、从头到脚的干脆利落），长篇小说《城门》描述的是中国最后一代弓箭骑兵从北方草原英勇抗日到1949年北平和平解放入城的故事。你把文学的目光投向草原，投向中国革命由战争向和平过渡的特殊年代，把一支由草原抗日武装改编过来的八路军骑兵师安排在冷兵器和热兵器嬗变的阵痛舞台上，以饱满得几乎要爆炸的激情，为末代弓箭骑兵演绎了一幕雄浑悲壮的挽歌。作为一个歌者，我觉得你的文字中始终笼罩着一种悲悯情怀。诚如你所言，《城门》是一个怀旧的故事。它从一开始就缠绕着一种淡淡的忧伤，我私下里把它概括为"雄性的忧伤"。随着战争进程的发展、武器装备的更替和战争样式、战场形态的变化，从冷兵器到热兵器、从草原游击战到城市攻坚战，《城门》中这些既具有耐大饥大渴、负大劳大苦、沐大风大雪、笑大生大死之冲天豪气，又胸怀勇敢对勇敢，野蛮对野蛮，坚强对坚强，生对生，死对死之千古爱憎的出身草莽的马背豪强，正面临着因为战争和胜利而使骑兵边缘化的物质和精神上的双重危机。我觉得这种"危机"是命中注定的，用你的话说："城市和骑兵是一对千年军事冤家，骑兵进城犹如进大狱。"因此《城门》的这种怀旧情结是不是就是你对那个已经消逝的时代——冷兵器的大战争时代——中的一种记忆、纪念或者怀念？

三答：早知汉与匈奴同源。"屠各张"从哪里来？弓箭从哪里来？究我张氏起源，唐人林宝《元和姓纂》云："黄帝第五子青阳生挥为弓正，观弧星，始制弓矢，主祀弧星，因姓张氏。"弓矢与张氏，一并因黄帝之孙挥的功绩而问世。以此姓氏自豪为出发点，《城门》以大篇幅记忆弓矢人类火山样的爆发力，纪念弓矢男人奇迹，怀念和祭奠弓矢英雄时代。说拗口一些，欲披肝沥胆为一种空前绝后的原创能力、一种空前绝后的神韵肢体、一种空前绝后的傲美精神，立文字碑。那为何不将笔触直指古代骑兵？我不想写发祥和鼎盛。幸运的是我觉察到，历时二十二年的起步于农兵的梭镖菜刀、牧兵的弓箭长刃的中国人民的独立与解放战争，恰恰浓缩了冷兵器到热兵器的几千年武器进化史，因而为我的表达提供了比较熟悉也比较集中的平台。解放战争我骑兵庞大，其后不断削减，小编制的骑兵则延续至今。仅就编制意义观照骑兵的衰亡，也不是不可以。而传统骑兵的创痛更在于丧失"射"。

弓矢既失，本色骑兵遭此千年大痛，已然是阉割了的变形骑兵，抽了魂的悲剧骑兵。

四问：就像你所说的："战争史真确向进现代人类展示了器弱人强和器强人弱之二律背反的悲悯情怀。"当一个充满原始的、自然的、个性的和本能的、人性得到自由自在张扬的时代，被自己打破之后却又眼睁睁地在自己的脚下像流水一样即将逝去，而自己却正站在时代交替的"城门"上去迎接自己用血甚至用生命换来的新时代的时候，才发现自己竟是一种尴尬的存在，一种痛苦的存在。《城门》就是在这种痛苦和无奈中，把中国末代弓箭骑兵不乏传奇却无功利的故事，演绎得平平淡淡简简单单自自然然，又轰轰烈烈货真价实。因此，我始终觉得《城门》是一部寓言，一部具有悲剧色彩的寓言。它好像是一道门槛，革命胜利"进城"的喜悦并没有掩饰住骑兵离开草原的痛苦（我觉得，这种痛苦其实是一种英雄无用武之地的心灵之殇，是一种巨大的孤独，是一种感动中的悲剧之美），"城里"和"城外"截然不同的风景，就是不同的现实、不同的历史，也是不同的命运。你认为我的这个判断准确吗？

四答：我感受到你对《城门》的熟悉和偏爱。你们力主以《城门》为题，就是因为特别看重"城里"和"城外"的反差和落差。这一提法，以及形同"一道门槛"的"城门"，就我的本意，在技术层面可使"故事"获得醒目的时空支点。而在艺术层面，确实想让它有点象征意味，从而溶解和虚化"思想"。"思想"无疑是"文学的思想"，无疑是大家经常说的关于人的思想，关于人性的思想。这还不行。要用"事实"淹没它，越彻底越好。再通过多种手段包括象征，使其外部具有毛茸茸的质感。老师们讲课总这样启发。但《城门》兑现得如何，我没把握。倘做得不好，象征就单是覆盖和伪装，那等于没有象征。局部象征贯穿象征整体，象征似乎是要在朦胧恍惚、顾盼流连中幻生美的。写真与写善非常不易，而美，则不尽在笔墨表面。小说家们大概常有这样的二律背反，一边自信地娴熟地驾驭文字，一边抬眼向天，苦想什么是小说。所以，我说没把握是大实话。

五问：对于弓箭骑兵来说，《城门》或许就是历史的一声叹息；但对读者来说，《城门》却又像一座弓箭骑兵的历史博物馆。作品中有关弓箭骑兵的历史、文化和传说，比如"立骨"，比如"北京城是一座骑兵城"等文化观点，你的考察是有根有据，还是一种文学的想象？

五答："骑兵城"是作品主人公的一家之言。几个伟大的北方游牧民族在北京城都留下了创建痕迹，在晚辈骑兵眼中，他们自然忽略农耕民族的建树。因而以山西农民为主体的步兵又说北京是"晋南城"。他们的根据都是我提供的，我导演他们的冲突，并超脱在外，对他们的学术性言论保留批评的权利。"根据"之于小说，应该说不同于报告文学。你前面说了，《城门》好像是一部寓言。这句鼓励，也包含了部分前提和回答。其他诸如"哨鼠"，诸如"立骨"，诸如"夜视"，等等，在谈"根据"之前，首先涉及我想写什么样的人物，及至想写什么样的小说，而这些最好留给读者判断。我正面回答你的问题，使用尽可能真实至少貌似真实的材料，搭建起虚构的不曾相识的框架，是我们听了无数遍但仍然行之有效的老生常谈。问题在于为什么要这样。我想大概为了形成一种阅读的离间效果。近看对一般读者很有亲和力，易于沟通，据大家所知就是这样呀；而拉开距离远观，则有点陌生，既像又不像，内核坚实而白炽，轮廓虚无缥缈，好似飘离了地面，圈内行话称为"空灵"，学院用语谓之"形而上"。有些读者说有趣味，有些读者说瞎胡掰，我搞不明白这些，又累得脑子疼，可能错把材料弄成了似与不似。补充上一问。除"城里"和"城外"，再一个明显反差，骑兵胜利地走向悲剧。反差中的反差，痛苦中的主人公们依然唱歌，依然快乐，依然不失骑兵的傲然风骨。不妨视为精神的"立骨"。

六问：《城门》的结构是一个"人"字形，从上部《盘马》的"骑兵耳""骑兵嗓""骑兵鼻""骑兵脑"，到中部《弯弓》的"骑兵肩""骑兵胃""骑兵肺""骑兵手"，再到下部《射天》的"骑兵腰""骑兵膝""骑兵胯""骑兵趾"，这确实是一个大写的"人"，像一个顶天立地的英雄。在章节的排序上，你还采取了中国传统的"纲目"。这种现代的结构和传统的叙述方式，自然会给你的创作带来一定的制约，你觉得这种制约会造成阅读的障碍吗？

六答：是的。耳、嗓、鼻、脑在上，肩、胃、肺、手居中，腰、膝、胯、趾在下，这既刻意又比较自然的结构，酷似我们老祖宗发明的象形文字。所以我觉得《城门》在骨子里非常传统。一切制约都有反制约的办法。叙述方式本身也会造成阅读障碍。我理解，你就你的阅读担心，想给我一个向各方面提前解说的机会。你用了很大精力才蹚过了上部前二十万字的"沼泽地"，越向后越畅快的阅读感受，使你觉得前面的辛苦还很值得，甚至一张一弛、先苦后甜形成很不错的呼应和对比。虽如此，如果休闲旅行，大概你不会轻易建议他人带这本书的。我必须说，有些纲目不太好读。除开我设想的追求所伴生或难以避免的所谓可以宽恕的阅读艰难，我特别要说，我的偏激，我的某些不周全，都可能在一定程度上强化阅读障碍。

七问：在我有限的阅读经验中，作为一部军事题材的长篇小说，我们解放军文艺出版社好像在建社五十五年的历史上，还是第一次推出军队作家创作的如此大篇幅的鸿篇巨制。像《亮剑》一样，当代的军事文学作品之所以让读者青睐，我觉得主要是来自军事文学作品中推崇的那种勇猛、阳刚、强悍的战斗精神和铁血、侠骨、尚武的英雄情怀，而这正是男子汉最为可贵的像阳光一样的品质。《城门》中揭示了诸如像骑兵师长巴根、团长凌延骁、队长青格里，以及乌里吉、道尔吉、塔尔木、癞皮狗和富有传奇色彩的"耳王"等一系列个性奇异、命运奇崛、行为奇怪的冷兵器时代的"战神"的生命历程和心灵地图。在这些人物中你最喜欢哪一个？或者说你塑造得最成功的是哪一个？

七答：他们是一个整体。他们担当了整体中的不同角色。作为故事主体的众多骑兵人物，我希望他们难以相互替代。各个性格迥异之外，他们还都有各自的男人梦，诸如皇帝梦、王爷梦、胸毛梦、圆脑壳梦、立骨梦，等等。这不仅使得这个英雄集体呈现瑰丽多彩的面貌，极大地丰富了故事枝蔓，增加了碰撞点，他们各自的命运轨迹和归宿，或令人扼腕感叹，或令人荡气回肠，或令人喷笑不已，或令人掩卷沉思，或令人毛骨悚然，或令人潸然伤感。我继续回避"塑造得最成功的是哪一个"这一类问题，最喜欢的则是癞皮狗。最喜欢发自同情和可怜。癞皮狗枪法高超，这对弓箭骑兵来说是邪恶，是叛逆。他委身在英雄堆中，连个正经名字都没有，就叫癞皮狗。癞皮狗几乎是骑兵团中最差劲的，人格也很猥琐，可他后来挺争气的。喜欢塔尔木，在于他没奴性，本色地活着，总犯错误，总在冲杀。主要的那些，先不说。

八问：是的，在角色的塑造上，对于作家来说其实根本不存在喜欢不喜欢的问题，可以说你笔下的每一个人物都是你喜欢的。但在《城门》中，青格里却是一个值得单独评说的人物，说心里话，我最喜欢也最尊敬他。这家伙确实是一个人物，我觉得他是弓箭骑兵的真正传人，是末代弓箭骑兵中最具魅力和价值的人物，也是《城门》中一个最具悲剧色彩的"亮剑"角色。这个渴望大胡子大胸毛的大男人、大丈夫、大英雄，却因为青少年时代受过"髡刑"，因为阴毛的丧失而终身带着一种莫名深刻的自卑感和罪孽感。我觉得这个角色是《城门》的一大亮点。如果从读者的角度，你对他有什么话要说的吗？

八答：女读者？男读者？他们和她们，可能说不出话——人性在哭。

九问： 前人说"文学就是人学"。我感觉，文学其实就是人性的张弛，面对一个极致的文学形象，无论是读者还是评论家，有时或许都会遭遇失语，处于一种无话可说的境地，而那正是文学之美。"语不惊人死不休"，这句话好像是你创作《城门》的立志。而实际上，当我读完150万字的《城门》之后，对你在创作中为汉语文学所付出的心力、毅力、定力和体力都钦佩不已，毫无疑问你以你的《城门》为军队作家和原创文学树起了一面旗帜。在这样艰苦的纯文学创作中，你坚守自己的文学理想和艺术信仰，拒绝一切外来词汇，保护汉语的纯洁性，把这部反映冷兵器时代彻底的血胆英雄主义的作品，写得呕心沥血肝胆欲裂玉石俱焚。但你有强烈的个人写作理念、彰显独创性的甚至明显雕琢的词句，还有那些紧张、密集且又具有张力和诗意的语言，以及冗长甚至艰涩的叙述，尤其是你在创作中并没有像大多数作家作品那样，在小说一开始就设置什么戏剧性的悬念、埋下什么冲突性的伏笔以吊起读者的胃口，而是始终坚持自己的风格，这就好比你把读者带在你的马背上，从车水马龙的喧嚣城市一路驰骋，一路上的风景越到后面越看越精彩，最后把读者带到了一个充满想象的美丽的野性的大草原。但这样的结构模式，对处于当下这个"快餐文化"主导的信息时代的读者们，无疑是一个考验——谁还会有那么多的时间和精力跟着你一路慢慢地品尝这样的"营养大餐"呢？尽管你全心全意地将《城门》打造成了当代长篇小说的一部奇书，它也毫无疑问地对汉语文学创作和阅读都意味着一种难度，也是一次挑战！你觉得在这种难度和挑战面前，你自信吗？

九答： 如你知道的，我写的"结合部"，在编校中改为"接合部"，"骠悍"则应为"剽悍"。在博大精深的汉语体系面前——小些，小些，再小些——在《新华字典》面前，我哪敢说自信？你的一些评价的高度要我紧张，而"语不惊人死不休"，更万万不敢当，改作"语不认真食不香"，还沾点边。我望字情怯。所以我躲在多民族的草原骑兵后面，借助他们的好奇心，仔细地打量北京话。他们管说北京话叫"咬金"。北京话的"胡同"，引发他们的语言自豪。"那些紧张、密集且又具有张力和诗意的语言",我认为是草原骑手生命本色中就应当有的,我尽量以这样的语言节奏为他们的激情行动伴唱。另一面,"冗长甚至艰涩的叙述",则是下了马,进了城,猛然脱离了速度,而往昔极善于捕捉瞬间的骠骑兵,因时间的停滞而陷入毛孔放大、微观膨胀那种迟钝、困惑、无所打发,甚至病态的慢节奏、慢镜头。三部书的节奏大约为三种大的变速。不能设想一个样子到底,那该多么对不起读者。可我将骑兵的心灵痛苦诉诸形式、诉诸阅读,岂不又添了一个对不起?又要说到"城里"和"城外"。只要马子没跑起来,即令特别好读的地方,也人为地增加了些涩度。但凡与主人公不相干、与情节不相干的别扭,那就是我的毛病。相干的那些,也远不能说接近完美。真心话,我十分不情愿辛辛苦苦地打磨那种"凉粉式语言"和"零障碍阅读"。宁可涉嫌雕琢,也要尽可能勾勒稍微区别于他人的语言风格。制造阅读麻烦就是新风格?我不是这意思。而且说风格实在说大了。特点?特征?面目?记号?暂且记号吧。所说的"凉粉式语言"和"零障碍阅读"没什么不好,人家已经登峰造极了,我怎好亦步亦趋吃现成的。想弄成自己的,又没那么大的造化,甚而想要什么都说不清,只能尝试着追求一个过程——未完成的记号?但我也自信。我自动笔之日始就比较明确:说《城门》造就读者,和读者造就《城门》,都对。

十问:《城门》同时还是一个令人浮想联翩的爱情故事。进驻北平的解放军第四野战军骑兵师长巴根与国民党起义的步兵防御专家傅天犁之间,因为同时爱上美丽的京城少女白小翎,并因此产生了表面上风平浪静内心却是翻江倒海的情感冲突,并演化成二人之间体能和智能的比斗,以致最终演绎成骑兵与步兵之间作战能力之争,可歌可泣又可爱,雄浑悲壮又凄婉。作为整个作品中最重要的女性角色,白小翎的个人身份和家庭背景就好像是另一片草原,让作为末代弓箭骑兵的代表人物巴根在他情感的草原上自由浪漫又踌躇徘徊。"江山"和"美人"这个让"英雄"在文学中翻来覆去亘古不变的主题，在《城门》中却是有些与众不同，我感觉你在这个"三角"关系中对傅天犁是不是太残忍了些？

十答：就爱情果实而言，我对巴根也同样"残忍"。"三角"中又卷入了青格里，以及一度介入的塔尔木，他们形成五角状。他们想爱就爱，等级观念不起作用，这是马背男人之间的质量意义的比斗。残忍在于集体，骑兵荣誉成为巨大的心理障碍，都充满热情而不能奔放；残忍还在于他们自己，在爱情上一次又一次打败自己。

十一问：《城门》中大量采用了西方意识流的创作手法，针对某一个细节长达几千甚至几万字几十页的细腻描述，读起来每每令人喘不过气、回不过神来，稍不留神，脑子里就是一片空白，有时候读起来又是一片天昏地暗、摧枯拉朽般的酣畅淋漓。诸如傅天犁大便，诸如"屎壳郎"，诸如一个连的士兵与狼群的搏斗，等等，这些细节的描写，现实主义手法中又掺杂着超现实主义的手法，充满着魔幻色彩和浪漫主义的思想。你对自己的创作有什么收获或者体会？有遗憾吗？

十一答：遗憾肯定有，所以渴望听到批评。仔细想通了，领会了批评，就改。无论修订本何时能出，我的修订工作与批评共进。我自认为有三个优点：第一，摆位比较自然，总当自己是文学青年；第二，批评听得进，这表态不值钱——批评家以往不太注意我；第三，自己的东西改得动。在别人点拨下往好里改，天上掉馅饼的好事凭什么不要？在情节与细节的处理上，大长篇与一般规模的长篇，可能有所不同。一般长篇需要大故事，大长篇则需要适当的特大故事，而不是简单的加法。情节与细节也因此扩张。甚至细节扩张为情节，情节扩张为故事。那么，不是就没了情节与细节了？这就要挖掘潜力了。我的另一篇文章写道："潜在之力，想象力排在首位。想象力对我们早不是问题。我们自我超越的重要内容是用超常想象力取代常规想象力。高质量的想象力，有时候是自我封堵给堵出来的。筑的堤坝越高厚，库容量越大，提闸喷射的景象越壮观。能力可在过程中提高。自己跟自己苦苦为敌，黑暗中灵感一闪，曲径通幽的故事脉络，火光四溅的人物碰撞，深层结构进展的助推力和加速度，以及我们渴望的经典情节和极致细节，就呼之欲出了。"创作的一条重要体会是，长篇小说是写出来的。这近似废话。可我要说的是，构思是在写作中进行的。这没有普遍意义。我不笨，可我的做法很笨。

十二问：你这个"潜在之力"的观点我觉得很是精彩，《城门》应该就是你"深挖潜"的结果。因此《城门》是一个百分之百的汉语文学原创作品。你能告诉我，《城门》的创作受到过其他作家或者作品的影响吗？

十二答：比较独立的定向的影响，我没明确意识到。就是说，主观上我想摆脱你说的诸多影响，事实上我不可能不站在许多人的肩膀上。中国古典文学对我影响甚大。李白最是了不起。我感觉他识字在一万五千以上。根据在于生僻程度。读他的辞赋作品，不要说顺畅阅读和欣赏，有的生字能很快查出来，就相当不易。《红楼梦》不用多说。《水浒》，人物写得那么真，那么好。武松打虎，看八遍还余味不尽。《三国演义》，仅一个空城计，让当代军事文学作家的经典情节和极致细节，自选最好的，一人一个、两三个拿出来比比看，会怎样？此外，如果我说我内心不时在闪现更高更快更强的奥林匹克精神，你可能因浅近和牵强而困惑。你看，当今的一些体育项目，其实就是部分地延续弓箭骑兵能力的活雕塑。比较直接的如鞍马、跳马、摔跤、射箭、马术。我无意赞美战争，无意夸耀战争技能。对弓箭骑兵的技能，我设法越过乃至排除其杀人功能，力求比较单一地表达对人体的强大及器官能力、肢体能力本身美质的激赏。而让我们赏心悦目、激情澎湃的另一些运动项目，如短跑和中长跑、跨栏、标枪、链球，不也常常令我们远眺到弓箭骑兵之前的原始人类的追猎姿影？生活是书。这就说远了。

十三问：在当下，《城门》绝对不是一部畅销书，它或许不可能在庸俗的市场上卖出好价钱，也不可能在名利场上左右逢源。但《城门》以其特立独行的语言、独树一帜的情节和走火入魔般的细节，毫无疑问地成为"21世纪中国军事长篇小说的开山之作"，你认为这个评价适宜吗？你自己如何评论这部作品？

十三答：我非常满意如实标明印数，五千本不丢人。一些读者眼中，弓箭骑兵在热兵器时代的心灵磨难，或许能够折射当代人类的心灵苦难。说到底，我仅是对人类能力史的一去不复返的巅峰时代惊叹不已。如若扩大到作品能量之外，那就是奢望这惊叹成为后人讲给小孩子的神话故事。

"《城门》是阳刚铸就的兵家诗卷，骑手是牧猎的艺匠、战杀的精灵；《城门》是苦难凝造的男人大歌，箭手是血骨的炼狱，心灵的天堂。"这是《城门》封底上的一段介绍性文字。而在艺匠和精灵之间，在炼狱和天堂之间，高高矗立着的就是这样的一座《城门》。当我们面对《城门》的时候，无论是仰望也好，抑或平视、俯瞰也罢，或许我们每一个人的评论都是多余的。《城门》中这群可歌可泣又可爱的马背英豪，他们携雷挟电呼风唤雨般从天苍苍野茫茫的大草原呼啦啦像一阵台风，从我们的心灵上刮过，其磅礴之势难能望其项背，其逶迤之美只见马鬃如旗，给我们留下的是一座永恒的美的雕塑。它的姿态和表情——《盘马》——《弯弓》——《射天》——这个形象就是一座纪念碑，一座为大战争年代的大英雄树立的纪念碑。如今，张卫明把它雕塑在"城门"前的广场上，接受着热爱它和可能不热爱它的读者们喜欢或不喜欢的目光。但我依然坚信：这座用大男人、大丈夫、大英雄的热血和硬骨头雕刻的纪念碑，不仅是美的，而且是不朽的，因此热爱《城门》的读者有福了！

（本文刊载于《解放军文艺》2006年第8期）

为游牧世界留下铁的声音
——简评周涛散文《游牧长城》

这个标题不是我对《游牧长城》的评论。这个标题是周涛自己的话,是《游牧长城》序章中的一句话。那么,铁的声音,到底是一种什么样的声音呢?

在《游牧长城》中,周涛确确实实用规规矩矩的汉语发出了一种具有金属气质的声音。我理解,这种铁的声音就是一种生命的力量,是热血流淌的声音。或刚强,或柔弱,或暴烈,或温情,或隐秘,或暴露,或器宇轩昂,或逆来顺受,或杀气腾腾哀鸿遍野,或歌舞升平繁荣昌盛,它就是"游牧长城"特定的文化表情或真实的思想姿态。细心倾听周涛,这种铁的声音,就会转化为我们可以抚摸的历史,无形的变成了有形,形象的却变成了抽象,真空世界变成了尘世人间。

《游牧长城》只有三章——甘肃、山西和陕北。这是地域,更是中国万里长城不可忽略的一个伟大段落。因此,诗人周涛以其狂狷叛逆的性格,就像那只蹲伏在长城上的金钱豹一样,"安然地卧在上面,像一个专注于内心的思想家,丝毫不为外界所惊动,也丝毫不准备攻击什么","倾注于一个我们看不见的东西",那就是"他发现了伟大长城式的孤独"。这种孤独已经不是百年孤独，而是时间的孤独和空间的孤独，以及心灵的孤独。这也是周涛的孤独。因此他又像一只荒芜草原上的鹰，张开翅膀在游牧长城的上空孤独地飞翔，并犀利地追寻猎物。

《游牧长城》，真是一个古怪的标题。这是一个动宾结构的词语吗？如果是，游牧绝对是一个生动的词语。在没有阅读这部长篇散文之前，我一直就是这么认为的。因为这位自称"西北胡儿周老涛"的男人，是一个诗人。但我错了，"游牧长城"在周涛的笔下和心中，是一片土地，也是一片天空，还是一种文化，而更多的则是他这个"西北胡儿"的心灵史——动词变成了名词，名词也变成了动词。因此他的道理文章就像豪放词人苏轼用自己名字命名的"东坡肉"一样——瘦而不柴、肥而不腻了。

关于周涛散文的评论，他的文学地位、价值、意义以及影响，已经不需要多评论了。如果说当下的中国有没有"作家们的作家"，我想，周涛应该算一个。从我个人的阅读经验来说，当代中国文学对于中国北方文化和精神的阐释，我始终觉得只有周涛和张承志进行得最为彻底最为从容和超凡脱俗，没有匠气。他们改变了教授学者式的谦卑和书斋里的儒雅，深入民间深入历史，深入我们忽略的或者遗忘的角落，并且把汉语语言发挥到了新的高度。这在《游牧长城》中也有不俗的表现。通过周涛的笔，我们可以对长城、对那一方水土一方人，重新进行审视、思考和定位。当然，周涛或许没有甚至也不可能给我们一个准确的答案，其实我们也不需要答案，因为比答案更重要的是我们听到了一种此前没有听到的声音，并在心灵中得到了遥远又亲近的共鸣。

从文本或者文学的意义上来说，《游牧长城》和周涛的第一部散文集《稀世之鸟》，都是没有喧哗亦没有渲染的作品，是经过"时间的读者"和"读者的时间"所检验的。因此在这样的检验面前，任何评论或许已经苍白无力。因为在这个开放的世界，不会也不可能只有一种声音了，而周涛的声音与众不同——因为他为游牧世界留下了铁的声音——铿锵作响，富有质感。

剩下的事情，就是我们要学会倾听。

(本文刊载于《解放军文艺》2008年第12期)

"战争混血儿"的英雄本色
——简评权延赤中篇小说《狼毒花》

无论对读者还是文艺评论家来说,在中国当代战争文学中,权延赤的小说《狼毒花》[①]绝对是一部不可忽略的作品,其主人公常发也是战争文学人物画廊中一个绝对不可忽略的独特的闪亮角色。《狼毒花》写的是一个名叫常发的警卫员,跟随父亲从抗日战争到解放战争北方草原"剿匪"这一时期的战斗故事。既没有宏大历史的战争叙事,也没有重大战役的波澜壮阔,但一口气读下来宛如摧枯拉朽般酣畅淋漓,荡气回肠。作品个性鲜明地刻画了常发这个出身草莽的警卫员——据说这家伙"骑马挎枪走天下,马背上有酒有女人",刺了一身青龙锦绣,很能勾引女人的心;腰上的青带一丈长,里层绣满红花,一个女人绣一朵,他自己也搞不清上边有多少朵;据说这家伙腰比狼腰还细,"三十斤狼吃四十斤肉",一声吼,双枪炒豆子一般叫,一排指头粗细的杨树应声挨个折断,刀裁一般齐;酒坛子一沾嘴,嗓子就"咕咚"不停,滴酒不漏;据说这家伙骁勇不羁迅如狸猫,双腿一夹,手臂一兜,枣红马如闪电掠过,无声地人立而起;有说他是绿林好汉是"采花贼",

---

① 解放军文艺出版社 2007 年 7 月版。

有说他是草莽是江湖豪侠，也有说他是英雄是神枪手……在虚虚实实真真假假却又干净利落的温情叙说之中，字里行间流淌着的都是男儿的热血品格、战士的钢铁旋律和青春欲火的张狂。

《狼毒花》中的常发，既不同于《亮剑》中的李云龙，也不同于《历史的天空》中的梁大牙，他们都从草莽英雄成长为共和国的战将，而常发始终是个战士，彻底的草根，他鲜为人知的人生看似轰轰烈烈，却又宛如平常一段歌。深知自己"在北方是一条龙，在南方是一条虫"的常发，始终生活在马背上、生活在草原上，他的人生恰似那携雷挟电呼风唤雨从天苍苍野茫茫的大草原呼啦啦从我们心灵上刮过的台风，其磅礴之势难能望其项背，其透迤之美只见马鬃如旗。常发是百分百的马背英豪，是面赤髭浓膀阔腰圆策马扬鞭引弓如满月的壮士，就像蒙古人的圣祖成吉思汗帐下最勇猛的四员战将——者别、忽必来、者勒篾和速别额台一样，是草原人最推崇的忠诚勇敢的"四狗"——犹如汉人熟知的"四大金刚"。在那个战争年代，常发不讲政治，也不懂政治，他就是想做"骑马挎枪走天下，马背上有酒有女人"的自己，在马背上奔突冲杀，在男人堆里大块吃肉大碗喝酒，在草原上优哉游哉歌唱，可歌可泣……

常发天生就不是当将军的料。但不想当将军的常发，却是最地道的好士兵！正如嗜酒如命的常发自己所言"想当的话么，排长、连长、营长；不想当的话么，就是酒神喽！"常发就是这样一个在战乱年代出现的乱世英雄，他是勇猛顽强又桀骜不驯、赤胆忠心又豪侠仗义、匪气十足又雄气万丈的"战争混血儿"。他蹂躏了房东家的大闺女，却又从日本鬼子手中救了姑娘的性命，等待军法处死的他又因被他欺负的姑娘求情而幸运地没死；他入乡随俗和驻地的漂亮妇女过了一夜，第二天那女人竟然爱得死去活来送他定情物；他和苏联红军比喝酒气势如虹，把对方一个个比得趴倒在地，一下子让苏军的女秘书爱得如火如荼……但是，常发绝对不是四肢发达头脑简单的一介武夫，他不但勇猛讲义气，而且绝顶智慧——他用日本人的洗脚水浸湿自己的衣服,将土墙壁一点一点洇湿抠出洞口救了三百多老百姓;他自己腰上一丈长的青带系在悬崖上,让被日本人铁壁合围的一队人马神奇地翻过神仙山,突出重围;他能骑善射,他的马丢出去三千里也能自己找回来;他力大无比酒量惊人是个神枪手,无论苏联红军还是草原匪寇,都是他的手下败将,并对他敬佩有加,因此屡建奇功……在军事文学中,常发是一个在物质和精神上极度矛盾并纠缠不清的闪亮角色。他不停地因为女人因为意气因为个人英雄主义而犯下错误,令你哭笑不得令你恨铁不成钢甚至令你咬牙切齿要枪毙这个流氓这个浑蛋,然而,他卓越超群的战斗智慧、刚毅英勇的战斗品格、无与伦比的战斗精神以及传奇神秘的战斗能量,又令你不得不肃然起敬叹为观止,真可谓是"天不怕地不怕,赴生蹈死,壮胆横三秋,醉卧沙场;上刀山下火海,冲锋陷阵,纵死侠骨香,气血飞扬"。而对常发这样一个"不讲主义讲义气"的角色,还真是不得不像小说中的司令员所说的:"乱世用人乱着来。你叫他死,出去就别吱声。你叫他活,出去就吆喝一嗓子,以后他准是跟定你上刀山下火海的铁杆警卫员。"在战乱年代,具有鲜明"毒性"的常发,正是在人民军队这所大学校中得到了锻炼,从而"以毒攻毒"长成战争的英雄。

常发到底是一个什么样的人?是一个什么样的英雄?"千人千性,多为常发想想你就轻松了"——小说中"母亲"的这句话令人深思和琢磨。在我看来,作为"战争混血儿",常发其实是一个最本色的人,他总是本色地活着,总是本色地犯错误,又总在本色地战斗冲杀。我们透过权延赤干净简洁的文字,可以看到,无论作为男人还是战士,"战争混血儿"常发的战斗能力,空前绝后又美不胜收,这是一种原创的美,一种神韵的美,一种傲然的美,一种充满原始的、自然的、个性的、张扬的、血胆的、本能的、人性的自由自在的美。而常发的传奇就是一个男人的神话,常发的故事就是一个男人的奇迹。

从植物学上来讲,狼毒花又叫火柴花,花骨朵是红色的,开的花却是雪白雪白的，"狼毒花一出现，就是草场退化的标志。别的什么草也不长了，只剩这一种草。那么，要不了多久这里就会变成沙漠的一部分。有人就说它比狼还毒，给人带来的是恐惧和死亡的威胁。可是，沙漠里来的人，看到它便看到希望，知道它的后边就是生命和胜利。只有它能够在沙漠的边缘顽强而又奇迹般地活下来，在临界地带伴着死亡开花结果"。而狼毒作为一种中草药，能消积、杀虫，却有大毒，人们只能慎用。由此，从文学意义上来讲，"战争混血儿"常发就是这样的一株狼毒花，总是站在善与恶、美与丑、荣与辱、爱与恨、希望与绝望、生和死，乃至胜利与失败、战争与和平这样强烈的两极分化以及正反两个方面的瞬间更替的临界点之上，做着人性的尖锐交锋和精彩对决。作家巧妙地用狼毒花这种亦毒亦药的植物，赋予常发这个"以毒攻毒"的艺术角色比文学更高层次上的哲学意义，因此《狼毒花》这个美丽的名字便成了寓言。

《狼毒花》确实是一部经受了时间考验的好小说，是中国当代军事文学的不朽之作。

(本文刊载于 2007 年 8 月 14 日《人民日报》，《作家文摘》等转载)

死神和爱神的绝唱
——简评江奇涛中篇小说《马蹄声碎》

《马蹄声碎》创作于 1986 年 8 月，作者江奇涛。这部长征题材的战争小说，是值得反复阅读的。它注重于英雄主义的道德根源和人在战争中的道德价值，对战争中的道德、人性做了大胆的探索和追求，以饱蘸感情的笔触表现了女性在战争中的爱情之美和精神之痛。

记得有部小说叫作《战争让女人走开》，其实，古往今来几乎找不到什么战争离开过女人，古今中外也几乎找不到没有女人涉及的战争。但战争中的女人，尤其是直接参与战争的女性，她们在战争中到底是什么样的，她们的姿态、精神、情感以及欲望是什么样的，一直都是世界战争文学经久不衰的创作沃土和评论话题。在中国作家和读者的记忆中，影响最大的或许就是《第四十一》和《这里的黎明静悄悄》了。而在改革开放以后的中国文学中，《马蹄声碎》作为一部反映女性和爱情的战争小说，是独树一帜的。

《马蹄声碎》把视野转向战争中普通女性的爱情和命运，向战争生活的广度和深度开掘，成功地运用意识流的手法描写心理活动，让小说的情节在过去、现在以至将来之间来回跳跃，在现实、梦想、想象和回忆中兼以插叙、倒叙，力求深入探索人的内心世界、精神境界和道德问题（包括性和爱），开拓了人物形象的丰富内涵，揭示了更深一层的战争文学主题，从而增强了作品的艺术感染力。

《马蹄声碎》写了总部运输营女班五个性格各异的女兵在长征途中落伍后追赶大部队的故事。在这部具有浓郁抒情色彩的小说中，作家笔下的战争，更多的不是铁与血的交融、生和死的搏斗、壮烈的牺牲、胜利的欢呼，他以温情的笔调刻画了普通女红军战士们的坚韧意志和自我牺牲的精神风貌。作品继承了现实主义的优秀传统，以生活本身的逻辑来构建小说的骨架，作家善于简练集中地塑造真实而生动的人物形象，随着情节的推移，揭示人物的性格发展。小说中的五位女兵的性格无一相同：严肃坚毅的冯贵珍，是"开会能手"，作为班长，"女班芝麻大点的事，她都能收集上报"；活泼多情的杨隽芬，"是个老爱用眼睛和别人说话的姑娘"；善良正直的"聋大姐"田寡妇，任劳任怨沉默寡言；大大咧咧的"张大脚"张蓉光，"嗓粗，脚大，食量大，快人快事，行动风派也极像男子"；还有美丽柔情、多愁善感的女主角少枝，在死神和爱神之间痛苦挣扎。作家让这五个人物形象以各自不同的生活经历、文化素养、爱与恨、烦恼与欢乐、沉思与梦想织成一张共同命运的网，把她们紧紧地连接在一起，她们在苦难岁月中，共同走上了一条英雄的道路。

"军人最容易陷入情网"，战争给人带来的悬念是惊心动魄的，而战争中的爱情更是铭心刻骨。血与火中的生死爱恋，有情也好，无情也罢，因为军人爱的方式与众不同，所以军人的爱情更复杂，更深沉，也更痛苦。《马蹄声碎》中的爱情故事，在作者波澜不惊的叙说中，让人感受到的却是压抑的情欲和强烈的心跳。故事从重伤的英雄团长陈子昆不忍拖部队后腿自杀开始，通过女兵少枝大量的心理活动，讲述了他们极其短暂的爱情和婚姻。而小说中还暗藏着童养媳出身的少枝和曾在"军宣传队跳过乌克兰舞"的杨隽芬之间的爱情三角关系，这种文字背后的设计，把两个性格迥然不同的女人的痛苦表达得淋漓尽致。作者巧妙地把两个女人这种难以言说的痛苦，安排在杨隽芬和"张大脚"爆发的激烈争吵之中。刀子嘴豆腐心的杨隽芬"不知羞赧地袒露着乳房"大骂男人"要是他们自己想死，就拔枪往自家脑袋上打，把女人丢下来，把苦难和煎熬丢下来"的话语，与其说她刺激了少枝，不如说是她终于发泄了自己心中的块垒——因为她也深爱着年轻英俊的陈团长。更令人称道的是，主角少枝在小说中始终沉默寡言，少有的几次对话也被安排在她和"情敌"杨隽芬之间。两个最漂亮的女人在短短的情感的交流中，由相互猜忌、怀疑到相互痛苦的抚摸，直至杨隽芬第一个舍身牺牲，令人心碎。

在战场上，死神与爱神总是生死不离，战争构筑着爱的空间，也夺去了爱的时间，甚至牺牲生命。《马蹄声碎》作为一部战争情感小说，马蹄的声音在小说中犹如神来之笔，出奇制胜，把女兵的爱情从并不遥远的过去拉到现实中来——从陈团长骑着雪青马的马蹄声开始（这也是初恋的开始），到杨隽芬在激流中拉死马，到少枝吃马蹄呕吐。再到过草地时马蹄子在滚水花中敲打盆底发出的"嗒嗒嗒"声，以及藏人骑马的马蹄声，等等。这些情节，始终围绕着"马蹄声碎"这个主题而展开，而这个"马蹄声"其实就是响彻于少枝心上的爱的声音。直至最终，美丽善良的少枝赤身裸体地倒在草地那片小荳花花上，听着"马蹄声碎了，消逝了"而孤独地死去，这凄美动人的悲壮结局，唤起读者心中无限的痛楚，从而揭示了红军女战士为长征胜利做出的伟大牺牲，完成了死神和爱神的绝唱。马蹄声碎，人心碎……但，碎而弥坚。

（本文刊载于《解放军文艺》2008 年第 12 期）

在光荣和梦想之上或以下
——简评徐贵祥中篇小说《弹道无痕》

大约十三年前的秋天,肩扛学员牌牌的我和我的新闻系同学一道,坐在一辆绿色解放141军用卡车车厢里,就像徐贵祥中篇小说《弹道无痕》一开始就描写的那样,"由东向西,经郑州再向北,过了黄河",到达中原新乡某师炮团进行采访实习。至今我依然清楚地记得"大解放"在黄河大堤上奔驰之后那厚厚的尘土"飞黄腾达"的情景。因此,现在第一次阅读中篇小说《弹道无痕》之后,作为一个有着深厚农村背景和底层士兵生活经历的军人,我依然感受到了十年前观看电影《弹道无痕》时那种无法言说的巨大的精神冲击,"如一股粗壮的狂飙,裹着年轻的潮湿,在山野里颤颤抖动,滚滚而去",却又彷徨不前。

《弹道无痕》是徐贵祥的成名作,也应该是他的中篇小说代表作。1992年11月发表于《解放军文艺》,并荣获1991—1992年《解放军文艺》优秀作品奖。这个时候,徐贵祥刚过而立之年,在炮兵部队当过炮手,后来任职排长、连长并且亲历战争的人生履历,对他的创作来说是一种财富。无疑,《弹道无痕》正是他对炮兵军营生活的记录和对曾经是同一战壕里的战友们的怀念或纪念。

在我看来，《弹道无痕》是一个关于光荣和梦想的故事，作者写得真实、生动、深刻。小说从两个同样怀揣"跳农门"的理想步入军营的士兵扳手腕开始，一场梦想和现实的较量就开始在冰封的雪地里展开。一个是老兵"李老一"李四虎，一个是新兵石平阳。两个兵，两种性格，两种风格，两种姿态，但殊途同归，命运却安排他们怀揣同一个梦想走上了同一条道路，并且把各自的"农家军歌"唱得与众不同，既惊天动地又感天动地，嘹亮又悲壮。在积极向上的英雄主义情怀中，徐贵祥改写了20世纪90年代初期中国战争文学中"农家军歌"的旋律，写下了更自我更昂扬豪迈也更具有职业军人品格和思想的悲剧，而不是悲情。

李四虎作为"全营著名的老兵油子，稀拉，嘴巴不干净，尤其爱捉弄人，但他有技术，炮兵业务堪称行家里手，关键时候总少不了他为连队挣面旗子"。因此"明人不做暗事"的他敢于在领导面前摆谱耍横，连长指导员都不在他的眼里，甚至在营长面前也是牢骚满腹，公开说："在你手上，总是老实人吃亏，我不能眼瞅着石平阳走我的道儿……我落了个什么？老庄你拍着胸膛说，不是我李四虎，你上得没这么快！"但不幸的是，石平阳依然走上了李四虎的"道儿"。他"对营长留一手，对连长露一手，对指导员笑一下，对连副哼一声"的经验和教诲，对"想穿四个兜的军服"甚至"想当炮兵团长"的石平阳来说也没有达到出奇制胜的效果。显然，这两个最优秀的士兵和最应该成为职业军人的炮手，都阴差阳错地陷入了人生和人事"潜规则"的泥沼，成为牺牲品，单纯又可爱。

与李四虎不同的是，石平阳的人生哲学更简单更纯粹，"人的力气就像井水，舀了一瓢它还往外冒。舀得越多，冒得越欢"。在李四虎总结的炮兵班长的"三条路"上——"一是别人咋干我咋干，这条路稳当。二是领导喜欢咋干我咋干，这条路宽敞。三是应该咋干我咋干，这是一条出成绩的路，但也可能是一条羊肠小道。"——石平阳梦想改变自己像班长李四虎"当兵、提干、家属随军"都已经"走投无路"的"稀泥巴路"，立志要走出"石平阳之路"。但入伍十三年已经达到优秀炮手的最高境界——"把自己交给炮"的石平阳，他的军旅之路并没有比李四虎走得更远。他始终也没有明白"好炮手当不了营长"的哲学，也无法琢磨透"好营长会用好炮手"的用人"绝招"，因此当他在肩扛那个"黑绒布四道黄杠"的上士肩章"代理排长""代理连长"之后，依然无法改变自己是一个"大头兵"的角色。甚至，当"兵龄和年龄终于都成了让人尴尬的东西"的时候，石平阳竟然"恨不得别人喊他一声新兵蛋子，恨不得把那四道黄杠上士肩章换成两道杠，腾出两年的空白"。他永远不会在"嫩得能掐出水"的连长指导员面前像李四虎那样"妖里妖气"，让比他资格嫩的连长指导员"又敬又畏"，他也"没有李四虎那个洒脱劲，依然不屈不挠兢兢业业地老着"。甚至当已经是企业老板的李四虎讥讽"无论就能力就年龄就兵龄衡量，那东西都是与石平阳很不相称"的上士肩章——"啥鸡巴玩意儿，整个一只烂袜子，上面抹了四条屎"的时候，当李四虎借酒发疯在已升任团长的庄营长面前大骂"代理连长"石平阳"就他妈当个天下第一兵，就这么永远代下去，代他个师长旅长干干，让那些昏了眼的瞎官看看咱大头兵的钢火"的时候，石平阳依然如故地"不知什么叫愁，什么叫情绪"。这就是一个优秀炮手的情操！在光荣和梦想之上，石平阳的这个梦想是多么简单和朴素，而在光荣和梦想之下，石平阳的这光荣又是多么执着和纯粹！但，纯粹的东西太少了，也太难了。

　　在我看来，与其说石平阳是军队人才流动和培养中一个现实的典型，还不如说这是一种现象。我说的是现象，因为它在我们的体制中绝对不是典型和个例。尽管小说的结尾留下了一个有些想象的"光明式的尾巴"，却也把石平阳的人生辉煌写到了极致——军长在亲自观看石平阳指挥的高水平的精确炮兵射击之后亲切接见石平阳，给予了四个奖赏：一是奖励喝茅台酒；二是说"我应该把我的女儿嫁给你"，但已经"晚了"；三是让石平阳第一个知道心爱的炮即将退役淘汰；四是军长将亲自出面为他联系一个相当于营级转业干部的位置。面对军长如此的奖赏，石平阳只是"终于垂下了脑袋，轻轻地摇了摇"。他知道，他作为"最纯粹的炮手"的军人生活从此结束了，但他人生的"最大值"到底在哪里呢？这个问号，是向人事潜规则的发问，还是对人性的思考？徐贵祥没有给我们答案。但答案其实已经在我们每一个人的心里。这就是现实，现实也就是这么的残酷。这是火与冰，别有一番滋味在心头。值得一提的是小说中的几个配角，诸如李四虎同期的丘华山、石平阳同期的王北风，还有三营营长庄必川、宋连长，以及后来的新兵刘发展等，在小说人物角色的设置和安排上，起到了典型或戏剧性的起承转合的效用，比较完整地完成了小说赋予他们角色的任务和塑造。

拿破仑说："不想当将军的士兵不是好士兵。"《弹道无痕》挑战性地告诉世界——不想当将军的士兵同样是好士兵，好士兵必须是一个真正的兵。弹道无痕，但岁月有痕，且坚硬如水。因此当老班长李四虎"脱去了西装革履，穿一身没有领花肩章的老式军装"站在一班的战友中间，为退伍的石平阳送行时，一种叫作宿命的东西穿越时间，把两位最优秀的炮手进行了空间的置换，殊途同归中的悲壮之美，令人鼻子发酸，但那一滴滚动在眼睛里的坚强的泪水却怎么也掉不下来。

不知道为什么，在写这篇评论的时候，忽然想起了我十九年前的新兵连，我也曾为这段军旅之初的生活写过一篇名叫《新兵万岁》的短篇小说。因此，在这里我要把"万岁"这纯粹又崇高的汉语送给"石平阳"，送给许许多多像"石平阳"一样普通的士兵，正是他们在光荣和梦想之上或以下，默默地奉献青春，在理想和现实之间痛苦地挣扎和拼搏，却无怨无悔，磊落得石头一样，成为我们这支伟大的军队的奠基。毫无疑问，石平阳们和李四虎们是新时代最可爱的人。

（本文刊载于《解放军文艺》2008年第12期）

在冷山热血和高天厚地之间
——简评王宗仁散文集《藏地兵书》

"儿当兵当到多高多高的地方,儿的手能摸到娘看见的月亮;娘知道这里不是杀敌的战场,儿说这里是献身报国的地方。儿当兵当到多远多远的地方,儿的眼望不见娘炕头的灯光;儿知道娘在三月花中把儿望,娘可知儿在六月雪中把娘想……"这是一首多么动人的歌啊!可以相信只要你用心来体味,你心中就有魂牵梦绕一样的旋律如热血澎湃,禁不住有流泪的冲动。这首《西部好儿郎》是王宗仁和他在青藏线的战友们集体创作的,也是他军旅情感大散文《藏地兵书》①的魅力和灵魂。而我在这里之所以叫它"情感大散文",不仅仅是因为它的篇幅每篇都在万字以上,更重要的是它的主题恢宏大气。神秘磅礴的边关军事生活,在王宗仁的笔下凸现军事文学的钢铁旋律和青铜品格,在冷山热血和高天厚地之间,他把当代军人的铁骨柔情表现得荡气回肠又酣畅淋漓。

关于西藏,关于青藏高原,现在的我们已经不再陌生。在飞机、火车等现代化交通工具的帮助下,那片古老的高原如今已经成为人们向往的旅游胜

---

①解放军文艺出版社2008年4月版。

地。那里的雪山和草原，那里的蓝天和白云，那里的雪莲和藏红花，那里的牦牛和藏羚羊，还有那里的人民和风情，都成为我们心中最壮阔的景致。作为一个过客，青藏高原在我们眼里或许只是一道美丽的风景，但作为边关，藏地还有更多更深刻的秘密，或许只有把生命与这片亘古高原维系在一起的人才能够破译。显然，王宗仁有这个资格——他用一百多次穿越世界屋脊的记忆和四十多年高原文学创作的沉淀，把青藏线和藏地士兵的表层生活，重叠在一起，诗化为生命在极限状态下所呈现出的一种光辉。正如他所说："高原军人的精神已经融入了我的生命里，变成了我从事写作也需要的一种精神。"

而这种高原军人的精神，就是边关军魂。从十八岁到二十五岁，王宗仁把青春最好的时光献给了青藏高原。那个时候，他和许许多多的汽车兵一样，从早到晚握着方向盘在蜿蜒于高原的公路上颠簸。那是 20 世纪 50 年代，青藏线常年覆盖冰雪，他和战友们总是挂着低挡提心吊胆地行驶着。一天又一天，一年又一年，时间对他来说，长得无法形容，日子也永远枯燥无味。假如碰上抛锚，在雪山或戈壁上一待就要三五天，一个人忍饥挨饿地守着车，从日出到日落也不会遇到一个能说一句话的人。这或许就叫孤独。那时候，他想得最多的是：什么时候才能离开高原？什么时候才能熬出头？七年！两千多个日日夜夜。当他坐在驾驶室里拿起笔在一摞加油卡片上写下他的第一篇《藏地兵书》的时候，他终于发现，寂寞的只是生活，心像雪莲花一样慢慢地绽放。如今，四十年过去了，他说："我无法数清我脑子里装了多少青藏高原上的故事：边防线上一个普通的战士，草原上一个藏族部落的兴衰，风雪世界里一泓热腾腾的温泉，总是望不到头的公路边矗立着一块蒙满尘埃的里程碑……我一次次地上青藏线，那里的人与事积累在脑海里成为我的创作源泉。"

让王宗仁没有想到的是，正是文学让他离开了高原，离开了曾经梦寐以求离开的地方，但也正是文学把他的心永远留在了高原，留在了藏地，并且一次次地呼唤他回到这片令他牵肠挂肚的地方。七年在昆仑山落地生根的生活和几十次翻越唐古拉山的经历，给了王宗仁与青藏高原上的军人血脉相连的情感，这种浓得化不开的情愫就像乡愁一样，令人难舍难分无法诉说。这或许也就是他为青藏线写了四百多万字的作品之后，情感仍然喷涌如泉的原因所在。1990年夏天，王宗仁在长江源头的沱沱河兵站遇到了这样一个人——他主动要求上高原工作，不久以后病痛缠身，但就是没人能劝他走下高原；他的脸被数种高山疾病袭击得犹如死人一样苍白，却出人意料地果断拒绝了王宗仁的采访。从此，这个名叫关茂福的兵站站长就刻进了王宗仁的心灵，这个脸色苍白、肩膀瘦削、表情坚毅的男人，让王宗仁一下子对青藏高原有了更新的认识，这个新时代的军人让他的情感"有了一种从山谷升腾到山巅的感觉"。当时刚刚度过天命之年的王宗仁问自己：我能像他一样吗？又有谁能像他一样？这两个问号，就像两把剑，一直悬在王宗仁的心间。而这也正是他创作《藏地兵书》的源泉和动力。这本精美散文集收入了他重新创作定稿的《雪山无雪》《太阳有泪》《情断无人区》《西藏驼路》《苦雪》《五道梁落雪，五道梁天晴》《沉默的巴颜喀拉山》等十八篇作品，几代军人在青藏高原的真实生活故事、生存境遇和生命本色，读起来确实比小说更精彩，比传说更感人。

"高原上没有女人是拴不住男人的心的！"在20世纪50年代，这句话可谓石破天惊！说这话的人是一位将军，有"青藏公路之父"的美誉，他叫慕生忠。这话太经典了！事实上正是有了这句话，青藏高原的医院有了女医生女护士、通信部队有了女工程师女技术员，军队大院有了家属院有了家，高原也终于拴住了男人的心。于是，王宗仁的作品中也有了女人。在青藏高原有许多无人区，过去这么叫是因为确实没有人烟，可是现在有了人，仍然叫作无人区——那是因为无人区里没有女人。可见，"女人是半边天"这句话在青藏高原比任何地方都深刻。王宗仁说，在青藏高原"女人是大半个天，是家的象征，是生根结果的标志。有了女人就会有孩子，就会带来生活的希望；有了女人就有了温暖，雪山就会荡漾起春风……"在王宗仁眼里，"女人是青藏高原上新鲜的太阳"——"军人的妻子有在高原服役的女军人，更多的是从内地来的女性，她们有的三五个月、有的要一年半载才能适应高原生活，还有的永远也无法适应。她们从千里之外踏上通向高原的路，支撑她们走完艰辛旅途的唯一希望是见到自己想念的人，然后在离他稍近一点的高原家属院里，等着他回来。高原家属院里永远出现的画面是：一个女人，或是一个女人领着一个孩子。尽管这样，仍是不断地有女人从内地来到高原，她们心甘情愿地留在高原上，为了心里无法终止的牵挂。"这是《藏地兵书》的另一种情怀。当你读完《唐古拉山和一个女人》《嫂镜》《女兵墓》和《昆仑山离长江源头有多远》，你就会清楚来到高原的女人们的内心的从容和干净，你就会清楚当你面对青藏高原的时候为什么需要仰望。

　　冷的边关热的血。《藏地兵书》没有也无法回避死亡。每一次去青藏线，王宗仁都必须去一个地方，那就是青藏线起点城市格尔木的"昆仑烈士陵园"。他每次都去那里祭奠英魂。王宗仁说："因为他们，我不停地写青藏线，一直写了四十年。当我走上高原，将瓶中的酒洒向陵园的时候，我都能听见地下战友们吱吱的咂嘴声。"的确，死亡是任何一个人都必须面对的，对青藏线上的军人更是如此。酷寒、冰川、缺氧，以及难以想象的恶劣环境和自然，让每一个军人都时刻做好着献身的准备——早晨两个战友还在一起说说笑笑，傍晚其中一个就被雪崩夺去了生命；出车前他怀揣着远方未婚妻的来信，一路上还背着战友偷偷地看，他准备执行完这次任务后回来给心中的她再回一封情谊绵绵的长信，然而却因为高原反应永远长眠在拉萨河谷了……这样的故事实在太多了。一年一年的采访写作，让王宗仁明白：高原军人的献身，或者说死亡，是生命本性决定的生命现象、生命真理。因此，"对于青藏高原的军人来说，死亡已经成为一种力量，一种让活着的人为了好好活着而格外坚强的力量。"王宗仁说，"我写青藏高原，如果离开了死，就是离开了高原军人最闪光的心灵。我写他们悲壮的死，也写他们死时留下的诸多遗憾，写死是为了生，是为了还活在那里的人能够活得更有价值。"因为"一个既珍惜生命又不惧怕死亡的人，他才能永生"。正是在这个意义上，王宗仁的《藏地兵书》告诉我们：在青藏线上，最可贵的其实是高原军人面对死亡的那种万死不辞的坦然。

一片兵心在高原。在中国或许找不到第二个作家，像王宗仁一样把生命化作青藏高原的一部分，真情写了一辈子青藏高原。而在王宗仁眼里，青藏高原的坟墓"没有死亡，这是一片永远醒着的土地"，是"几代高原军人用生命筑起的高地，是真正意义上的世界屋脊"。而当他每一次置身青藏线，看到那些皮肤被紫外线炙烤得黝黑的高原军人的时候，他都依然有着强烈的感动和激情。在他看来，这种感动和激情其实就是一个作家的使命感和责任感。因此他告诫自己，作为一个作家，一个从青藏线土生土长出来的作家，面对青藏线的士兵的时候，他《藏地兵书》中的每一个文字都应该问心无愧。而作家对青藏高原的这份独特的情感，正是他为我们破译藏地密码的钥匙。

(本文刊载于2010年6月23日《文艺报》。本书由作者策划编辑出版，先后荣获第五届鲁迅文学奖散文杂文类第一名、第七届解放军图书奖、第十二届全军文艺奖特别奖、首届全国优秀少数民族图书奖等)

成长的审视与心灵的反思
——简评中夙长篇小说《士兵志》

说《士兵志》①是一部惊世骇俗的长篇小说，或许有些俗气。但你不得不承认，它带给你的阅读愉悦是不言而喻的，那种感觉是令人兴奋和振奋的，是一种酣畅淋漓的快感。而这一点，对有过军旅生活的人来说更加强烈。这种强烈的感受就是让你拿得起却又放不下，让你真实又不着痕迹地感觉到"士兵"这两个普普通通简简单单的汉字后面，不仅承担有人性的"凸"面，比如：青春的热血、光荣、责任和使命，还有人性的另一个"凹"面：欲望、嫉妒、耻辱，以及生与死、爱与恨、名与利。毫无疑问，《士兵志》以其干净利落地突破道德防线的勇气，改变了我们传统军事文学中的"英雄"情结，拓展了军事文学的创作和阅读视野，并达到了一个全新的境界。

《士兵志》就是这样一部十分精彩可读的优秀的长篇小说，是一本让你一口气就能读下去的长篇小说，它不仅仅是一个士兵的自画像，更是一部非常生动的人生记录。故事起源和发展于20世纪70年代，那是一个从蒙昧走

---

①解放军文艺出版社2003年10月版。

向清醒、从迷惘走向理智、从扭曲走向正轨、从压抑走向开放、从无序走向有序的特殊时代，确切地说应该是在这个"走向"的过程之中。在一个隐藏在大山深处的军械仓库，某一天三个女兵因为特殊使命的偶然到来，改变了这群男兵的人生和命运。青春与爱情的骚动、前途与命运的渴望、家庭与事业的纠葛、理想与现实的冲突，这些抽象与具象事物间的碰撞与挣扎，给人们展示了一道丰富多彩却又伤痕累累的人生风景。

小说以钟大吏，也就是小说中的"我"这个士兵的军旅成长历程为主线，以第一人称和第三人称、现代时与过去时相交错的手法，把"我"从一个战士、新闻报道员到政工干事再到作家的不同时期的生活遭遇作为横断面（这是一个多么丰富的横断面），并以"我"与有高干背景的女兵黎小青和家乡姑娘穆小笛之间的感情纠葛为副线，讲述了"我"、谢阳和女兵黎小青之间的朦胧的"三角恋"。作品中展现了学雷锋标兵张士杰对女兵陆莞儿"单相思"的猥琐，连长左文卿"无性状态"的夫妻生活和近乎迷狂的"军训"（暗中打信号弹制造敌情），烈士李文君这个新闻典型与背后两个女人痛苦的隐情等情节的同时，作者也对其中的人事进行了严肃的反思和冷峻的描绘，并给予了最真诚的人性关怀，淋漓尽致地展现了一群有血有肉、有情有义、有爱有恨、有坚强有脆弱、有高尚有卑鄙、有光明有黑暗的热血男儿的生命风景。然而，不同的时代不同的语境，角色的变幻并没有改变士兵的本色，在军人的使命和责任面前，他们依然是英雄。在那个谁也无法看清历史和左右命运的时代，他们或者她们相同与不相同的成长史，其实也就是一部用青春作为祭坛、以信仰作为牺牲，甚至以生命作为代价的心灵史。只不过，在反思和纪念之中，才让人感受到那一份本不应该属于他们那个年龄的沉重与艰难。这或许也正是"文学"即"人学"的解释和揭示。

《士兵志》的深刻和可贵之处还来自于它的真诚。字里行间，我们可以看到作家中凤真正地是在"我手写我心"般地用心在创作。在中凤洒脱硬朗，阳刚而又灵动、跳跃的文字和毫不吝啬却又刻骨铭心的往事背后，我们能够触摸到他的心跳。那些底层士兵原汁原味的骚动的青春和生活经验，充满着无法拒绝的力量和希望，还有那么一丝忏悔和无奈。面对真诚，中夙编织了一个真真假假的故事串起了一代军人的悲欢离合，读来是那么亲和。尽管《士兵志》中故事所处的时代已经离我们越来越远，但青春永远年轻。《士兵志》里没有拐弯抹角和羞羞答答的东西，没有哗众取宠和给脸上贴金的东西，更没有趋炎附势和媚俗的东西。一代代士兵的青春往事就像是同一首歌，只要你跟着某一个节拍唱或者听下去，就能在《士兵志》里找到一个平行的比较和联想，或许还会给你带来节奏上的共鸣。因此，《士兵志》的创作就像是一个窗户，而中夙就是那个捅破窗户纸的人，说出了士兵想说而未说、想说而说不出的东西。似乎每一个当过兵的人，都能在《士兵志》里或多或少找到自己曾经有过的东西，或者说《士兵志》触摸到了我们心灵深处的某种东西，好像一种疼痛的抚摸，充满着人情和人性的光芒。

志者，史也。中夙难道是在修志作传？中夙在小说中有节制地真实地标记出了自己军旅成长历程中的几个驿站（比如创作报告文学名篇《兴安岭大山火》等），这些孤独的驿站风景构成了中夙《士兵志》的心灵地图。沿着这样的驿道，中夙的行走方式就显得简单而又直接：选择自我剖析自我观照自我审视自我反思。尽管小说中的"我"或许只是一个符号，尽管小说中还有许多故事没有继续深入挖掘而使小说的文本显得单薄，尽管中夙在小说的结尾说"作者本人知道其中的虚伪，至少是现在，我还不敢朝自己下刀子"，并且声明"如果有谁把这本小书当传记来读，那是作者的悲哀"，但无论怎样，在军事文学创作中，《士兵志》成功的突破可以说是文学（真正意义上的文学创作）上的一种回归，中夙似乎比别人比过去走得更远一些。这一步，实属不易又可喜可贺。

或许，《士兵志》没有掌声，没有鲜花，也没有眼泪，但我觉得《士兵志》不需要这些。《士兵志》是士兵的，也是大家的。因此，有理由相信，《士兵志》的出版犹如阳光穿透了云层，让我们看到了晴朗。而《士兵志》

里的士兵们的成长经验和心路历程，就像是一块小小的纪念碑，将守护着他们可能获得的永生，并将得到不断更新和流逝的岁月的尊重。

（本文刊载于《军营文化天地》2004年第6期。作者系本书责任编辑，作品荣获解放军文艺奖新作品奖一等奖、第六届解放军图书奖提名奖）

"金色女孩"和她的"战争童话"
——关于庞天舒长篇小说《白桦树小屋》的对话

和庞天舒一样,我捧着她新出版的长篇小说《白桦树小屋》[①],真有些爱不释手。淡雅清新的藏蓝色与淡淡的白桦林作为背景的封面,以及那座充满童话色彩的金色小屋,让人感觉到了一种纯洁的美。再翻开书的扉页,庞天舒带着灿烂无瑕和天真烂漫从童年一步一步地向你走来,真是挎着钢枪"无花也风流,火焰也颤抖,钢铁也温柔"。

作为《白桦树小屋》的第一读者,我深深地被这个纯情故事而感动,同时也为天舒的神思妙想而感动。她以其独特的柔美诗性的笔法、奇特多姿的想象、绚丽浪漫的激情,深入浅出、迤逦凄婉地演绎了一段边防军人惊心动魄的爱情童话。在这样一个"只求曾经拥有,不求天长地久"的泛情的网络时代,读《白桦树小屋》,其实就是在读经典的爱情人生,读一部关于战争的童话。

和天舒聊天,谈她的《白桦树小屋》,她总是给我讲边防的美丽。在她的言辞中我能感觉得到她与边防的那种割舍不断的情结,仿佛那里的一草一

[①] 解放军文艺出版社2002年5月版。

木、一花一云构成了她生命的天空。也许天舒就是这样一个爱美的人吧。我们的对话就在她淡淡的微笑和缓缓的叙说中默默展开。

丁晓平：怎么想起来写这样一部长篇小说？

庞天舒：早在1987年，我去位于黑龙江源头的北极村的沈阳军区某部边防连体验生活，第一次感受到了北国军人甘于寂寞、与自然和平共处的那种美好与和谐。我一路走访了很多这样的边防连队，发现他们都饲养，或者说收养了许多小动物，像对军犬一样，他们对动物们非常宠爱，还给它们取了可爱的名字。比如我见到他们收养的一只叫"黄瘸子"的瘸腿猫，有从俄罗斯那边跑过来的军犬，还有一只已经五十岁的猴子，比边防连的所有官兵"兵龄"都要老。他们生活在一起，人与动物就像是一个大家庭。1997年，我再次去北极村，并深入到了黑龙江源头的洛古河的边防连，那里是中国地图的"鸡冠子"的最顶端，战士们的边防生活再次让我感动。而他们的哨所就是一座座用白桦树做成的小屋，给我的感觉就是古朴而神秘，新鲜又温馨，这促使我开始构思一部反映边防军人生活的作品，开始时是想写一部歌舞剧的，并没想写成长篇小说。

丁晓平：你创作了大量的军事和历史题材的作品，最近两年在写作题材上似乎一直在探求人与自然的关系，也就是生与死这样一个大命题。而与别人不同的是，你的作品总笼罩着诗的纯情和童话的纯洁。《白桦树小屋》是否可以说是你把军事融入这个主题的一种尝试？

庞天舒：应该是这样。与同龄的作家不同的是，我十二岁就穿上军装，十九岁时又亲历了战争。在前线的战火硝烟里，我第一次目睹了死亡，看见了许多与我同龄的阵亡者。从那时起我知道了什么是牺牲，什么是永恒。因此，我的一系列军事题材的小说，包括《白桦树小屋》，在凝重的生与死的大主题中，依然飘逸着一份梦幻诗情。我总觉得战争其实就是童话，那从血火中迸发出来的光荣与梦想、胜利与荣耀、憧憬与热望无不闪动着瑰丽的童话色彩。《白桦树小屋》是和平年代边关军人的童话,它是美丽、纯情而令人向往的,也是我生命的童话,这里有我的思考,也有反省。

丁晓平:你的为人和为文是有口皆碑的,我概括起来就是两个字:柔韧。而你的作品所表达的"真、善、美",正是文如其人所形容的,所以你留给朋友的永远是一个"金色女孩"的形象。《白桦树小屋》中的女主人公小雪是否是你梦想中女孩的形象?

庞天舒:《白桦树小屋》中的小雪的确是我喜欢的女孩,美丽、多情又有才气,真诚、善良又有勇气。生活中,如果我们只有才气而没有勇气,那是一种悲哀的事情。小雪在《白桦树小屋》里所表现的勇气和对边防军人的理解,是最简单又最深刻的爱,其留下的感动是刻骨铭心的。我始终希望她就是一个"金色女孩",是我们可爱的战士最喜欢的那一种女孩。因此在她知道战士们为不让她伤心而封锁她的"未婚夫"——指导员罗青波牺牲的消息,还专门为她建造了白桦树小屋之后,她没有流泪,她是坚强的。写作中,我同样也不会为她流泪。我觉得,流泪,对小雪来说是一种侮辱,因为她是金色的。

丁晓平:《白桦树小屋》是一部非常特别的军事题材的长篇小说,它故事的完美性和独具魅力的童话色彩,是以往的军事文学中所没有的,无疑为军事文学的百花园贡献了一朵新鲜靓丽的花朵。我想我的这种感觉或许用"战地黄花分外香"来形容是比较贴切的。我在为你的成功探索叫好的同时,也为军事文学的新发展而高兴,为读到这样美好的小说而高兴。而小说中的连长唐豹和副指导员夏商周两个军事人物的塑造,也是新鲜而有典型意义的。

庞天舒:在《白桦树小屋》的创作中,这两个人物的出现是经过深刻思考的。连长唐豹是一个优秀的基层带兵人,是一个文化水平不高但军事素质很高的军人。而夏商周是一个成绩优秀的军校大学毕业生，是有理想有雄心抱负的热血青年军人，是一个比较典型的"大学生干部"，学生意气的理想却在毕业分配到边防连这样不起眼单位的现实中发生了冲突，感叹"英雄无用武之地"，工作中有了情绪。这两个人在指导员牺牲、小雪来队之后所表现出来的那一种发自内心的痛苦和爱，是军人所特有的朦胧含蓄，这也是一种崇高。这是我比较满意的，在当代军事文学的人物中，也是特殊的，也比较真实地反映了当代青年军人，尤其是大学生出身的年轻军官的追求和心态。

丁晓平：《白桦树小屋》中穿插用拟人手法塑造了诸如像军犬巴特尔、黄左、男猫阿舅、女猫婆娘，还有野狼小白娃等一系列动物的形象，它们身上所体现出的真、善、美是否是你对边防生活的另一种体会和表达？

庞天舒：应该说，动物，甚至包括植物，它们是有生命，也有情感的，它们也是通人性的。在《白桦树小屋》中它们的爱与恨、情与仇、名与利、生与死、善与恶、荣与辱也是在各种较量中挣扎，和人一样地用血和泪在正义、责任和爱中完成一个生命的童话。在边防，它们也是英雄。我曾经切实体会到人在自然面前的渺小，在黑龙江的大森林里我迷失了方向，是两条猎犬救了我的性命，它们是我生命的一个美丽童话。因此我没有理由不去歌颂它们。

丁晓平：你十五岁就发表了第一篇小说《我和小黑》，从此你成了文学的女儿，文学成了你一生的事业。作为一个文学"天才少年"的形象，你当年曾是许多同龄人崇拜的偶像，你能否讲讲你现在的生活和创作的情况？

庞天舒：回头看看我近二十年的创作历程，现在已经出版了十八本书。这些书中，军事文学作品占了百分之八十以上。生活中的我除了写作之外，没有更多的事情吸引我或者需要我去做。我喜欢散步和独处，静静地，享受写作给我的快乐。我喜欢喝咖啡、听音乐，这是我写作时必需的。还有就是看书，最喜欢的是鲁迅和托尔斯泰。我其实只念了小学五年级，就当兵了。我能成为作家，也并非是什么"天才"，我想还是勤奋与执着。在完成《白桦树小屋》后，我正着手创作一部有关舞蹈女兵的故事，这与我十二岁入伍当舞蹈女兵的红舞鞋生涯有些关系，应该也很好看。

丁晓平：最后，请问《白桦树小屋》在你创作的所有小说作品中占一个什么样的位置？我想听听你自己的评价。

庞天舒：《白桦树小屋》是我最珍爱的一部小说。我一直想把军事与童话结合起来，在文学中探索并实现军人与自然的结合，力求更人性、更自然、更美丽地把可爱的军人和他们所从事的事业，用一种更纯情和浪漫的方式表达出来，尽管现实是残酷的。应该说，这一点在《白桦树小屋》里实现了，我觉得它很完美。因为白桦树总是和年轻、纯情、漂亮、潇洒这些美好的词语联系在一起，而我所认识的边防连的战友们，就是这样一群生活在林海雪原深处的最可爱的人。

(本文刊载于 2002 年 8 月 1 日《文学报》，发表时题为《战地黄花分外香》)

暗夜里流淌出泪一样的暖
——简评曹乃谦《到黑夜想你没办法》

一遍就读傻了，看了一遍，还想看一遍。再看一遍，还有味道。曹乃谦的《到黑夜想你没办法》（"温家窑风景"系列小说）就像正宗的山西农家刀削面，非常有劲道，有嚼头。

知道曹乃谦这个人和他的作品，也是不久前的事情。我是在媒体采访诺贝尔文学奖评委马悦然先生的时候，才知道曹乃谦是山西大同的一个警察。于是我通过他那里的110热线找到了他。百闻不如一读，就这样，我终于读到了他挂号寄来的《到黑夜想你没办法》台湾繁体字版。其实，曹乃谦在中国文坛早就有些名气了。20世纪90年代初，这位三十六岁那年和朋友打赌开始写小说的警察，在写作了"温家窑风景"系列小说的头五题的时候，就得到了中国当代著名作家汪曾祺的极力推崇。汪曾祺是一口气读完他的小说的，而且脱口就说一个字："好！"接着还给曹乃谦的小说起了一个绝妙的名字，一个令人击节的名字，一个充满想象、包含欲望、包容温暖、温情和温馨的名字，这个名字来自乃谦小说中的"要饭调"（山西雁北地区要饭的穷人唱的歌，可类比西北的信天游），这就是《到黑夜想你没办法》书名的由来。意犹未尽，汪曾祺又一气呵成给乃谦的小说写了三千字的评论。于是曹乃谦的名字就登堂入室，步入中国文坛，并从此走向了世界。

对于曹乃谦"温家窑风景"系列小说，汪曾祺在评论中说："这是非常真实的生活。这种生活是荒谬的，但又是真实的。荒谬得可信。这是苦寒、封闭、吃莜面的雁北农村的生活。只有这样的地方，才有这样的生活。这样的苦寒，形成人的价值观念，明明白白、毫无遮掩的价值观念。"而这种逆来顺受、忍耐无欺，甚至自欺、自嘲般的价值观，就这样卑微地、无可奈何地让温家窑的人自己把"自己钉实、封死在这一片苦寒的小小天地里，封了几千年，无法冲破，也不想冲破"，"但是温家窑的人终究也还是人。他们不是木石"。他们有血有肉、有情有义、有爱有恨、有苦有乐、有荣有辱，他们猥琐、无奈、卑微，他们贫穷、落后、愚昧，但骨子里偏偏还有可爱，有诚信，有"金子一样的心"。他们改变不了生活改变不了现实，他们只能把这一切苦难归结到"这是命"。他们笑过，也哭过。他们笑的时候和哭的时候一样，也滚下热的泪蛋蛋，扑腾扑腾滴在她或者他的脸蛋蛋上，"他们的眼泪能把那些陈年的习俗浇湿了、浇破了，把这片苦寒的土地浇得温暖一点"。

《到黑夜想你没办法》共三十章，是曹乃谦"温家窑风景"系列的一个集合。三十章里共有五十多个人物，一个故事串着一个故事，一个人物挨着一个人物，他们血脉相连，息息相通。他们在温家窑这个村庄里抬头不见低头见，除了村里的会计、队长和下乡干部老赵、公社管水利的干部"大下巴"这四个人物之外，他们都是平等的，他们几乎一样地穷一样地苦一样地受活，但也一样地用微笑来报答生活的鞭子。那真是一个漫漫长夜，那真是一块负载太多苦难的土地。在1975年，面对生活，温家窑的乡亲们似乎很知足，也似乎很麻木，但绝对没有不仁。作为曾短暂在那里做过居民的曹乃谦（知青上山下乡的领队），在离开十二年后开始写记忆中的"温家窑"的时候，中国已经进入了一个全新的时代，一个开放的时代。因此，作为城市居民的曹乃谦就有了审视和反思的机会和可能。于是，他把内心回忆的那份激动，化作了冷峻的书写。因此，当我们看《到黑夜想你没办法》的时候，我们看到这个写字的人是那么冷静，看上去好似无动于衷。但我们不得不承认，曹乃谦是一个高手，他把自己的痛苦埋藏在文字的背后，用表面的风平浪静掩盖了内心的翻江倒海。汪曾祺对曹乃谦的评价是极其到位的："看来不动声色，只是当一些平平常常事情叙述一回，但是他是经过痛苦的思索的。他的小说贯穿了一个痛苦的思想：无可奈何。对这样的生活真是'没办法'。"汪曾祺认为曹乃谦"只是照生活那样写生活。作品的形式就是生活的形式。天然浑成，并非'返朴'"。他的小说"不乏幽默感"，而且语言很好，"带有莜麦味，因为他用的是雁北人的叙述方式。这种叙述方式是简练的，但是有时运用重复的句子，或近似的句子。这种重复、近似造成一种重叠的音律，增加了叙述的力度"。

《到黑夜想你没办法》是一部过去时。因为过去，才叫人到黑夜想它没办法。但在这个过去时里面，仍然有许许多多的人和事，仍然活着。这些人和事，在温家窑，或许仅仅是那些光棍们和闲得没事的老人们茶余饭后打发时光的嘴上功课，尽管里面有添油加醋的成分，抑或有传说的可能，但他们确实真实地存在过。当曹乃谦把二十几年前的亲历、见证，哪怕道听途说的这些故事，用他像雁北那种苦寒浸润的笔给我们做素描的时候，他一个人对这个村庄的记忆，就成了地处雁北山区的中国农村和农民的经验和历史。因此这是一个村庄非常生动的历史。因为是历史，曹乃谦把人物的情感生活和文学审美的价值取向与时代紧紧地捆绑在一起，在文学的开采和提炼中，没有哗众取宠，也没有趋炎附势，更没有猎奇搜艳，而是始终有着严肃的、负责任的把握，给读者带来了既有文学欣赏又有历史审视的双重价值。汪曾祺说曹乃谦"对这样的生活既未作为奇风异俗来着意渲染，没有作轻浮的调侃，也没有粉饰，只是恰如其分地作如实的叙述，而如实地叙述中抑制着悲痛。这种悲痛来自对这样的生活、这里的人的严重的关切。我想这是这一组作品的深层内涵，也是作品所以动人之处"。而作为读者，尤其是有乡村生活经验和背景的读者，阅读曹乃谦呈现给我们的温家窑的历史或经验的时候，我一下子就想起了诗人艾青的诗——"为什么我的眼里常含泪水，因为我对这土地爱得深沉"。曹乃谦爱着温家窑，也同样爱得那么深沉。而且我相信他的爱和温家窑的乡亲们一样，是一种受难之爱。

  曹乃谦的小说除了精致、地道、敦善（嘿，他父亲的名字就叫曹敦善）这些优点之外，让我感动的是他没有丢失自我的背景，那就是他承认自己是一个"真正的乡巴佬"，这是一个苦难的背景。因为有了这个背景，"温家窑"里那个相信"中国人说话得算话"的黑旦、像他自己名字一样"愣"的愣二、连正式姓名都没有但为了孩子可以牺牲自己的女人"愣二妈"、勤劳但命运不好只能躲在莜麦秸窝里谈恋爱的丑帮和他相依为命的哥哥、只知道卖力的受苦人狗子、经多见广有智慧的老光棍儿下等兵、单纯憨厚的福牛、良善的饲养员老光棍儿贵举老汉、好心眼儿的老女人黑女、没有正式姓名为了儿子牺牲自己与小叔子"朋锅"的"柱柱家的"，还有温家窑唯一一个追求个性解放的也没有正式姓名的女人温孩的老婆、可怜得因为想看女人"天日"却没有看到反而因害怕"群专"而自杀的年轻光棍儿放羊倌儿羊娃，等等，这些人物才活了下来，才那么荒谬可信。他们的人生或许永远不会诞生远大的理想，对生活也从来就不曾有过奢求，作为男人或者女人，或者说作为一个活着的人，他们只有一个最最起码最最基本的要求和最最原始的欲望——食和性——吃饭（填饱肚子）和女人（娶个老婆）——如果真要上升到一个高度来说，就是他们同样热爱生命（好死不如赖活着）和爱着（受难之爱）。毫无疑问，曹乃谦笔下的这些小人物，这些最最底层的人物，他们的人生渗透着悲凉、苦寒和凄楚。面对苦难，他们没有奋起抗争，但也没有低下高贵的头颅（比如老银银为了保卫自己的棺材不被会计冠冕堂皇地抢走，竟然借队长家的锁把自己锁在家中，躺在棺材里活活饿死自己），他们别无选择因为无可奈何，他们无可奈何因为别无选择。这就是温家窑，这就是温家窑祖祖辈辈留下来的传统。一个个人物，一个个故事，肚肠连着心肠，读着读着，良善的人们笑了；读着读着，善良的人哭了。这就是人性——多伟大的两个字！曹乃谦就这样地以坚硬的柔软、以光明的黑暗，把《到黑夜想你没办法》像一滴泪一样温暖地滴在了你的心上，然后慢慢地流淌，流淌……那流淌的声音就像温家窑人唱的"要饭调"一样充满祈求的忧伤和挣扎的欲望，就像温家窑破旧的窑洞冒出的炊烟一样氤氲着辛酸的缠绵。而我却在这来自灵魂深处的一声贫瘠的叹息中，听到了洪荒一样的呐喊。我知道什么叫作乡愁了。

或许有人觉得曹乃谦的小说土了吧叽的，可我觉得正是这"土"，别具一格，独领风骚，就像乡村里的一块土疙瘩，看起来不招人不吭声，其实它是真的深沉、真的淳朴、真的宽容，也真的美，真的善，因为它来自大地，是土地的一部分。苦难最能理解苦难。如果你是20世纪六七十年代出生并在中国偏僻农村长大的孩子，或许"温家窑风景"中的某些片断，就会让你觉得似曾相识。曹乃谦就是这块苦难土地上成长起来的诗人（我觉得用诗人来形容更深刻些更崇高些），从这个民众心声的记录者和抒发者的笔下，我们很难找到见风使舵的算计、明哲保身的精明和溜须拍马的市侩，这些我们身边非常常见的东西。相反，我们读到的是默默无言无奈的忍耐、潸然泪下后的微笑和寒冷长夜月光抖瑟下的歌唱——白天我想你墙头上爬，到黑夜我想你没办法！面对这样的苦寒，我们或许只能和温家窑的乡亲们一样，只能带着苦寒的心情去爱，只能在苦寒中去爱！在那个时代，他们不可能用别的方式去爱，也不知道还有其他的方式去爱。这爱本身就是受活，就是受难。而这种忍受苦寒的爱又是多么真实，多么具有打动人心的力量。

《到黑夜想你没办法》绝对是一部经得起时间检验的书。这部作品已经得到了海内外众多评论家、作家的关注，好评如潮。自20世纪80年代以来，除了汪曾祺之外，大陆的诸如李锐、王安忆、刘心武、李陀、林斤澜、韩石山、焦祖尧、雷达、董大中等等，中国港台的许子东、初安民、骆以军等等，都给予了极高的评价，称其"继承了中国乡土文学大师沈从文、汪曾祺的传统，显示了不可忽视的小说能量"，并将其与台湾的著名乡土作家王祯和、陈映真相提并论。这些绝对没有收"红包"的文学评论货真价实，完全是对作品本身给予的无功利的评介。而在国外，诺贝尔文学奖评委马悦然称曹乃谦为"中国最一流的作家之一""是个天才的作家"，并亲自将本书翻译成瑞典文出版，这使得曹乃谦迈入世界文坛，也成为和莫言、李锐等人一样受到"诺贝尔文学奖"关注的中国作家之一。当然，对于马悦然这个"洋权威"和"汉学家"的这些评价，我们是有理由怀疑的，甚至可以质疑。但有一点是值得我们思考的，作为瑞典学院院士和唯一懂中文的诺贝尔文学奖评委，他在无意间阅读并翻译了曹乃谦几篇短短的小说，就把他记住了，且念念不忘，挂在嘴边，甚至不远万里来到中国来到山西会见曹乃谦，难道这真的是马悦然的文学偏见或者少见多怪？或者西方人对中国文化的"审丑"？我想，一定是曹乃谦的《到黑夜想你没办法》里有东西（文学的东西？人的东西？生命和人生、命运的东西？）让马悦然读着读着就喜欢上了，没办法。不过马悦然先生在该书的序言《一个真正的乡巴佬》中也犯了一个常识性的错误，说山西的"温家窑离台湾的乡村或者离我瑞典家乡有几千光年的距离"。几千光年的距离，哇！太遥远了。不知是马先生笔误，还是什么原因。

但，曹乃谦是幸运的。相信优秀的读者也和曹乃谦一样幸运，和马悦然一样喜欢《到黑夜想你没办法》，没办法。

（本文刊载于微信公众号"解毒历史"）

苦难和尊严之间挣扎的母性之美
——简评何存中长篇小说《姐儿门前一棵槐》

好作品不是写出来的,是作家心中流淌出来的一首诗,如画如歌,还有震撼人心的泪和血!素净、朴实、诚厚,这就是《姐儿门前一棵槐》[①]带给我们的原创的美!

作者以黄麻起义发生地鄂东地区为背景,温婉细腻地讲述了将军(牛儿)与妻子郑秀云和前妻凤儿之间的爱恨情仇。牛儿和凤儿青梅竹马,他俩在郑秀云开办的平民学校读书时自由恋爱了,结了婚。美如天仙的郑秀云是乡绅联合会会长郑维新的女儿,却参加了革命。后来牛儿也参加了革命,和她在一个部队。红军和国民党反动派的战斗像拉锯,郑维新的老婆被红军杀了。牛儿参加红军后,郑维新就率他的民团把牛儿的父母杀了,又逼凤儿嫁给牛儿最瞧不起的憨子。牛儿作战勇猛,从班长排长连长营长一直当到了团长,七年后回乡杀了郑维新,报了仇。当牛儿知道凤儿嫁人了,就砍了凤儿家的槐花树,并设计娶了郑秀云。郑秀云知道是牛儿杀了父亲,但牛儿一辈子都不承认,直到临死前才透露真情。后来,牛儿当了将军,在"文革"中

---

① 解放军文艺出版社 2008 年 4 月版。

又被打倒，回到故乡"养病"。凤儿牵挂"打倒"的牛儿，杀了家中唯一的靠它下蛋换油盐的老母鸡来看牛儿。再后来，当上军区司令的将军携妻郑秀云光荣回乡，报答乡亲，再次见到凤儿。凤儿给将军唱他们恋爱时的情歌《姐儿门前一棵槐》："姐儿门前一棵槐嘞，手扒槐树望郎来，娘问女儿望什么嘞，我望槐花几时开，娘嘞，不好说得是望郎来。"晚年的将军觉得自己欠了凤儿，和凤儿一起唱，唱得地动山摇，唱得老泪纵横。

  小说故事其实非常简单，写作也没有投机耍滑的技巧，语言朴实，对话精彩。在革命战争年代，夫妻分别以致后来离散，在生活的洪流中因为不可抗拒的因素各自奔向自己的归属，或主观或被动，本属常见之事，在文学故事中也早已司空见惯，且多有煽情的悲剧因素。但《姐儿门前一棵槐》没有停留在历史故事或传奇的表面，在不慌不忙之中，对这样一对夫妻的爱恨情仇做了更加深入细致的阐述和升华，在偶然的事件中用生动感人的细节、对话，把人性突显出来。牛儿深爱着凤儿，凤儿情牵着牛儿。但残酷的现实，让他们爱也切、恨也切。牛儿半夜砍断凤儿家的槐花树，凤儿立刻猜中是牛儿所为，并找到部队领导，必须让当了营长的牛儿亲自重新栽上。这是牛儿的牛脾气，更是凤儿的自尊。敢作敢为的牛儿，敢爱敢恨的凤儿，一番儿女情长，几多尘缘未了，有情有义，有悲有喜，剪不断理还乱。爱恨、生死、情仇，这些抽象的词汇在时间面前都是一块好了的伤疤，留下的是痛的记忆，可谓是一个将军惊心动魄的情爱史，是一个女人感天动地的美德书，也是一部情感煎熬的血泪史。

  一个成功的男人背后站着一个伟大的女人。其实这句话也适合中国革命中成为英雄的将军们，他们背后站着的女性是中国革命最高贵的女性。《姐儿门前一棵槐》中的凤儿就是这样的一个女人，善良、贤惠，虽然不识字，但她却用自己的温柔、宽容、忍耐，还有坚强、自尊、自爱，承受了生活、命运、人生中可以承受和不可以承受的轻与重。其实在我们的生活中，总能听到有人称文盲或不识字的人"没文化"，我觉得这是极大的不尊重。我的母亲不识字，但我认为母亲非常有文化，她对生活和人生的认知永远比我深刻。凤儿就是这样一个有着深厚文化的女人，在苦难和尊严的人性挣扎中，她母性的自尊和宽容之美，读来令人扼腕叹息，催人泪下。

作家始终怀抱一颗平常心，饱含深情的文字蕴藏着惊心动魄，且毫无矫揉造作。在这部战争情感小说中，将军的革命过程是一个社会层面，凤儿的生存挣扎是一个人性层面。两个层面的结合，是一个苦难的结合，也是一个独立的人格精神和人格力量的结合。在将军与妻子郑秀云、与前妻凤儿的情仇爱恨这样的结合中，我们看到的是真善美的光芒，而苦难和尊严就像花儿一样地开放，又像水一样地冰封。凤儿这个平平淡淡的女性，就像一棵槐花盛开的槐树，扎根在多灾多难的土地上，顽强、独立、自尊而又骄傲地活着，让我们把尊敬和爱的目光投给她，就像仰望着我们的母亲。

(本文刊载于 2008 年 7 月 15 日《中国图书商报》)

历史的沙漏：太阳为什么最红
——简评何存中长篇小说《太阳最红》

《太阳最红》[1]是一部世界文学，或者说它是一部可以走向世界的中国战争小说。我之所以这么说，就是因为这部作品达到或者实现了"文学即人学"的艺术境界。如同任何世界文学名著一样，我们阅读或者欣赏它的理由就是文学本身带给我们的心灵感动和震撼，以及对人生价值和生命意义的积极思考。作为一部革命历史题材的长篇小说，《太阳最红》之所以令我们感动和震撼，关键就在于它回到了人的立场、正义的立场，追求的是真、善和美，散发着人性的光辉。

《太阳最红》是第一部以大别山地区黄麻起义为素材创作的长篇小说，再现了红四方军早期十年组建过程中艰苦卓绝血雨腥风的革命奋斗史。那是一场革命的土地上爆发的土地的革命。黄冈是一片红色的土地，也是苦难的土地愤怒的土地。这片热土，哺育了共和国二百多位将军。作家何存中深入老区挂职一年深入采访，用四年时间创作了这部他试图作为自己"枕头之作"的长篇，是以外甥王幼勇七兄妹和母亲傅大脚与亲舅舅傅立松一家的阶

---

[1] 解放军文艺出版社 2009 年 6 月版。

级斗争和革命斗争为主线，再现了可歌可泣、错综复杂、波澜壮阔的战争往事。小说中的傅兴垸是一个典型的地主阶级堡垒，是旧中国政治、经济、文化的一个缩影。于是，作为傅氏族长和麻城县参议、夫子河乡绅联合会会长的傅立松与外甥王幼勇兄妹为代表的革命者，在革命的暴风骤雨中以傅兴垸为中心开始了惊心动魄的生死较量。历史像一个沙漏。如果用历史和文学的眼光来考察，更贴切地说，《太阳最红》是一部思考中国革命过程中政治与经济、伦理与道德、破坏与重建的长篇战争小说。

政治与经济是一个大问题。从政治经济学的角度来说，上层建筑和经济基础的关系如同车之两轮。中国革命在毛泽东寻找到"农村包围城市的道路"之前，一直在依赖中幼稚地生存与发展，处于革命的低级阶段。经过与错误路线的斗争和经验的积累，中国革命终于走出低谷，向高级阶段迈进。而这个过程，自然充满着残酷的流血和牺牲，写下了人间的大悲剧。《太阳最红》给中国战争小说贡献的第一个礼物就是，它第一次挖掘并完整精彩地呈现了革命根据地的经济建设，是第一部把经济问题作为战争主要问题来考察和进行艺术思考的作品。革命不是请客吃饭，但革命队伍同样民以食为天。兵马未动，粮草先行。军队的后勤保障如何展开，这是关系革命斗争成败的关键。小说中，王幼勇领导的农民起义队伍攻打红安县城后，三万衣衫褴褛的苦难兄弟因为没有粮食准备，饿着肚子喝干举水河河水的场面撼人心魄。在那血雨腥风贫穷落后的年代，衣食住行尤其是吃饭的问题或许比革命本身更加迫切。因为革命队伍的主体是衣不蔽体、食不果腹、没有土地的穷人，他们之所以参加革命就是要解决有饭吃、有衣穿的温饱问题，这是土地的命运，也是中国农民起义的命运。作品主角王幼勇作为一个时代的新青年和知识分子，在革命的洗礼中成功完成了党赋予他着手革命根据地经济建设的重任，建设银行、发行货币。而为了经济建设，作为苏区苏维埃银行行长的王幼勇与舅舅傅立松为代表的国民党反动派斗智斗勇地较量，比枪林弹雨中战场上的生死较量更加惊心动魄。作家何存中在这方面的情节设置和细节描写，凸现了历史的真实和艺术的真实，因此《太阳最红》在革命根据地政权经济建设方面的新开拓，无疑是中国战争文学的重大突破和重要收获。

  伦理与道德是人类的永恒话题，也是文学始终绕不开的情结。《太阳最红》典型地把革命与反革命的矛盾集中在一个家族的内部矛盾中。具体地说就是姐姐和弟弟（傅大脚和傅立松）、外甥和舅舅（王幼勇兄妹和傅立松）之间的矛盾。而这个矛盾是扎根在血浓于水的血缘亲情和养育之恩之间，可谓有血有肉，大爱大恨，有情有义，大喜大悲。而这个家族的矛盾，如果我们把它还原到历史的现场，就不仅仅是一个家族的矛盾，而是在革命的洪流之中突出的不可调和的阶级矛盾。有人会问，王幼勇兄弟姐妹凭借舅舅傅立松的关爱而得以读书、得以享受本来属于有产阶级的生活，他们为什么革命？他们为什么要革有养育之恩的舅舅的命？他们革命的理由或者合理性在什么地方？革命者难道不讲亲情不讲伦理吗？这实在是一个尖锐的问题。其实，作品中当王幼勇在接受苏维埃银行行长任命的时候，曾就这个问题和军事委员会主席有过精彩的对话。而傅立松作为董必武的同学，当年也曾是国民革命的新青年，蒋介石叛变革命后他才走上反动的道路。革命的洪流不可抗拒。王幼勇作为董必武的学生，他在革命遭受重创的时刻，接受使命回乡发动群众组织暴动，直至义无反顾地与傅立松展开了拉锯式的思想、情感和你死我活的斗争，最终被舅舅亲自活埋而惨烈牺牲。这令人想起革命先烈夏明翰英勇就义的《砍头诗》："砍头不要紧，只要主义真。"回顾历史，其实中国革命的成功绝非靠《亮剑》中的李云龙、《历史的天空》中的梁大牙这样的英雄，而更多的是靠一大批有文化、有才气的革命者在血与火中锻铸了成功，并成功领导组织了人民。而为了更好地回答这个问题，我建议何存中先生在作品中对此进行了正面强化，以更清楚地说明革命的合理性或者合法性。于是在作品的第六十三节傅立松活埋王幼勇之时的对话中加入了这样的一段——"王幼勇说，你不用在我面前忏悔。你对不起的只是革命的先行者孙中山先生。傅立松说，我上对得起天，下对得起地。现在只有你让我对不起自己的良心。王幼勇说，你伪善，假革命。中山先生说，建立民国，平均地权。你对不起的是天下百姓。"毫无疑问，"平均地权"是农民起义的根本和土地革命的核心。傅立松因为没有把自己的土地分给穷人，就当然地成为革命的对象和敌人。诚如何存中在创作谈中说："在采访过程中，我了解更多的是两类人物：一是当年回乡点火的革命者，他们都是那时的热血青年，他们都在早期的革命中牺牲了，他们都是富家子弟；二是当年的乡绅，他们都是乡村的维护者，与革命者有着千丝万缕亲情关系。前者与后者在革命中构成不共戴天你死我活的矛盾，留下许多可歌可泣的故事。谁是谁非，随着时代的进步，都需要人，都需要时间，从大历史和大文化的角度去探索去思考。"他的创作理念和判断是中肯的，也是唯物和辩证的，是一种经得起历史考验的创作态度。由此，伦理和道德在信仰和理想的光芒照耀下，如同阴和阳，不可分割地缠绕在一起，穿越时空撞击着人性的大地，从而为小说的尾声《春回万物生》埋下了革命胜利后家族和解的种子。因为伟大的文学不是狭隘地为政治意识形态服务的，也不仅仅是为本民族和本阶级服务的，却永远是为人民服务的，为人类的和平、进步和发展服务的。

不破不立。改变一个旧世界，建立一个新世界，没有流血牺牲是难以想象的。革命的艰巨复杂和战争的悲壮惨烈，不是英雄的传奇。《太阳最红》既改变了《林海雪原》《红日》《铁道游击队》《敌后武工队》等红色经典长篇战争小说的叙事模式，也改变了《亮剑》《历史的天空》等新世纪战争文学的宏大叙事和英雄传奇的打造，而是把眼光投入民间，忠于历史、忠于生活、忠于信仰和理想，挖掘革命历史沙漏中的金子——为革命牺牲的人民和人民的牺牲。何存中说："我在采访过程中发现，革命并不是最难的，最难的是红色政权建立之后，内部经济、组织纪律以及伦理道德的重建。打破容易，重建难。红色政权一系列的重建，关系到红色政权的执政能力和历史过程中的生命力。这也需要我从大历史、大文化和中华传统伦理的角度来思索。所以五年来多少个夜晚我夜不能入睡，用我的心智思索；多少个黎明我仰望苍穹，寻找历史长河中的人性之真。我没有选择正面战场，而是将这些作为背景，写这些重建过程中的种种艰难。这些都在历史的天空中闪耀，活生生的，我哭我歌。作为一种历史文化现象，不容我贬低乡绅；作为一种历史精神，更不容我贬低烈士。我用热血歌唱，我用良知哭泣。为了流逝的岁月，也为了将来的日子。"因此，《太阳最红》创作的贡献，还在于它没有模式化地表现中国革命的艰巨性，没有复制历史，更没有复制文学，而是百分之百地原创。在我看来，原创就是不可复制。创作中，何存中没有简单化地回避牺牲和痛苦的悲剧，没有戏剧化地歌颂战争的胜利和成功，而是用积极的向前看的眼光，尊重那一个时代那一片土地和那一段历史以及历史洪流中的人和事，让众多鲜活的人物交织在一起，在血与火、生与死、道与义等多重生命价值中构成厚重苍茫的人生主题，让人站在新的历史高度上，对生命的意义进行积极的思考，举重若轻地写出了革命历史中最有价值的那部分。因此有评论家认为"《太阳最红》是一部海峡两岸的中国人都可以阅读的战争小说"。

《太阳最红》原名《背太阳》，"背"即背负之意。编辑中，我建议改为现名。有评论家指出书名与"太阳最红，毛主席最亲"这首红色歌曲有歧义，因为小说本身与毛泽东本人毫无关系。在这里需要说明的是，《太阳最红》以太阳为象征，统领全篇，表现了革命的浪漫主义，"太阳最红"是对革命者追求光明和新生的哲学意义的思考，而不是一个时代符号的简单嫁接，正如一位评论家所说"太阳最红，理想最真"。如果生硬地把《太阳最红》这个书名与某个特殊年代流行的同名歌曲简单类比，那文学评论就失去了深刻和宽容，落入了局限和主观。最后，值得一提的是，《太阳最红》这部战争小说，深深地根植于深厚的传统文化，以鄂东民间风俗画的形式展开，具有很强的美学意蕴和文学品质。作者在人物塑造上也独具匠心，王幼勇、傅大脚、傻大爷等角色逼真形象，尤其是傅立松这个反面角色的刻画更是丰满生动、入木三分。作家何存中以其对儒家、道家、释家的精深研究，在作品的人物对话设计和细节描摹中，尤其是傅立松和王幼勇这两个角色之间的思想交锋和人性较量中，以土地般深情的叙说，表现出了深厚的儒家智慧和道家机巧，从而使得作品浸透着难得的传统文化的真功夫，读来令人悲痛又兴奋、感动又享受。在这个浮躁的社会和文学、文化业已成为消费时尚的时代，《太阳最红》的艺术水准和阅读冲击力，让我们找到了纯文学的魅力和核心价值。

(本文刊载于《军营文化天地》2009年第11期)

致敬土地，孝敬母亲
——简评李骏长篇小说《黄安·红安》

不记得是什么时间认识李骏的。但不知道为什么，第一次见他的时候，我就有一种亲近感，就觉得我们能成为交心的朋友。在编辑出版他的自传体长篇小说《黄安·红安》[①]之后，我终于找到了答案——他写的也是我心灵的那个故乡、母亲，还有"我"。

不写故乡不写母亲的作家，不是好作家。在世界上，或许很难找到一个作家没有写过自己的故乡和母亲。就像莫言的高密东北乡、陈忠实的白鹿原一样，李骏把他的笔投向了他的"本吴庄"。这个"革命村"，坐落在大别山脉的皱褶里，是被誉为"两百个将军同一个故乡"的湖北红安。一将成名万骨枯，那片红色的土地曾经是血雨腥风的沙场。那片土地与我的故乡安徽安庆，风土一派，人情一脉，且共饮一江水。因此《黄安·红安》中的一切对我来说一点儿也不陌生，饮食起居、穿衣戴帽、语言风俗、人情礼仪、家长里短，几乎都没有二样。更重要的是作品中的"我"的家和"我"的成长经历，也意外地让我产生了共鸣。

---

① 解放军文艺出版社2016年1月版。

《黄安·红安》讲述了"我母亲"及其血脉相连的三个家族——母亲娘家、母亲舅舅家和"我"家的百年故事。我不是一口气读完这部书的。一口气读不完它。我只能断断续续地读，我不想读那么快，或者说也读不快。因为每每读到动人处，我的内心也氤氲着惆怅和忧伤，眼角就被这朴素的文字打湿。那一刻，我感觉李骏就坐在我的面前，娓娓道来，甚至能看到他的眼睛也是泪光盈盈，一时分不清到底是我的眼泪还是他的眼泪。再者，我打心眼里就没有把这部长篇小说当作一部虚构的作品来阅读。从某种意义上说，李骏的《黄安·红安》才是真正意义上的非虚构写作。它是小说，又不是小说，甚至超越了小说，但它是文学，触及的是人生是命运，是作家自我内心最想表达的东西。因此，编辑中，我在这部书的封面上我写下了这样的一段"广告"文字："一座名城的革命运动史，一所村庄的百年变迁史；一位母亲的人生苦难史，一个游子的青春心灵史。穿越苍茫的革命叙事，洞悉命运的世相写真。"

故乡在消逝，乡村在陷落，乡愁却日益盘根错节。李骏说："在我眼里，今天的本吴庄渐渐老了，衰落的村庄人烟逐渐稀少。回去一次，我便叹息一回。"他要把母亲在那片土地上的故事留下来，告诉这个世界，让人们知道母亲和这片土地的苦乐哀愁，以及内心深处埋藏了一辈子甚至永生永世的秘密。他把这个秘密叫作乡愁。李骏对故乡的记忆，始终围绕这样的乡愁而展开，他发誓要把这个萦绕内心的秘密像打开一瓶尘封的老酒一样，把自己灌醉，并流下热泪。他说："直到今天，我在回忆本吴庄的那些旧事时，心头还不时闪过特别的隐痛。往事中那一桩桩飘逝的血泪，像盐一样在心灵深处的伤口上……如果我不写，我觉得母亲简直就是白白生了我一场，枉费了她一生的劳累和心血。"

《黄安·红安》中的本吴庄是一个典型的"革命村庄"，从土地革命战争到解放战争，从"文革"动乱到改革开放，从曾祖父那一代开始到"我"这一代，男男女女老老少少为了寻找出路，经历了无法逃脱的风风雨雨，走上了各自不同的道路,并最终走进各自不同的归宿,又岂是用悲喜、善恶来形容的呢?就像"红安"和"黄安"一样,一字之差,却洞穿了历史与现实、政治与军事、革命与反革命的百年风云。因此,革命,这个无比鲜艳的词语,在历史的迷雾中与人性、道德、信仰产生了激烈的碰撞,从而在生与死、义与利、荣与辱、爱与恨、名与利、美与丑的天平上起起落落。而母亲这个不仅给予他肉体,还赐予他灵魂的人,以正直与善良、柔弱与坚韧的母性之力量,周旋于家族和乡村古老又崭新的冲突之中,始终温暖并滋润着脚下这片苦难的土地。

《黄安·红安》的叙事,采取的是"形散而神不散"的散文方式。在李骏零零碎碎、絮絮叨叨、忽远忽近的真情讲述中,他始终把"土地"和"母亲"作为两条主线,作为穿越百年时空的道路,带领我们走进生他养他的那片土地,走进他的心灵,听他唱响一曲乡愁的挽歌,倾听他内心的声音。与其说这是为母亲为故土唱响的挽歌,不如说这是一次心灵的拷问。李骏是在拷问自己——"子欲养而亲不待",作为一个漂泊异乡的游子,欠母亲的太多太多。在作品的下半部,李骏没有回避自身成长的苦痛,揭开自己青春最羞耻的伤疤,把属于自己不算坎坷却辛酸的人生心路历程,以文字暴露在读者面前。而我,正是在这样的阅读中,看到了我和李骏作为同龄人并且有着同样乡村生活背景,以及从童年少年求学成长、从军成才、从农村到城市的相同体验,从而深表慰藉而引为同道。我甚至感觉,他的这些心灵独白式的叙事,其实是镌刻在母亲墓碑上的墓志铭。因此,我觉得李骏的这部长篇表达了两个最为重要的主题——致敬土地和孝敬母亲,字里行间渗透着人文的关怀。这种人文的关怀,是作家对命运遭际的宽容和对内心生活主张的正义,它既不是一味展览尘世的黑暗与丑陋,也不是无视我们可能体味到的世态炎凉,而是对民间存在的真善美的发现,是对我们脚下这片土地丰饶和贫瘠、阳光和阴影的珍视。

《黄安·红安》最初的名字叫《穿越苍茫》,因为李骏的故乡红安在新中国成立前叫黄安。我看后，建议改成现在这个书名，他同意了，并称赞改得好。对编辑来说，作者的认可是最大的欣慰。因为，作品是我们共同的孩子。最后，我还想说，《黄安·红安》并非是李骏最好的作品，但却是他耗费八年时间用心、用血和泪写下的。我喜欢它，并真诚地向读者朋友们推荐这样一部值得深入阅读的书。

(本文刊载于 2017 年 9 月 29 日《文艺报》)

用心发出自己的声音
——文艺评论家陈先义印象

说句实在话,我打心里对文艺评论界有些不敢恭维。前些年庸俗捧场的"无争论"现象,近年来的"亵渎偶像"般的"混战",多多少少败坏了文艺批评的名声。一个真正的文艺批评家的作品,应该是一种历史的声音,是应该经得起时间的检验的。而摆在我面前的这本由解放军文艺出版社出版的《寻觅真诚》,就是一本字里行间充满着真诚、散发着真知灼见和独立品格文学评论集。其中的观点,我相信,随着时间的流逝,仍会余音绕梁,给人以警示、回味和启迪。这种追求这种品格这种境界,我想,并不是每一个文艺评论家都能够得到的。而《寻觅真诚》的作者陈先义,就是这样的一位吐真言不虚美、说实话不隐丑、富有责任感和科学态度的批评家。

作为军旅文艺批评家的陈先义,在文艺评论界或许不一定是很火爆很走红的一位,但却是扎扎实实、认认真真做学问的一位。他始终把文学的客观规律作为评是非、论优劣的标准,摒弃那种从小圈子利益出发的无原则吹捧和逢迎,以一个艺术家的良心和科学严谨的态度,运用马克思主义哲学分析文艺现象和评价作家作品,"有好说好,有坏说坏",用自己热情的深入与冷静的思考,脚踏实地地寻求理论与创作、作家与受众之间的直接对话,让文艺评论走出"象牙之塔",走向大众,引导大众,建构属于自己的文艺批评风格和审美体系。

刘勰在《文心雕龙》里指出,评价作品时要避免三种缺点:一是贵古贱今,二是崇己抑人,三是信伪迷真。陈先义的文艺批评就非常好地克服了这三点,正如他自己所说的,"对于文艺批评家来说,勇气固然是重要的,但比勇气更重要的是严谨的科学态度,这就是不能不负责任地胡批乱批,不能简单地一般地去展览不足,陈列缺陷。重要的是要让被批评者心悦诚服"。《寻觅真诚》看似是零散作品的汇集,但从头至尾,无论是对"军旅小说五十年概说",还是对某个作家某部作品的单个评价;无论是对文艺现象的所思所感,还是对军旅文学的宏观扫描,我们都可以从中感受到其作品洒脱清新、求真务实的文风,感受到其为文的科学严谨与真诚认真。这在《生活永远是军事文学的沃土》《革命历史:军事文学创作的丰富宝库》等文章中可以找到佐证。

作文,就要先做人,做人就要真诚。这是陈先义的人生信条,而他就是这样一位在人生和文学艺术的征途上寻觅真诚的人。在他的文艺评论作品中,有相当的篇幅是探讨关于"做人与作文"的关系问题的,如《作家的人格》《文品与人品》《多一点"大家风度"》等。他说:"人格,对于一般人来说,是自己人生的雕像,于作家们更是如此,应该时时不忘自己应有的社会良知、道德意识和使命意识。而放弃了对高尚人格的追求,便是堕落的开始。"

"阅乔岳以形培塿,酌沧波以喻畎浍。"作为解放军报社编辑的陈先义,常年奔波在文学海洋的波峰浪谷之间,还担当一定的领导职务,在工作之余辛勤耕耘,对当今文坛,尤其是军事文艺静默观察,洞若观火,有着自己独到的见解。他的评论文章最大的特点就是敢于站出来说话,说自己的话,无论是今人的、古人的,还是西方的、东方的,他都鲜明地亮起自己的旗帜,从现象到本质,从内涵到外延,严密的逻辑推理和冷静辩证的剖析,读来淋漓酣畅。他曾在《军旅文学雅俗谈》一文中对我们发出了振聋发聩的忠告："一个国家，一个民族的文学艺术要得以发展，仅靠通俗性的东西是远远不能完成的，最终还是要靠严肃文学。"这是因为"它反映的是一个民族的文明程度，是一个民族的文化艺术长期积累发展的结果，是人类精神活动的深层境界，是艺术家创造激情的高度凝练的结晶，是民族文化中至为宝贵的一部分，也是社会理性的标志"。

看看陈先义的"文坛热点扫描"和"文学随感"等系列文艺评论作品，对文坛上光怪陆离的现象，进行准确到位的理性分析，平理若衡，照辞如镜。如《棒杀、捧杀及其他》《走出象牙之塔》等等，无疑是给文坛注入了一针"清醒剂"，提供给读者的不仅是眼界，而且为他们扫清了文学鉴赏的障碍，引导着文艺创作与阅读的方向。陈先义这些四年前发出的声音，对于今天的文坛仍然有着深刻的指导意义。他在《批评的媚俗与媚俗的批评》一文中，针砭时弊，入木三分地揭示和批评文艺评论界的丑恶现象，可谓是文艺批评中的精品。这也是一个真正的有社会责任感的文艺批评家的人格体现，我想，文艺批评家的权威就是由此建立起来的。

"操千曲而后晓声，观千剑而后识器。"陈先义以自己的满腔热情，倡导实事求是的批评风气，用真诚的心灵发出自己的声音，扎扎实实地为繁荣军事文艺做出自己可贵的努力，有理由相信，他的声音，自然而又必然地会引起更多的共鸣……

(本文刊载于 2000 年 10 月 17 日《文艺报》)

贡献给太阳的心灵火焰
——简评长篇政治抒情诗《东方神话》

"文艺是国民精神发出的火光,同时也是引导国民精神的灯火。"(鲁迅语)在阅读完长篇政治抒情诗《东方神话》①之后,我不得不随着诗人去感受那激荡的热情、那亲切的温暖和明媚的光芒。她就是这样的一盏用心灵点燃火焰的灯火,引导着读者去追寻、去感受、去解读、去瞻仰、去平视、去俯瞰、去吟哦,从而去铭记、去理解、去怀念、去歌颂、去接力、去奋斗的激越雄浑的英雄史诗。

中国共产党成立八十年了。八十年在人类的长河中只不过是短暂的一瞬,而就是在这短暂的一瞬之间,上下五千年的中国发生的变化是天翻地覆的,是惊天动地的。把这短暂的八十年放在历史长河的坐标系上,它无论是一个点,还是一条线,无疑都是闪光的、上升的,是在一个前所未有的高度上的。她成长、壮大和为人类为中华民族所做出的贡献,事实本身就是一个神话,一个诞生在世界东方的"神话",一个不是神话的"神话"。将军诗人张庞和青年军旅诗人卜宝玉,以自己强烈的历史责任感和艺术使命感,以自

---

① 解放军文艺出版社2001年3月版。

己激越豪放的笔墨和真挚深沉的情感，为这样的"神话"谱写黄钟大吕一样的诗篇，无论从其宏伟的建构、丰富的内涵和磅礴的气势，回顾历史，直面现实，展望未来，确实是一部难能可贵的前所未有的鸿篇巨制，是时代大潮上的英雄交响和中华民族发展史上的巨幅画卷。诗人以艺术良知和天职，本能地，又是自觉地把在历史时空隧道里发掘出的"煤"一样古老又新鲜、朴素又厚重、英雄又悲壮的故事，站在哲学的高度，用自己的心灵打磨、发现、提炼和创造出宝石一样闪光的诗歌，用光亮灌注、照耀到读者心灵的深处，阳光一样温暖。因此，有理由相信，这两位真正的诗人，是把他们"心头的上天的甘露，滴到了人民的口中"，把心灵燃烧的火焰贡献给了太阳。

《东方神话》共分十五章，以吟哦曙光、铭记武装、怀念长征、仰慕延安、回首抗战、重说解放、十月风景、创业往事、苦涩岁月、走近真理、解读土地、击水中流、握手世界、绿色旋律、远方的梦为坐标，沿着近百年中国历史的前溯，从中华民族的百年苦痛、屈辱、抗争、独立至复兴、辉煌的历史进程中，十分自然地诗化地展现了中国共产党为东方这块神奇而古老的土地所做出的艰难而又卓越的丰功伟绩。长诗以编年史式行进的方阵向前推进，从诗人特有的真、善、美的视角，通过形象和思辨、理性和诗性、抽象与具象的交叠、融合，通过鲜活优美的语言、大胆精湛的审美发现和价值判断、瑰丽而沉郁地折射出党史的方方面面。

诗人一开始就摒弃浮华和藻饰，甩开平庸和说教，以其诗意和美感的抒情，带领读者进入一片诗境："也许是太寒冷了／他们才选择了在流火的七月／举起火把和旗帜／用汹涌的火焰／在饥寒交迫的岁月心头／燃起一道传播温暖的亮光／也许是太黑暗了／他们才选择了用鲜亮的红船／载起使命和希望／用壮丽的远航／在云重雾浓的时代之中／追寻改变民族命运的太阳……"作为一首长篇政治抒情诗，《东方神话》在诗的语言的运用上，在诗歌意象的开掘上，都有自己的独到之处。如："在革命需要的时候／随时都会将血肉之躯／站成墓碑／用年轻的死亡和永恒的生存／把跪着的日子和河山／一段一段扶起来"。这是诗人在历史和故事中提炼出来的、从人民群众的心声里酿制出来的芳醇的礼赞,散发着普遍真理的光芒。

《东方神话》在艺术表现上气魄宏大,对人类历史的发展、对现实与未来都充满了广泛、全面而深刻的思考和抒情,抽象与具象的结合,营造出诗的意境、创造诗的意味;虚实结合,揭示诗的意蕴、显示诗的意象。其语言和蕴含的意象凸显出了诗歌大气磅礴的质感和美感,将党成长、壮大的历史予以人性的和人格的观照,凸显了诗的思想深度,崇高中不失壮丽之美。诗人还以虚实笔法,描述了中国共产党不仅是无产阶级政党,有着光辉的战斗历程,而且也洋溢着马克思主义的人道主义的光辉。如:"有了人心的时候 / 黑夜也变得光明 / 没有人心的时候 / 太阳也变得冰冷 / 历史以不可抗拒的潮流 / 朝着众望所归的方向奔涌";还有:"红色的队伍 正是这样 / 在清剿和围困中 / 不断壮大 不断强盛 / 不断以暖人肺腑的光芒 / 温暖着所有的大路和小路 / 温暖着所有的低谷和高峰 / 温暖着远远近近的村庄 / 温暖着四面八方的穷人 / 革命的种子 正是这样 / 在战斗和火光中 / 不断孕育 不断萌生……"

"文学家不是糖果贩子,不是化装专家,不是给人消愁解闷的"(契诃夫语)。值得称道的是,一万一千行的《东方神话》不是仅仅停留在对历史的回眸、仰慕和怀念上,诗人用责任和良知给我们发出了这样的自省和呐喊——"也许是离开延安的岁月 / 距我们越来越远 / ……当我在意志的房间里 / 让睡惯沙发软床的肉体和灵魂 / 重新坐到硬邦邦的土炕上时 / 才惊奇地发现 / 我的身板和思想 / 已远远比不上父亲和祖父 / 当我在生命的坡道上 / 用踩惯流行舞曲和汽车油门的脚板 / 重新踏上黄土坡的羊肠小道时 / 才意外地感到 / 爬上一段山坡 越过一个坎坷 / 对我来说 已经相当吃力……"而今天,"不少曾喝着小米粥 / 吃着小米饭进城的人们 / 已淡忘了小米的色泽和模样 / 说不出小米的味道和营养"。我们从中读到的该是诗歌在抒情中的力量,在娓娓中振聋发聩的思想!而站在诗歌背后的正是诗人的忧患意识和批判精神,没有回避，只有正视。对党在前进中遇到的挫折和犯下的错误，譬如"文革""腐败现象"等等，诗人不讳疾忌医、不粉饰淡化，但也不是有意地、简单地去揭什么历史的伤疤，而是怀着共产党人的高度责任感和强烈使命感，从灵魂深处怀着无限热爱，去审视苦涩和悲哀，从而告诉人们，在经历风雨之后更要倍加珍惜灿烂的阳光，激发必盛的信念和期待美好的未来。

《东方神话》的作者张庞和卜宝玉，在长达一年的创作实践中，始终遵循着忠于历史、解读现实的创作方法，达到了写实与写意、写景与写情的统一，形成了跌宕起伏、雄浑柔美的气势。而诗歌中出现的"我""父亲"和"爷爷"，就是从现实追溯到历史、从过去延伸到未来之间不断变换的一个"旋律"，是这英雄交响史诗中的一个"主音符"，是共产党人前仆后继、继往开来的一种具象的表达和塑造，在亲切自然的阅读中，为立体多方位地刻画出中国共产党的历史形象提供了可能，无形中增强了诗歌的张力、亲和力和生命力，历史的厚重感和现实的血肉感也油然而生。

《东方神话》的作者张庞是一位少将，卜宝玉是一位少校，两人的合作，如他们自己所言是"阅历与活力的合作，是成熟与激情的合作，是沉稳与浪漫的合作，是一加一大于二的合作"。他们相互碰撞，相互对话，用真诚向人们打开了诗歌的大门，用心灵燃烧起火焰般的诗歌，献给伟大的中国共产党。他们歌唱着，歌唱着，"歌儿飞着，像是离开了枝头的玫瑰花瓣，在风中飘荡"……

    现在，上帝又送来了诗人，
    也像发光的火柱一般，
    让他们领导着大众走去，
    离开了沙漠，向着迦南。

——这是匈牙利诗人裴多菲的诗歌《致十九世纪的诗人》中的一段，我把它放在我这篇文章的最后，正好能表达我阅读《东方神话》后的心境，并以此向诗人致敬。

(本文刊载于《解放军艺术学院学报》2001年第4期)

探访智慧是一种冒险
——简评徐怀谦《智慧的星空：与思想者对话录》

探访智慧绝对是一种冒险。徐怀谦的《智慧的星空：与思想者对话录》①一书，给我的就是这样一种感受。而徐怀谦正是这样一个敢于挑战充满自信富有才智的冒险者。

八年前，作为《人民日报》文艺部大地副刊的编辑记者，徐怀谦开始主持一个名叫《文心探访》的文化访谈栏目。被访者都是中国文化界的精英人物，他们的名字对我们来说耳熟能详，又如雷贯耳，比如钟敬文、王朝闻、张岱年、季羡林、张开济、华君武、任继愈、吴冠中等等。毫不夸张地说，这些名字已经不仅仅是一个符号，而且是一种感召、一种象征、一种标志，是构成现当代中华文化风景的一种独特元素。他们存在的价值和意义，已经是中华民族文化链薪火相传的重要一环。

毫无疑问，与这些大师级人物面对面地进行关于文化、学术、历史、社会和人生的对话，其本身就是一种知识的挑战和智慧的冒险。试想如果没有对这些不同行业、不同专业、不同思想的精英人物的学术理念、文化理想和

---

① 昆仑出版社 2005 年 1 月版。

人生境界的研究和把握，而硬冒着头皮去采访，又能得到什么呢？徐怀谦以其八年的坚持给读者交了一个满意的答卷。而他自己也一次次在这样的对话中，真正体验到了智慧的星空中这些文化精英的感召力，从而得以亲承謦欬，有的甚至成为忘年交。比如，张岱年先生就对徐怀谦倍加褒奖，在其亲笔信中这样说道："大稿写得很好，我很高兴！非常感谢！今寄还，谨表示衷心谢忱！《综旧典而开新风》一文，我很感谢！稿费尚未收到，此文是您写的，不应给我稿费！大札末尾写徒孙二字，我不敢当！您对我很了解，如果您高兴，愿确定为师生关系，有您这样一个学生，是我的幸运！"在这封短短百余字的短笺中，张岱年先生竟然三次向一个晚辈表示感谢之情，用了七个感叹号，并说"如果您高兴，愿确定为师生关系，有您这样一个学生，是我的幸运！"一个普普通通的青年记者得到一个著名哲学家如此垂爱，这该是一种什么样的奖赏啊！这不正是徐怀谦与众不同的地方吗？他以其扎实、严谨、求实和过硬的素质赢得了大师们的信任，从而使其写下的访谈录不会成为时间的易碎品，而是品格高尚、品味高雅的佳作。

徐怀谦是幸运的。正如他所言，相对众多的读者来说，他能与大师面对面地问答，面对面聆听大师的教诲，既是一种荣幸，更是一种享受。而走近这些文化精英人物，更让他体会到什么叫如沐春风，即之也温，什么叫返璞归真，什么叫大隐隐于市。而难能可贵的是，在这样的挑战与冒险中，徐怀谦从来没有忘记自己的身份，那就是，"我只是一个代表读者发问的提问者，绝对不是一个对话者，我的意图是通过我的提问，让大师们将其学问或思想的精髓大致描绘出来，以方便读者走近他们"。徐怀谦清醒地知道"自己没有对话的资格"，他更懂得"学会聆听比急于对话更重要"。但在实际采访中，他又绝对不是一个被动的听众，他随时把自己的疑惑或意见提出来，现场求解，与大师们在思想上进行互动，采访变得轻松愉悦又令人兴致盎然，被访者妙语连珠，访问者如醉如痴，二人之间形成了一个"场"——既令人茅塞顿开又让人超凡脱俗，激情四溢又美妙无穷。

探访智慧是一种冒险。面对智慧的挑战，徐怀谦同样是一个智者。他为了把采访做得比别人深一点新一点，在每次采访之前，他都尽可能多地阅读被采访者的学术专著和相关资料，做了大量的读书笔记。无疑这个静态采访的过程，让他的采访既有备而来又满载而归。而《智慧的星空：与思想者对话录》就是他八年来辛苦劳作和冒险的结晶。而值得一提的是，出书其实并不是徐怀谦去冒险探访这些著名民俗学家、美学家、哲学家、文学家、建筑家、画家、史学家和编辑家或学者的初衷。因为他知道，从新闻学角度来说，他所采访的这些文化精英们在今天这个无序又浮躁的社会算不上新闻人物（尽管有的曾经是新闻人物），但他清楚他的采访对象们永恒的价值所在，更清楚作为一个文化记者所承担的责任和良知。而令人悲痛的是就在本书编辑出版的过程中，张岱年、罗工柳和王朝闻先生相继离开了这个世界，我们从此只能像了解鲁迅、陈独秀、胡适一样，在书中和他们相会了。

因此从某种意义上说，在印刷品极度过剩、文化垃圾泛滥成灾的今天，在一片光盘可以储存十万页文字、一个衬衫口袋能装下一整部百科全书的今天，在打开电脑就能在网络上周游世界、获取几乎无穷量信息的今天，在多如牛毛的演艺明星或新闻人物写书作传的今天，《智慧的星空：与思想者对话录》对作者徐怀谦来说是一次探访智慧的冒险，而对读者来说却是一次拯救阅读、愉悦心灵的体验。因为，《智慧的星空：与思想者对话录》带给我们的除了知识和快乐之外，还有思想，以及让我们学会思考。

（本文刊载于 2005 年 5 月 12 日《北京青年报》）

守正出新唱大风
——简评《刘笑伟抒情长诗选》

诗歌创作是一件甘于寂寞的事情。在浮躁和功利依然热闹的当下，刘笑伟在诗歌创作的道路上坚持不懈并不断创新不断收获，这确实令人羡慕又尊敬。而在这阳光明媚的春天里，捧读他新近出版的《刘笑伟抒情长诗选》[①]，确有如沐春风之感，其温暖和煦的诗情、简洁明快的诗风和高尚慷慨的诗义为读者构造了一个诗歌的壮丽图景。

《刘笑伟抒情长诗选》是刘笑伟的第五部诗歌作品集，收入其近年来创作的《雄师交响》《望澳门》《祖国，我站在香港向你敬礼》《守望香江》《和平颂》《一个军人与一个时代》《纪念碑》等十部优秀长诗作品。这些作品题材重大、视野开阔、诗风浓郁，大多在《解放军文艺》《解放军报》发表过。其中多部作品先后荣获全军文艺新作品奖、解放军优秀文艺作品奖、全军抗震救灾优秀作品奖、《解放军文艺》年度作品奖等奖项，可谓近年来军旅诗歌的优秀之作。

诗者，志之所至也。在心为志，发言为诗。情动于中而形于言。刘笑伟

[①] 海风出版社 2010 年 12 月版。

的诗歌紧跟时代步伐，贴近现实，观照生活，抒写性灵，洞烛幽微。作为中国人民解放军驻香港部队的第一代官兵，香港回归和进驻香港是他人生最为难忘也最为光荣的记忆。这种光荣和自豪，诗人"心中翻腾着怎样的情感啊 / 一滴泪水 滑过150多年岁月的沧桑 / 凝聚成一粒记忆的珍珠 / 被自己的青春永久珍藏"。当诗人刘笑伟站在香港的土地上向祖国敬礼的时候，他始终没有忘记自己更是共和国的一名士兵，没有忘记战士肩头的使命和责任。"8月1日，是中国军人的日历中 / 最富于色彩的日子"，"这历史的基因 / 这红军的血脉 / 永远在我的脉管中跃动流淌"。因此，8月1日，在诗人的眼里，不仅是一个节日，还是一个庄严的军礼；不仅是一段辉煌的历史，还是一座文明的雕像；不仅是一种真挚的情感，还是一句永恒的誓言。在《祖国，我站在香港向你敬礼》这首抒情诗中，刘笑伟以其饱满的激情、高尚的情怀和崇高的使命意识写就了军人用热血铸牢的忠诚。

  刘笑伟说："每一个重大的历史事件，都需要一座诗的纪念碑。"显然，作为一个军旅诗人，刘笑伟的诗歌张扬着深厚的祖国意识、民族意识、英雄意识和真善美意识，写的是他军旅人生的全生活、全心灵。在抒情诗《和平颂》中，他这么写道："我站在天空的最高处 / 凝视这片让人挚爱和心痛的土地 / 我的眼里充满了泪水 / 那是因为喜悦 / 硝烟散去了 / 我的眼底，呈现的是春天……"对于诗歌创作来说，贴近现实，并不是简单的复制和模拟，诗歌永远是诗人心灵与时代激越撞击后怒放的花朵。诗歌对生活美的审视与捕捉，超低空与超高空同样具有高难度，同样需要勇气、智慧和美。在香港回归、澳门回归、四川汶川大地震、玉树地震等重大事件面前，作为诗人的刘笑伟没有缺席，他用他的笔讴歌时代、唱响正气，表达和抒发了军人对祖国的忠诚、对人民的大爱，歌颂了中国军人英勇善战、全心全意为人民服务的英雄气。

  诗的内在世界与外在世界、诗歌的审美意识与创新意识都有浩大的空间，每一个诗人都有着自己的表达方式，对待情感的流程也有着自己独到的追求和超越。在《青春飞扬——写在驻港女兵纪念册上的诗行》中，刘笑伟更是展开了诗人美丽的想象，把女兵的美表达得淋漓尽致："是风中的荷／是雨中的花蕾／是美人鱼在碧池中令人陶醉／多彩的日子记载在脸上／微风吹过／把喜悦涂满蓝蓝的天空"。这样恬淡的诗句在刘笑伟的诗歌中还有很多，读来真是"钢铁也温柔"。

诗人的主题、主体、主流和本质意识，体现其鲜明的诗歌个性。刘笑伟的诗歌崇尚传统平易，诗风朴素自然，语言通俗易懂，不媚不俗，传承了中国诗歌的正统之美。诚如2009年"中国十佳军旅诗人评委会"在授予他称号的颁奖词中所说："刘笑伟的诗歌所显示的开阔视野，纵深的感情，雄浑的气势，令人叹为观止。其题材多以国家、民族、革命等历史感的内容为主体，完美描绘了一个优秀的军旅诗人内心深处的精神关注与真挚情怀。"刘笑伟的军旅诗歌突出了当代军营和当代军人的情感，深层次地表现了当代革命军人的信仰、追求、愿望、理想和道德风貌，史诗性地凸显了爱国主义和英雄主义这两个根本的主题。

守正出新唱大风——这是刘笑伟的抒情长诗给我们带来的审美气象，也是新世纪军旅诗歌应该弘扬的品格。

本文刊载于2011年5月14日《解放军报》

姹紫嫣红总是春
——2011年度军旅散文创作综述

在军事文学百花园中，相对于军旅小说、影视的创作来说，军旅散文创作的景象始终如花朵般默默地绽放。2011年度的军旅散文创作在中国散文界依然保持着整体的强势，并在创作的题材、形式上呈现出新变化、新面貌和新收获。

我们知道，在军旅作家中专门从事散文创作的作家相对来说屈指可数，大多数的散文作家都是由小说家、诗人改行或兼顾散文创作的。当下活跃在中国散文文坛的除了李存葆、周涛、王宗仁、杨闻宇等名家之外，一批"70后"作家给军旅散文的创作带来了新的血液和力量，并和军旅老作家们一起给2011年的军旅散文创作贡献了新的气象。

2011年是中国共产党成立九十周年，围绕着纪念建党九十周年的文学创作活动是军旅散文创作的最大亮点。在总政宣传部组织的庆祝建党九十周年"在党的旗帜下"全军文学征文活动中，军旅散文创作取得了新的成绩和新的突破，老中青三代作家奉献出了众多的优秀作品，令人眼前一亮。这些作品在《解放军文艺》《解放军报·长征副刊》《文艺报·军事文艺特刊》发表后，引起较大反响。征文活动所发表的散文作品既凸显了时代特色，又张扬了革命传统，既追忆和怀念历史岁月，又描摹和赞颂了现实生活，在主题立意、布局结构、行文语言、思想境界等方面，都可谓是当下军旅散文创作的一个缩影，也是对军旅散文创作的一次检阅。在征文评奖活动中，我们可以看到获奖作家和作品涵盖了方方面面的作者，既有专业作家，又有业余作者，既有在文坛耕耘一辈子的老作家，又有初出茅庐的新人，具有很强的代表性，主要有徐怀中的《寻找陌生的故地》、胡可的《党在我心中》、张仁峰的《心中的干支梅》、凌行正的《金达莱盛开的季节》、乔良的《在军旗下畅想》、陶纯的《一个圣洁的灵魂》、朱金平的《白云之上杜鹃红》等等，这些作品既融入了崇高的阳刚之美，也饱含着军人的报国情怀。

对军队和战争的思考，是军旅作家舍我其谁的历史使命和现实担当。朱增泉的长篇历史散文《战争史笔记》以煌煌五卷，向我们展示了一个亲历过战争硝烟的中国军人对中国战争史的检讨，以沉潜求实的姿态和苍劲铁血的叙事，呼唤和平，表达了强烈的历史责任感和忧患意识。而女性对战争与历史的思考总是有些与众不同，在沉甸甸的文字背后触摸到的是一种母性的温情。在这里，我们有必要对军旅女作家们的散文作品给予特别的关注，其中贺捷生的《父亲和一首歌》、马晓丽的《婆婆的党龄》、项小米的《祭奠湘江无字碑》、姜安的《〈东方红〉在这里唱响》、黄雪巍的《与一张"饿"的照片相遇后》等作品，重塑精神支柱，重温理想信仰，从不同视角深情阐述了对革命对战争对历史的敬重和仰望。

因此，在这里，我们必须理直气壮地力挺那些勇于把笔触投向民族、国家、军队和社会的历史深处，准确把握科学发展的主题、主线的作家和作品，并向他们致敬。王树增的长篇历史随笔《1911》，以冷峻澎湃的激情和痛彻肺腑的哲思将微观的小细节折射宏观的大历史，再现了中国百年前辛亥革命这段偶然又必然的错综复杂的历史现场。铁肩道义，"探求的是心灵，是中国人在历史巨变来临之际的精神状态"，并引导当代人重新审视自己的民族和国家。因为"对完美社会、完美国家永抱幻想的民族，才是一个有力量、有希望的民族"。李存葆的文化散文《呼伦贝尔记忆》视野开阔，以游记的形式行云流水般地对拓跋鲜卑氏开创的北魏王朝的历史给予了强烈的回望和无尽喟叹，凸显了一个军人的家国情怀和文化担当。与《呼伦贝尔记忆》一起入选"2011中国散文排行榜"的还有王宗仁的新作《背心》。继军旅散文作品集《藏地兵书》获得第五届鲁迅文学奖之后，王宗仁笔耕不辍又创作了《藏北的笛声》等多篇反映青藏线军人生活的散文佳作。而"70后"作家王龙继历史随笔集《天朝向左，世界向右——近代中西交锋的十字路口》之后，又推出了新作《国运拐点——中西精英大对决》，引领我们追溯历史，穿越时空，感悟全球化大背景下的中国人对自己以及外部世界越来越深入的理性思考。

　　散文是心灵之书。2011年的军旅散文创作除了宏大叙事之外，还涌现了大量具有纪实品格和人生睿智的散文作品。这些作品，在历史和现实之间、在外部世界和自我内心之间的矛盾与冲突中，寻找着人类的真、善、美，表达着深厚的家国情怀、军人情怀和人文关怀。如：唐栋的《永远的怀念与自豪》、裘山山的《跟着春草到美国》、庞天舒的《生命因你而动听》、乔林生的《写意李铎》、丁小炜的《遥远的亚丁湾》、张国领的《我是一个兵》、兰宁远的《草原：神舟故乡》、宁明的《飞行的世界》、杨宣强的《青藏线片段》、祁建青的《鄂尔多斯草原之夜》、丁晓平的《城里的树》《两个农民》等等。而周涛在《南方周末》"微叙事"专栏发表的系列随笔，微不足道的生活情趣信手拈来，点滴风雅，温暖人生，让人看到了"稀世之鸟"周涛的另面情怀。

　　散文是文学的"轻骑兵"。与往年相比，无论是数量还是质量，2011年的军旅散文创作整体成绩都十分可观可喜。其中，军旅散文作品集的出版，也留下一道美丽的风景线，如：周涛的《周涛散文》、凌行正的《戎行风景》、卢晓渤的《阳光走廊》、刘笑伟的《边走边看》、侯健飞的《回鹿山》、文清丽的《渭北一家人》、傅逸尘的《远航记》、赵太国的《独步长征》等等。值得一提的是，在2011年军旅散文作家队伍中，卢一萍、王龙、黄雪蕻、刘笑伟、丁小炜、兰宁远、戴立、叶华、杨献平、丁晓平等"70后"作家开始走向前台，并逐渐形成了年轻的军旅作家方阵。其中杨献平作为专门从事散文创作的作家，在过去的一年发表了《巴丹吉林的个人地理》《拉尼希姆歌》和《沙漠之书》等十余篇佳作，取得了相当不错的成绩。

综上所述，2011年军旅散文创作集体呈现出一种雄壮大美，颇似军歌进行曲，亲切热烈，奔放有力，深情庄严。我们可以看见，军旅散文创作生命力依然旺盛，整体水平依然在提升，艺术的突破和创新依然令人期待，一个创作题材多元化、语言风格多元化、文化思考多元化的创作态势正在逐渐形成。有理由相信，军旅散文创作的鲜花将继续沿着文学的康庄大道一路盛开，姹紫嫣红更好看。

（本文刊载于2012年2月29日《文艺报》）

病树前头万木春
——2014年军事题材长篇小说综述

在以长篇小说为主体的纯文学阅读危机似乎越来越严峻的时候，以爱国主义、英雄主义为主题价值，以血性、人性为叙事伦理的军事题材长篇小说，总是以其铁血情怀和钢铁旋律占有稳定的阅读市场，并因此在文学界赢得值得肯定的名声。但不容置疑的是，2014年军事题材长篇小说同样与近年的景象大致相同，获得文学界和读者既叫好又叫座的作品似乎还没有浮出水面，军事文学的"高原"上依然期待"高峰"。

因为阅读的有限和视野的局限，笔者认为，2014年相对比较重要的军事题材长篇小说有军旅作家苗长水的《梦焰》、郑方南的《蓝军出击》、刘克中的《英雄地》、靳大鹰的《385高地》、衣向东的《向日葵》、韩丽敏的《七九河开》和地方作家何顿的《来生再见》、海飞的《回家》、范稳的《吾血吾土》、郝伟的《雪崩》、常芳的《第五战区》、周慧的《母亲行动》等。以上述作品为代表的军事题材长篇小说，作家们依然大多把文学的目光投向历史，投向20世纪给中华民族带来深重苦难和屈辱的抗日战争，而现实军事题材的长篇作品依然严重缺失。

在现实题材方面，获得第十三届中宣部"五个一工程奖"的长篇小说

《梦焰》，是著名作家苗长水植根军队基层，以中国梦、强军梦为基底，把军队放置到数字化战争背景下，关注当下现实军旅生活，直面军事变革实践，浓墨重彩地演绎人民军队飞速发展的现代化建设和当代中国军人奋斗"强军目标"的长篇小说，是一部让中国人长精神长志气的阳刚之作。小说塑造了新时期我军官兵的英雄群像——国际特种兵比武尖子的旅长魏建东、被北约特种部队授予"水下蛙人"荣誉称号的连长庄雷、爱好钻研军事理论的指导员刘晓光、在国外参加过猎人集训的班长陈辉龙、百发百中的狙击手副班长马超等等。这群官兵学历高，熟悉现代科技知识，有着全新的军事知识，智慧机敏、勇武刚毅，他们誓死捍卫祖国主权和尊严的意志坚不可摧，用青春和热血筑成了新的钢铁长城。《梦焰》贴近时代、贴近生活、贴近部队、贴近现实，同时有机地将红色基因融入官兵血脉，让红色基因代代相传。作品不仅将现代战争的快速宏大场面呈现在读者面前，还将新时期我军的那种和谐、团结的新型官兵关系做了生动真实的描写，将军事题材小说的表现空间和写作维度做了进一步拓展。在这个主题上，郑方南的《蓝军出击》是一部影视小说，从红军和蓝军对抗的实战化训练角度，对当下军事训练的改革和官兵观念的更新做了比较深入实际的文学表达，揭露了部队训练改革中的利弊问题。刘克中的《英雄地》写了一个古老而又崭新的主题，那就是关于承诺——当战场上生死诀别的兄弟彼此承诺"让活着的人活得更好，让死去的人死得有价值"，五个被贴上了"军人"这一特殊标签的家庭，就开始了一段"信与不信"的价值和情义拷问。小说从男性视角叙事，主要围绕五个男人在"要情义还是功名，要兄弟还是女人，要反哺还是忘恩"中的情感纠葛，"透彻隐忍而充满辛酸地剜中了世人的情感软肋"。诚如作者所说："男人之间的情感有冰峰亦有火焰，男人之间的情感纠葛有硬汉铁血，有横刀相向，也有惺惺相惜"。于是，一群歃血为盟的铁血硬汉，一个不离不弃的战争承诺，一段生死情义的拷问救赎，一曲关于战争、英雄、兄弟、女人的血性传奇，在《英雄地》中铺陈展开。在"英雄娱乐化"的今天，寻求英雄主义的当下书写是当代作家面临的一个时代课题，《英雄地》蕴藏着底气、彰显着骨气、升腾着勇气、张扬着正气，是对英雄主义进行时代化书写的较好范例。

不可否认，关于抗日战争，长篇小说创作在主题、结构、文本等方面，至今仍然没有取得与战争的苦难相适宜的作品。过于陈旧的思维模式、过于单一的人物情节、过于逼仄的创作空间，都在一定程度上不可避免地侵蚀着这一题材的文学创作力。应该说，2014年中国作家在这方面做出了可贵的努力。何顿的《来生再见》、海飞的《回家》和范稳的《吾血吾土》，把战争的目光投向了小人物，既没有受意识形态的拘束，也没有重复塑造"另类英雄"，并共同观照了正面战场的底层官兵的人生命运，为军事题材长篇小说创作带来了新的气象。

获得《中国作家》鄂尔多斯文学奖大奖的长篇小说《来生再见》，是作家何顿又一部抗日题材的长篇力作，讲述了主人公黄抗日那一代人历经军阀混战、抗日战争、解放战争、"反右""文化大革命"以及改革开放的传奇经历。这是一部抗日题材的精致之作，大题材上做精细文章，还原了历史，再现了一个波澜壮阔的时代。主人公黄抗日的奇葩经历和生存智慧映射出一代人的生存状态，作者不仅关注了战争中的人性，也开始正视国民党抗战的历史。作品情节跌宕奇妙，故事荡气回肠，笔墨酣畅饱满。海飞的长篇小说《回家》是一部向抗日老兵致敬的作品，通过对新四军老兵陈岭北、国民党军的小号手蝈蝈、连长黄灿灿、团长遗孀柳春芽、日本兵俘虏何正男等一系列小人物的描写，来书写在特殊年代的历史背景下，人在面对不可抗拒的外因面前的细腻心理和人物的矛盾、变化、选择。小说中每个人对"回家"的期待更是对和平的期待，对温暖人性的期待。作家表现出了不偏不倚的历史观，进入战争时大多并未直接写战场，而是写战争中的人的生存状态和方式，这种写法与西方的一些反战小说是相似的。士兵们渴望回家的精神诉求，就是在人性层面上对历史和战争进行的思考。海飞在驾驭这一主题时表现出了一个青年作家的分寸感，而这种创作也值得思考，没有经历过战争的人该如何去认识战争，并在文艺作品中对战争做出具有当代性的表达。在这部小说中，海飞不仅写战争、写故事、写江南，他对人性的深刻洞悉让残酷的战争也显出温情。范稳的长篇小说《吾血吾土》以号称西南联大"三剑客"的三个学生赵广陵、刘苍璧、廖志弘的抗战生活和人生遭际为经纬，讲述了一代知识分子投笔从戎御敌救亡，并在不同的历史时期起落沉浮的经历。作者"希望能通过一个人面对历史与现实碰撞中的无奈与坚守、妥协与抗争，来还原我们整个民族的一段历史"。作品着眼于中华民族的精神内核与文化灵魂，叙述了一代知识精英的家国情怀、民族尊严、历史担当。

抗日战争是军事文学创作的富矿。民间抗战的书写似乎是2014年军事题材长篇小说的一个现象。比如郝炜的《雪崩》、常芳的《第五战区》、周慧的《母亲行动》、韩丽敏的《七九河开》等作品，无论从写前线还是写后方，无论是写正面战场还是敌后游击，无论是写英雄人物还是普通百姓，无论是写军人还是写妇女儿童，战争的故事总是荡气回肠，慷慨悲歌。郝炜的《雪崩》以一个抗联老战士的自述为线索，娓娓道来"我"青少年时代在东北抗联非同寻常的经历。衣向东的《向日葵》讲述了胶东抗战中一支八路军兵工厂英勇卓绝的战斗历程和参加者们的英雄气概。作品从一支没有多少战斗力的工厂员工制造武器、发展实力的角度入手，从这一战争的配角和一个有特别技术而自由散漫的民间高人加入，并为兵工厂生存解决重要技术难题的传奇故事，写这支队伍和这类人物对抗战历史的影响，从侧面揭示了宏大历史的一角。常芳的《第五战区》以1938年春天台儿庄大捷之前临沂阻击战为背景，通过沂蒙山区一个村庄的抗战，再现了一曲家国蒙难、民族危亡之时英雄儿女们慷慨赴死的激昂悲歌。周慧的《母亲行动》则真实再现了1938年"保育运动"，讲述了国共合作挫败了日本侵略者迫害和屠杀中国儿童的计划，写出了中国妇女为拯救民族后代而付出的巨大牺牲，揭露了日本军国主义灭绝人性的侵华罪行。这些作品从不同视角，对民间抗战进行还原，实虚结合，在平静的叙述中，以世界一隅反映时代大势，通过战事点染折射人性深度，真实再现了抗战时期普通人的生活图景，触摸人性的幽微隐秘，并在纷繁复杂的矛盾中升华出舍生取义的人性光辉与家国情怀，是对抗日叙事途径的新探索，让读者更为切实地从小说艺术中获得源自生活的真实感受。

此外，靳大鹰的长篇小说《385高地》以富有哲理的简洁笔触，讲述了一个颇具寓言色彩的战争故事，是一部带有寓言色彩的现实主义作品。小说以当年中国人民志愿军某部连长李东方的后代记述他的爷爷在385高地与对峙的美军连长维特·哈里斯上尉从仇杀到争执到相拥取暖而成为相互的救命者，以及战后他们各自不同的命运为线索，突出战争对个体人命运的影响，揭示了战争与人性的矛盾。作者吸取电影和戏剧的表现手法，采用多线索、多视角并进以及意识流、跳接等小说技巧，虚构人物与真实人物交织，将现实与历史、梦境与真实融为一体。作品以真实简洁的笔触描写了残酷的战斗场面，亲人生离死别的撕肝裂胆，战士从容赴死的凛然，战场上圣诞夜的疯狂、毁灭与新生，也有两个敌人的后代相爱相恋的浪漫热烈以及年轻一代对战争与和平的思考。

2014年，无论从数量还是质量上来讲，军事题材的长篇小说都明显地走了下坡路，而军旅作家的长篇作品比重更是存在明显的下滑趋势，尤其是专业作家队伍的创作活力明显不足。尤其值得注意的是，与"50后""60后"军旅作家在中国文坛形成"集团冲锋"的壮美图景相比，"70后"和"80后"军旅作家的长篇小说创作，与地方青年作家相比显然形成了强烈的反差。对此，笔者认为，创作队伍和作品数量的下降并不是什么坏事，我们有理由相信群体越来越少的青年军旅作家在完成知识完善、经验积累和思想沉淀之后，必将出现跃进之作的可能。

"沉舟侧畔千帆过，病树前头万木春。"军事题材长篇小说如何突破历史和现实的困境，如何强化英雄话语的现代化语境建构，如何把控宏大叙事和微观叙事的关系，如何处理好"大我"与"小我"，如何完成正面讲述和民间演义的共同使命？毫无疑问，都需要从事军事文学创作的作家们在建立正确的历史观、文化观、价值观和军事伦理的基础上，对民族图强精神、军人职业精神和世界新军事变革的准确把握，尤其对"70后"的军旅作家而言，不仅是责任，也是使命。

（本文刊载于 2015 年 1 月 30 日《文艺报》）

攀登，没有止境
——2015年军事题材长篇小说综述

如何表现或再现中华民族苦难的历史，尤其是抗日战争的历史，对于当代中国文学尤其是军事文学的长篇小说创作来说，或许是受众对它的期待太高，或许是读者对于文学爱得太深，人们在焦虑、忧患、叹息和观望中始终没有找到满意的答案——诸多评论以此与俄罗斯文学相比对，中国文学确实至今还没有出现一部与我们民族的苦难史相匹配的优秀作品。面对这样的尴尬和无奈，中国作家以不抛弃不放弃的执着，继续在文学的高原上向高峰攀登。

2015年是中国人民抗日战争暨世界反法西斯战争胜利七十周年。在这样特殊的年份，自然离不开关于战争题材的长篇小说创作的话题。当然文学创作必须尊重文学创作自身的规律，它不是赶集，也不是应景。没有理由要求作家为了某个纪念日而创作，而功利性创作也不可能出现好作品。但在这样的日子里，文学不能缺席，作家不能失语。纵观2015年有关抗战题材的长篇小说创作，总体来说，数量不多，但无论是创作的视野还是艺术的探索，作家和作品都做了有益的拓展。

在抗战题材的长篇小说，军旅作家黄国荣的长篇小说《极地天使》(作家出版社）引起了文学界的关注。这部荣获 2015 年度"茅台杯人民文学奖"特别奖的作品，还原了 1942 年侵华日军在山东潍县乐道院制造的恐怖故事。在这个由日本侵略者设立的亚洲最大的"敌国人民生活所"里，关押了大量在华欧美侨民。小说以一位美丽的白衣天使苗雨欣舍身与恶魔共舞、在乐道院里暗中发起一场大营救为主线，围绕集中营侨民组织建立自救会，取得与集中营外中国朋友和游击队的联系，里应外合地与日军在恢复教堂、恢复学校、保护儿童妇女、反饥饿、抗迫害、反对陈家庄拆迁、破坏机场建设和抗疾病、反清剿等等事件中，与日军针锋相对地展开了一系列斗争，汇成了一曲波澜壮阔的同盟国进行曲，从而使读者不由自主地走进了那个鲜为人知的阴森恐怖的集中营氛围之中，并随着小说中人物命运波折跌宕而惊心动魄。《极地天使》根植历史的真实，以虚实结合的手法把中国人民抗战与世界反法西斯战争有机结合为一体，是一部视角独特、视野开阔、人物个性鲜明、形象丰满多彩，又不乏冷静、客观、幽默等文学意味的佳作。

  关于南京大屠杀的文学作品总是令国人心痛滴血。余之言的《战争画廊》（解放军文艺出版社）以小说的形式，再次撕开民族至今依然阵阵发痛的疮疤，在血污与枪炮的洗礼中，在痛楚与苦难的咀嚼中，不仅让人进一步看清日本侵略者的丑恶与罪行，更引领读者走进民族本应具有的性格与精神的世界，去认识被泼满战争血污却又决绝抗争的伟大人格，实现了作家对这一题材的文学超越。作品以《玉娘哺》《凌波仙子》《呼啸的生命》等二十三幅出自小说人物之手的画作作为章目，匠心独具地构成了小说的总体叙事框架；随着每一幅作品依次进入读者的视线，不仅实现了情节、人物、故事和内容的无缝衔接，而且作品的主题、情感和思想也随之深化和丰富，将读者带入文学营造的历史氛围之中，从而透过血迹斑斑的"战争画廊"，再现了民族苦难的精神历程，证实了中华民族忍辱含耻却又高贵坚韧的性格特征。

  除了以抗战历史事件为创作素材之外，抗战历史人物也是作家始终关注的方向。军旅女作家王霞历经十多年，奔赴东北、山东、湖北、广东、陕西多地采访东北军有关人员及其后代创作的长篇小说《打回老家去》（中国书籍出版社），就是讲述东北军第57军111师中将师长常恩多率部转战苏皖鲁，杀敌锄奸，团结抗日，1942年在鲁南率部起义参加八路军，实现了东北军打回东北老家去梦想的故事。小说真实再现了包括常恩多、王振乾、郭维城、张苏平、王再天、王肇治、刘祖荫、孙立基等一大批真实的抗日英雄，通过丰满而生动的战斗图景的描和扑朔迷离的故事情节设置，再现了七十年前腥风血雨的战争岁月。诚如作者所言："英雄永远活在中华民族的记忆里，以他们对民族的解放事业建立的不朽功勋，犹如黑夜里闪耀在天空的星辰。常恩多将军就是这样一颗璀璨的恒星，永远闪耀在中国抗日战争英雄的阵列中！"陕西作家崔正来以历史人物傅作义为原型创作的一百二十万字的长篇小说《傅作义》（人民文学出版社），从傅作义出生写到离世，展示了这位历史人物的成长经历、战斗生涯、人生难题、重大抉择和内心波澜，受到文学界的关注。

战争题材的儿童文学，是一座值得挖掘的富矿。儿童文学作家曹文轩从著名作家萧红的短篇小说《旷野的呼喊》中一匹"身上烙有日本军营的圆形火印"的战马身上得到启发，创作了长篇小说《火印》（人民文学出版社、天天出版社）。《火印》以抗日战争时期的北方草原为背景，讲述了一个男孩和一匹战马的传奇经历，构建了一个震撼人心的故事，展现了一幅波澜壮阔的历史画卷。不同于一般抗战题材作品，曹文轩拒绝了脸谱化、漫画化、公式化的倾向，注重从人性的角度对裹挟进战争中的中国人、日本人进行思考和审视，发人深省。曹文轩一直坚信故事构建在文学创作中的重要性，读者从《火印》中可以充分领略他的别具匠心。诚如作家所言："《火印》选择的路数是写战争，但更在意写战争中的人。雪儿是一匹马，但它在我心目中是一个人，是有着人格的马，有尊严，有智慧，有悲悯。即使作为动物，它也是这个世界上最高级的动物。我写它，只是在战争中写它。在纪念反法西斯战争胜利七十周年之际,它的出现也许是天意。因为我在构思这本书时并没有将它与这个日子联系起来。我很在意这个日子,但这部作品却不是刻意为这个日子而写的。所以这是天意。"

战争文学的核心主题是英雄主义和爱国主义,就是写出人的血性。血性就是责任、荣誉和担当。在这里,特别值得一提的是史雷的《将军胡同》。这部荣获"青铜葵花儿童小说奖"最高奖的儿童题材战争文学作品,作者以从容不迫的语言娓娓道出老北京传统文化的精髓与意趣,写出了国家危亡之际,以主人公八旗后代"图将军"为主的"平民英雄"的灵魂觉醒和精神成长故事。作为一部抗日题材的儿童小说,《将军胡同》没有空洞的口号和说教,也没有过分拔高任何一个人物,甚至不写战火硝烟,但在作者沉郁平静的叙述中,"图将军"从生到死的人生命运,慷慨悲歌,催人泪下,让人看到对侵略战争的控诉、对民族精神和文化传承的思索,以及一个民族生存与发展的希望。作品叙事风格朴实庄重,叙事节奏张弛有度,每一章的内容既可独立成篇,串连起来又是一个背景完整、人物形象丰满的故事,显示了作者优秀的结构能力和扎实的叙事功力。

不可否认,面对现实,军队作家和军旅文学在较长的时间里处于一种莫名的困惑与焦灼之中,已经是不争的现实。笔者十分赞同著名评论家汪守德的观点:"作家普遍感到信心不足,不是羞羞答答、止步不前,就是无力问津、退避三舍,表现出不应有的却是可以理解的畏葸与胆怯。"值得一提的是陶纯的新作《一座营盘》(人民文学出版社),作品直面当下军营生活的发生的问题,生动形象地刻画出当代军营中的真实人物,以犀利的批判精神激浊扬清,为重塑军魂贡献了一份心血。著名作家周大新的着力表现地方题材的《曲终人在》(人民文学出版社),同样为反腐倡廉题材的创作提供了某种新的可能。

正因此,围绕"强军目标"能打胜仗为主题的长篇小说《陆军一号》(解放军文艺出版社)就显得更接部队战斗生活的地气。作家郑方南的这部以实战化训练为题材的作品,沿袭其由电视剧本改写长篇小说《蓝军出击》的创作模式,描写了陆军航空兵部队基层指挥员姜海、郭胜洋、左同军等一大批有思想、有担当、有血性的当代青年军人形象。而青年作家王凯和王伏焱原生态式摹写军队基层生活的长篇小说《瀚海》(《当代》2015年第6期)和《从这里到永远》(白山出版社),字里行间都浸透军旅生活的原汁原味,不矫饰,不刻意抒情,对军旅青春的描摹生猛而又彻底。王凯的《瀚海》以自己曾经战斗过的巴丹吉林沙漠某空军基地为背景,讲述了叶春风等六名军校毕业生从20世纪90年代以来十余年在艰苦环境中的人生选择和人生走向,写下了新一代基层军官的血性青春心灵史。这部直面强军实践的现实主义作品,没有回避强军路上的困惑、矛盾和冲突,凸显了青年军人的底气、士气、霸气和英雄气。王伏焱则通过《从这里到永远》勇敢地建构了"像"的部队,其鲜活而富于时代感的人物形象,起伏跌宕的故事情节,简洁优美而又生动幽默的语言,构成了小说坚实丰富而又宽大厚实的两翼,从头至尾漫溢着动人的"真实"。另外,坚守航天题材创作的赵雁在完成长篇报告文学《中国飞天梦》之后今年推出了长篇小说《第四级火箭》(作家出版社),以独有的女性视角,塑造了从将军到科研人员以及普通士兵、工人的形象,全景式再现了中国航天人半个世纪来默默无闻的奉献、创造和追求,丰富了军事文学在军事科技领域的人文表达。

总之,2015年的军事长篇小说创作有收获,也有遗憾,尤其是现实题材的创作依然任重道远。而在"强军目标"的指引下,如何表现人民军队最为恢宏的结构性的革命性改革、如何描摹世界新军事变革下的实战化训练、如何再现当下革命军人的战斗精神和生存状态,都需要军旅作家和军事文学做出响亮的回答。文学是一座高峰,攀登,没有止境。面对军队崭新的现实和美好的未来,我们有理由充满期待充满希望!

(本文刊载于2016年1月20日《文艺报》)

丁晓平文学创作活动
（附录）

独立著作年表

1.《写在浪上》，诗集，海潮出版社 1998 年 10 月第 1 版。

2.《大路朝东》，报告文学集，中国文联出版公司 1999 年 10 月第 1 版。

3.《红星照耀中国》（又名《斯诺传奇》），电视文学剧本（20 集），2002 年 8 月。

4.《邓小平和世界风云人物》，传记文学，中国青年出版社 2004 年 4 月第 1 版。

5.《记者之王：埃德加·斯诺在中国》，传记文学，新世界出版社 2005 年 4 月第 1 版。

6.《感动中国：与毛泽东接触的国际友人》，纪实文学，中央文献出版社 2005 年 5 月第 1 版。

7.《爱着》，长篇小说，解放军文艺出版社 2005 年 5 月第 1 版。

8.《毛泽东的亲情世界》，传记文学，中央文献出版社 2006 年 9 月第 1 版；中国青年出版社 2009 年 1 月再版。

9.《解谜〈毛泽东自传〉》，历史文学，中国青年出版社 2008 年 1 月第 1 版。

10.《汶川九歌》，长诗，解放军文艺出版社 2008 年 5 月第 1 版。

11.《五四运动画传：历史的现场和真相》，纪实文学，中国青年出版社 2009 年 4 月第 1 版。

12.《毛泽东的亲情世界》（繁体字版），传记文学，台湾书房出版有限公司2011年1月第1版，2014年6月再版。

13.《邓小平和世界风云人物》（繁体字版），台湾书房出版有限公司2011年6月第1版，2014年6月再版。

14.《中共中央第一支笔（胡乔木传）》，传记文学，中国青年出版社2011年6月第1版。

15.《张万年传》（下册，军委十年），传记文学，解放军出版社2011年7月第1版。

16.《王明中毒事件调查》，报告文学，中国青年出版社2012年2月第1版。

17.《埃德加·斯诺：红星为什么照耀中国》，传记文学，中国青年出版社2013年7月第1版。

18.《毛泽东的乡情世界》，传记文学，中国青年出版社2013年11月版。

19.《光荣梦想：毛泽东人生七日谈》，传记文学，学习出版社2013年12月第1版。

20.《硬骨头：陈独秀五次被捕纪事》，传记文学，中国青年出版社2014年8月第1版。

21.《另一半二战史：1945·大国博弈》，报告文学，华文出版社2015年7月第1版。

22.《世范人师：蔡元培传》，传记文学，作家出版社2015年8月第1版。

23.《世界是这样知道长征的：长征叙述史》，历史文学，中国青年出版社2016年10月第1版。

24.《铁汉丹心》，长篇报告文学，社会科学文献出版社2017年8月第1版。

25.《血肉青铜》，散文杂文短篇小说集，知识出版社2017年12月版。

26.《文心史胆》，文学评论集，北岳文艺出版社2017年12月版。

26.《历史之问》，历史文学评论集，江西高校出版社即将出版。

27.《历史底色》，历史散文随笔集，江西高校出版社即将出版。

28.《历史沙漏》，历史学术研究集，江西高校出版社即将出版。

29.《无有之道》，编辑学术论文集，江西高校出版社即将出版。

主编校订作品年表

1.《毛泽东自传》，传记文学，解放军文艺出版社 2001 年 9 月第 1 版。

2.《毛泽东印象》，传记文学，中央文献出版社 2003 年 9 月第 1 版，中国青年出版社 2011 年 12 月再版。

3.《邓小平印象》，传记文学，中央文献出版社 2004 年 5 月第 1 版，中国青年出版社 2011 年 12 月再版。

4.《周恩来印象》，传记文学，中央文献出版社 2005 年 1 月第 1 版，中国青年出版社 2011 年 12 月再版。

5.《少年毛泽东》，传记连环画，中国青年出版社 2009 年 1 月第 1 版。

6.《毛泽东自传》（中英文插图影印珍藏版），传记文学，中国青年出版社 2009 年 1 月第 1 版。

7.《周恩来与邓颖超》，传记文学，中国青年出版社 2013 年 8 月第 1 版。

8.《陈独秀自述》，传记文学，中共党史出版社 2016 年 1 月第 1 版。

9.《陈独秀印象》，传记文学，中共党史出版社 2016 年 1 月第 1 版。

文学创作活动年表

1. 2000 年 5 月，参加首届中国云南楚雄太阳历诗歌节，创作组诗《云之南，诗之南》。

2. 2000 年 8 月，参与筹备组织解放军文艺出版社举办的"21 世纪纪实文学走向研讨会"。

3. 2003 年 12 月，参加第六届国家图书奖颁奖典礼，策划编辑的《小汤山日记》荣获第六届国家图书奖特别奖。

4. 2008 年 8 月，在长白山出席全军长篇小说创作笔会，并作发言。

5. 2010 年 10 月，在河南郑州出席中国现代史学会成立 30 周年纪念大会暨学术研讨会，并做发言。

6. 2010年10月，在浙江绍兴出席第五届鲁迅文学奖颁奖典礼，策划编辑的王宗仁散文作品集《藏地兵书》荣获鲁迅文学奖散文杂文类第一名。

7. 2012年10月，应中国报告文学学会邀请，在江苏华西村参加全国报告文学创作交流会，并作《宽容·局限·叙述：重大历史题材报告文学创作的三个关键词》的发言。

8. 2012年6月1日，应中国社会科学院邀请，参加胡乔木100周年诞辰纪念活动，并做《一个"70后"作家眼中的胡乔木》的发言。

9. 2013年6月18日，在北京798艺术区出席纪念史迪威将军130周年诞辰座谈会暨史迪威图片展开幕式，并代表中方做《勇敢的心》主旨演讲。

10. 2013年7月1日，出席鲁迅文学院举办的"责任与担当——当代青年报告文学作家的困惑与追求专题研讨会"，并做题为《论作家的"气"和"度"》的发言。

11. 2013年9月，作为解放军代表团成员出席全国青年作家创作会议。

12. 2014年7月，在北京大学出席中美第15届斯诺研讨会，并做发言。

13. 2014年9月至11月，参加鲁迅文学院第二十四届中青年作家高研班学习，并担任党支部书记。

14. 2014年11月，中国报告文学学会在北京成立青年创作委员会，当选青年创作委员会主任。

15. 2014年11月，在江西南昌出席第三届韬奋出版人才高端论坛及颁奖典礼，所作论文《浅谈出版领军人物的"气"与"度"》荣获二等奖。

16. 2014年4月至2015年1月，经过紧张筹备，独自完成了中国唯一军事故事（小小说）期刊《军事故事会》的创刊任务，并担任主编。

17. 2015年3月30日，出席中国作家出版集团和文艺报社共同主办"如何讲好中国故事"系列座谈会（报告文学篇），并做《讲好中国故事，避免误读历史》的发言。该文刊载于《红旗文稿》2017年第8期。

18. 2015年4月，在北京鲁迅文学院主持第一届中国青年报告文学作家高端论坛。

19. 2015年7月，受总政治部宣传部邀请，在全军开展的"强军故事会"活动中，先后在全军野战文学强军故事骨干培训班、中央电视台军事频道、全军政工网、广州军区、北京军区、解放军艺术学院文学系讲授"关于新故事创作的几个问题"。

20. 2015年8月，出席中国作家协会举办的全国抗战题材文学创作研讨会，新作《另一半二战史：1945·大国博弈》受到重点关注。随后，在北京三联韬奋书店、广州南国书香节、上海书展、钟书阁书店、北京图书博览会等做签售和讲座。

21. 2015年10月，在山东济南出席全国报告文学创作会议，并代表中国报告文学学会青年创作委员会做《新平台·新起点·新力量·新希望》的工作报告。

22. 2016年3月，在湖南韶山主持第二届中国青年报告文学作家高端论坛。其间，向韶山毛泽东图书馆赠送《毛泽东自传》《光荣梦想：毛泽东人生七日谈》《王明中毒事件调查》《中共中央第一支笔（胡乔木传）》《毛泽东的亲情世界》《毛泽东的乡情世界》和《少年毛泽东》，获永久收藏证书。

23. 2016年5月，应中国作家协会邀请，参加中国作家重走长征路（红四方面军）采风团，创作组诗《你的名字叫红》，发表于《人民日报》和《诗刊》。

24. 2016年8月，应文化部和中国作家协会邀请，参加2016年中外文学出版翻译研修班，在"中外传记文学沙龙"上与美国著名传记作家、《毛泽东传》作者罗斯·特里尔先生对话。

25. 2016年9月，参加文艺报社和上海大学在北京联合主办的"全国创意写作大会"，并做发言。发言稿经整理后以《创意写作刍议》为题，发表于2017年9月29日《中国艺术报》。

26. 2016年10月，出席中美第17届斯诺研讨会，并代表中方做《红星为什么照耀中国》的主旨演讲。

27. 2016年10月，出席全军纪念红军长征胜利80周年学术研讨会，撰写的《简论红军长征历史叙述的源流和形成》被评为优秀论文。该文系专著《世界是这样知道长征的：长征叙述史》的序言，《中国艺术报》发表后，《新华文摘》2016年第20期转载。

28. 2016年11月，作为解放军代表团成员出席中国作家协会第九次全国代表大会，并当选大会选举监票人。

29. 2016年12月6日，应中共北京市委宣传部主管、中共北京市委干部教育讲师团主办的宣讲家网邀请，做深入贯彻习近平总书记《在中国文联十大、中国作协九大开幕式上的讲话》的辅导讲座。讲座题目为《讲好中国故事，避免误读历史，增强价值自信》。此辅导讲座录像视频被中央直属机关学习网课程中心和北京市、安徽省、湖北省等地列入机关干部党课学习辅导课程。

30. 从2016年9月至12月，作为嘉宾先后到内蒙古自治区的呼和浩特市、包头市、呼伦贝尔市，中国人民抗日战争纪念馆、国家大剧院、民族文化宫和部队基层单位做"世界是这样知道长征的"历史讲座。

31. 2016年12月24日，第七次作客北京市东城图书馆"书海听涛：作家与读者见面会"。

32. 2017年2月，受邀担任解放军艺术学院文学系本科生招生考试考官。

33. 2017年4月，作为嘉宾，参加中央电视台军事频道"军旅文化大视野"之"军旅诗词砺血性"节目的录制。

34. 2017年4月23日，作为嘉宾，参加由延安市委、人民出版社、中国公共关系协会指导，中共思想理念资源数据库延安中心、延安市委宣传部共同主办的"悦读延安"读书会，在延安学习书院分享并导读《中共中央第一支笔（胡乔木传）》等作品。

35. 2017年5月，在解放军艺术学院文学系"荣誉教室"做文学讲座。

36. 2017年6月5日至9日，在陕西照金参加中宣部和中国作协举办的全国现实题材作品创作出版研修班。归来后，创作了散文《照金：风景这边独好》，发表于7月12日《人民日报》，受到习近平总书记的赞赏。陕西耀州市将此文铭刻于大理石雕塑上，立于照金镇陈家坡会议纪念馆。

37. 2017年7月28日，在江西大余参加第四届全国革命历史题材文学创作研讨会，并做《历史之问》的主题发言。

38. 2017年8月18日，参加第二届鄂尔多斯诗歌那达慕暨中国青年报告文学领军人物高端论坛,并出席全国首个"中国故事写作营"启动活动。

39. 2017年8月28日,应文艺报社邀请,参加"砥砺五年:报告文学创作研讨会",并做发言。发言稿《现场感·方向感·纵深感:浅谈当下报告文学创作面临的三个问题》,发表于同年9月8日《文艺报》。

40. 2017年9月26日,应中国文联和中国文艺评论中心邀请,参加第二届"啄木鸟杯"中国文艺评论年度推优发布大会,撰写的文艺评论《捡了故事,丢了历史:浅谈今天我们如何避免误读历史》获得年度优秀论文奖,该文发表于同年4月24日《文艺报》。

41. 2017年11月20日至21日,应中国报告文学学会邀请,参加中国报告文学学会、山东省作家协会、东营市委宣传部举办的"2017黄河口报告文学创作高端论坛",并做发言。

42. 2017年11月28日,应中国作家协会邀请,参加报告文学界学习贯彻"十九大"精神座谈会,并做发言。

(统计截至2017年11月30日)

既有文学的野心，也有史学的野心
——丁晓平访谈录
（代后记）

徐艺嘉（青年评论家）

何谓野？野，原始，即初也。野心，即初心。

——丁晓平

我们所处的时代到底是一个什么样的时代？历史传记作家丁晓平的回答是："这是一个容易忘却历史而又特别需要历史的时代，是一个物质极大丰富而理想信仰时常湮没其中的时代，是一个人才辈出而又真人难觅的时代。"

关于历史文学，有人说"历史是婊子，谁都可以搞"，有人说"历史是小姑娘的辫子"，还有人说"历史是故纸堆"。当下，有人把历史看作"什么玩意儿"，有人引导人们坐在马桶上读历史，等等，戏说、颠覆、解构、非虚构，乱象重重。历史研究和历史写作，到底应该采取什么样的态度？请听丁晓平先生怎么说——

徐艺嘉：尽管你一直称自己为业余写作者，但近十年来你创作成果丰厚，《中共中央第一支笔（胡乔木传）》《王明中毒事件调查》《五四运动画传：历史的现场和真相》《光荣梦想：毛泽东人生七日谈》《硬骨头：陈独秀五次被捕纪事》《另一半二战史：1945·大国博弈》等多部历史题材长篇作品接连问世，且你的作品已经形成了固定的个人风格，你称之为"文学、历史、学术跨界跨文体写作"，这种写作风格是你写作之初就确立的方向吗？是如何逐渐确立并成熟起来的？

丁晓平：我始终认为，或者说我始终把自己摆在一个业余写作者的位置上，是恰如其分的。其一，我不是专业作家，也不以写作谋生；其二，写作于我是一种精神生活，一种人生的理想。像大多数作家一样，我的写作是从中学时代开始的，是从诗歌、散文创作开始的，其间也曾创作过中短篇小说，2005年也曾出版过一部长篇小说《爱着》。但正如你所列举的一样，我现在以历史传记题材的作品为读者所认知。但我的梦想还是纯文学，自我觉得我的诗歌和小说《爱着》在当代作家作品中毫不逊色。但我为什么放弃了或者说暂时放弃了纯文学的创作呢？我曾经说过：当我熟悉了文学的生产机制以后，对文学失去了初恋的激情。你知道，我在出版社工作，策划编辑的图书几乎荣获了全国全军所有的重大奖项，使我更清楚地懂得文学或者当下的文坛是一个圈子，是游戏。渐渐地，我发现我不太适应这种游戏。我需要走一条属于自己的道路，回到"我手写我心"的原点上来，写我自己喜欢的东西，写更加有读者的东西。于是，我把眼光投向了历史。当然，我选择这个领域，主要还是因为我职业的变化，在出版社从事图书编辑出版工作后接触历史的机会比较多，而且我感到真实的历史永远比虚构的文学对人生的启示更有力量。而当下颠覆、解构中国革命史尤其是国共关系史，甚至否定历史教科书的声音也很混杂，吐槽的东西在网络上泛滥。我更加有了一种紧迫感和使命感，要发出自己的声音。

正像你所了解到的，我首创提出"文学、历史、学术跨界跨文体写作"模式，并进行了创作实践，也并非一开始就明确的，而是在一个循序渐进的探索过程中总结出来的。具体地说，这个创作理念或者理论，是从创作《中共中央第一支笔（胡乔木传）》《五四运动画传：历史的现场和真相》和《王明中毒事件调查》这三部作品中，慢慢地思考、感悟出来的。这又要回到"业余"这个词语上来，第一，我是编辑，为人做嫁衣是我的本职，实为业余作家；第二，作为文史学者，我也是业余研究，是一个历史的旁观者。但在编辑的岗位上，我可以架构文学和历史的桥梁，打破文学和史学的界限，保持自己的独立性，并在热爱思考、勤于动笔的基础上，就可以兼顾完成作家和历史学家的双重任务，做出他们不屑于做或者不愿意做的事情，从而找到一条属于我自己的"文学、历史、学术跨界跨文体写作"道路。

现在，"70后"作家从事历史题材创作的很少。因为这是苦差事，是"体力活"，要有坐冷板凳的精神才行，它不像写小说那样自由自在。我自己的定位是历史作家。我创作的方法或作品所呈现的面貌，与一般的纪实文学、传记文学不同。近十年来，我始终遵循"真实、严谨、好看"的创作标准，坚持"文学、历史、学术的跨界跨文体写作"——文学就是语言和结构，保证作品的"好看"；历史就是史实和真相，保证作品的"真实"；学术就是思想和观点，保证作品的严谨——这就是我历史写作的特色和风格，也得到了读者和专家的认可。说白了，我的作品，既是文学，也是史学。但，这也有一个弱点，就是在文学圈子里它被看作是历史著作，而在历史圈子里却被看成文学著作，两边都不讨好。但对我来说，问题只有一个，那就是，如果读者不爱看的话，是因为我写得还不够好。

说句实在话，《中共中央第一支笔（胡乔木传）》《五四运动画传：历史的现场和真相》《王明中毒事件调查》这三部作品的创作难度非常大。胡乔木是一位理论家、大笔杆子，写作他的传记难度可想而知。"王明中毒事件"是中共党史最大"谜案"，如何利用自己新发现的史料将这一事件进行完整、客观的叙述，确实考验作者对历史和政治的把握。《王明中毒事件调查》的出版，填补了中共党史的空白，使得污蔑中国共产党和毛泽东的第一谎言彻底破灭。五四运动是中国革命历史进程中的重大事件，我是第一个好像也是唯一以作家身份介入这段历史的叙述者。作为一个业余作家和非专业历史研究者，我为自己能独自完成这些重大历史题材的写作任务，为党、国家和民族做了一点事情，没事时就一个人偷着乐。

徐艺嘉：你写了不少历史人物的传记，且我知道你的创作基本都服务于自我内心，而非"主题先行"，为何对这些人物感兴趣？在写作之初是怎样的想法。

丁晓平：到目前为止，除了《张万年传》是执行中央军委的写作任务之外，其他历史传记作品的写作，都是像你所说的，属于"服务于自我内心"，而去采访创作的，并非"主题先行"，更没有什么"邀约写作"，也从未申请过任何扶持资金或得到任何赞助。当然，像《张万年传》的写作，因为是临危受命，除了作为军人必须完成上级赋予的战斗任务之外，我也非常敬佩万年副主席的战将本色和带兵之道。这部传记是在一稿没有得到认可的情况下，才辗转由我来负责《张万年传（下册）》（即1992年至2002年，张万年从担任总参谋长到担任主持军委日常工作的军委副主席期间）的写作任务的。经过两年奋战，完成了书稿，万年副主席在审读后，仅仅只改了一个字，就顺利通过出版了。这件事，在我心中，至今想起来，还有一些小小的、肤浅的骄傲。作文，首先要做人。做人，就是要做一个正直、正义、正气、正能量的人，既要有血性担当的使命，也要有宠辱不惊的情怀。在历史传记写作中尤其如此，作家必须坚守一个知识分子的良知、良心，才能写就良史。而像写作《光荣梦想：毛泽东人生七日谈》《硬骨头：陈独秀五次被捕纪事》《世范人师：蔡元培传》《毛泽东的亲情世界》《毛泽东的乡情世界》《邓小平和世界风云人物》等作品，完全是属于我个人的兴趣和喜好。之所以对这些历史人物感兴趣，最主要的原因是，他们影响了中国，或者改变了中国。作为20世纪中国的历史人物，他们的思想精神、雄才大略、聪明才智和人格魅力，影响了一代又一代人，直至今天。他们的精神和思想，依然在我们的血管里脉动，并产生碰撞和共鸣。至于在写作之初是怎样的想法，因为每一部作品的主题、角度和内容不同，最初的想法自然也各不相同。但有一点是共同的，作为中国人，作为中华民族的子孙，我要把永远尊敬的目光投给他们，我用我的思维向他们的生命表达崇高的敬意，我用我的文字向他们的理想表达朴素的致敬，我用我的作品向他们的历史表达虔诚的敬畏。

徐艺嘉：写作有时候如同走迷宫，繁复却迷人，在梳理这些名人事迹时，有时也会有意外发现，从史实的缝隙中有独特的延展式的发现，比如《埃德加·斯诺：红星为什么照耀中国》的创作。斯诺这个人物对于现在这个时代有什么现实意义？他身上有什么值得当代年轻人学习的地方？

丁晓平：创作埃德加·斯诺的传记，缘于2001年成功策划出版尘封六十四年的《毛泽东自传》，以及在后来编选校注《毛泽东印象》一书的过程中，我查找、阅读、发掘、整理并收集了许多关于美国记者埃德加·斯诺先生的资料，对他油然而生出深深的敬意。后来，因为在《北京青年报·天天副刊》发表《毛泽东和美国人的第一次亲密接触》一文，某影视公司邀请我创作一部关于斯诺的电视剧，后来我将电视剧定名为《红星照耀中国》。从那时开始，我就想着要为斯诺写一本书，写一本客观公正、形象逼真地再现一个正直、善良、沉静、求实、正义的美国人在中国的传奇经历，和他与中国共产党毛泽东、周恩来等领袖人物的传奇交往的书，并希望以这本书来揭露旧中国黑暗腐败导致"落后挨打"和中国人民的悲惨生活，鞭笞西方殖民主义和日本帝国主义对中国的侵略罪行，反映国民党的黑暗腐败统治，歌颂中国革命艰难曲折的辉煌历程和表达中美两国人民应该世代友好的良好祝愿。斯诺作为20世纪的"记者之王"，在他的人生轨迹中，中国可谓是最为重要也最为辉煌的篇章。从某种意义上说，写斯诺就是写20世纪的中国，写一个美国人眼中的旧中国和新中国。正是在这个意义上，我们有必要从一个美国人在20世纪中国的传奇经历中寻找历史——红星为什么照耀中国？——中国共产党为什么能？为什么是毛泽东而不是蒋介石？

发掘历史的记忆是为了明天的创造，弘扬革命的过去是为了未来的辉煌。斯诺作为拉开红色中国帷幕、架起中美人民友谊桥梁的先行者，是走在美国总统尼克松前面的英雄使者，而从某种意义上说，斯诺也是毛泽东、周恩来等新中国领导人在特殊情况下或者重大历史转折时期的"代言人"。2009年9月，在新中国成立六十四周年前夕，斯诺先生被中国政府评为一百位为新中国成立做出贡献的英雄模范人物之一，也是唯一获得此项殊荣的美国人。斯诺之所以能成为这样一个绝无仅有的历史人物，除了时代背景外，更重要的是他具有超出一般人或者一般记者的"独立品格"和坚持说真话的精神，他的这种"独立性"成全了他在任何情况下都宠辱不惊，这种"独立品格"和坚持说真话的精神是人类最宝贵的品格和精神。历史上的许多悲剧，都是那些没有或者缺少独立品格的人或不说真话的人起哄造成的。我写作这部书，就是要弘扬这种人类优秀的品格，这也是我写作本书的一个出发点和落脚点。

如今，在中华民族伟大复兴的道路上，我们经常看到包括美国总统奥巴马在内的国外领导人，在不同场合强调，当今世界重大事务的解决需要中国的合作和参与，这可以说是"中国梦"的另一种解读。在这个时候，我们就更应该保持清醒，既不能妄自菲薄，更不应该妄自尊大，我们要让历史的火炬照亮我们前进的道路。我们务必要清楚——我们是谁？我们从哪里来？我们要到哪里去？以及，我们如何抵达？只有这样，我们才知道我们肩负的责任和使命。其实，作为20世纪当之无愧的世界"记者之王"，斯诺先生的著作《红星照耀中国》（即《西行漫记》），至今依然是一部伟大的报告文学著作，是了解中国革命史的必读书，可谓是非虚构写作的经典。还原历史，照亮现实，美好未来——这就是我坚持"文学、历史、学术跨界跨文体写作"的意义、价值和追求。

徐艺嘉：刚才你讲到《毛泽东自传》，能否说说它的编校过程，以及它对你历史写作的影响？

丁晓平：《毛泽东自传》是20世纪中国新闻出版史上的一个传奇，我曾经花了七年时间研究，专门写过一部专著《解谜〈毛泽东自传〉》，详细解读了《毛泽东自传》的写作、编辑和出版经过。应该说，策划编辑再版《毛泽东自传》，既是我作为一个出版人的起点，也是我开始历史传记写作的一个起点。这个起点，非常高。我曾经在全国报告文学创作交流会上开玩笑说，我写的都是政治局委员以上的大人物，大家都乐了。《毛泽东自传》是斯诺1936年在陕北保安采访毛泽东后撰写的，1937年7月至10月以连载的形式首发于美国《亚细亚》（ASIA）月刊，中文版则由复旦大学学生、《文摘》杂志主编之一的汪衡首先翻译，同样以连载的形式发表于《文摘》（后改为《文摘战时旬刊》），随后请潘汉年题写书名，于1937年11月1日由上海黎明书局出版了单行本图书。2001年4月，我刚刚到解放军文艺出版社工作，无意中在一张小报上看到了一则转载的"西安惊现六十四年前《毛泽东自传》"的消息，职业敏感告诉我，这是一部好书，我一定要将它重印再版，让更多的读者读到它。这一年，我正好三十岁，从未听说过还有毛泽东还有"自传"。后来，我才知道它是《西行漫记》一书的一部分，即第四篇《一个共产党员的由来》。但以《毛泽东自传》这个书名，在新中国成立后还没有正式出版过，价值就在"自传"上。我的愿望，在出版社领导的大力支持下，终于实现了。当年恰逢建党八十周年，《毛泽东自传》的再版，立即成为全国畅销书，连续三个月位居排行榜前三名，不仅在全国掀起了"毛泽东热"，而且使得红色收藏瞬间升温走红，从而形成了市场。当然，其间的过程，除了策划、编校、考证、设计、营销之外、酸甜苦辣咸，五味俱全，后来甚至还遭遇侵权盗版打赢官司却入不敷出，等等故事，不足以为外人道也，却都成为我成长中倍加珍惜的财富。为此，我也结识了许多民间收藏家，后来《王明中毒事件调查》和《解谜〈毛泽东自传〉》的写作，以及《毛泽东自传（珍藏版）》和第一部毛泽东连环画《少年毛泽东》的编校出版，包括正在创作的《世界是这样知道长征的》等等，也都得益于民间收藏家们提供了大量罕见的原始文献史料，才完成了这些具有相当专业学术水准的工作，填补了中共党史研究的空白。

徐艺嘉：这些年，作为一名编辑，你策划编辑的图书不仅获得了包括全国"五个一工程"奖、国家图书奖特别奖、中华优秀出版物奖特别奖、鲁迅文学奖、茅盾文学奖提名奖、解放军图书奖和全军优秀文艺作品奖特等奖、解放军文艺新作品奖一等奖等众多大奖，个人还被评为"全国新闻出版行业领军人才"；作为作家，你却完成了许多历史学者和专家也没有完成的工作，坚持编辑与写作"两条腿走路"，相得益彰，相映成趣，确实值得称赞。除了你创作之外，你还编选了《毛泽东印象》《周恩来印象》《邓小平印象》等图书。2016年1月，中共党史出版社又重磅推出了你编选校注的《陈独秀自述》和《陈独秀印象》，请你谈谈为何花十年时间编选校注《陈独秀自述》？

丁晓平：你大概知道，我是安徽怀宁人，与陈独秀是同乡。从童年记事时起，每当我站在故乡皖西南那个名叫丁家一屋的偏僻乡村，远眺十里之外的独秀山时，那平如釜底和尖如笔锋的连体双峰，就让我想起这位中国历史上奇怪且令我们怀宁老乡遗憾可惜并浮想联翩的人物——陈独秀先生，一个堂堂正正大写的中国人。陈独秀不是传说。陈独秀是一个人。瞧！陈独秀这个人，我们对他是多么熟悉又是多么陌生；而他距离我们是那么的接近又是那么的遥远，是那么的清晰又是那么的模糊。面对陈独秀，面对这样一位哲人和诗人，面对这样一位百科全书式的人物，我们必须怀抱敬仰和敬畏，才能找到亲近历史的一种方式。关于陈独秀的历史和人格以及他对于现代中国甚至对于我们内心世界所具有的意义，现在难以恰如其分地言说，要对其做出一分为二且恰如其分的文字表达，必然要具备相当的责任心。

尘世间，从不缺少有智慧的人，但缺少有骨气的人。陈独秀就是这样一个有骨气的人。蔡元培说"近代学者，人格之美，莫如陈独秀。"尽管在历史上他犯过错误，但这并不妨碍他人格上的伟大。于是，我首先从陈独秀五次被捕的角度，前后花了五年时间，创作了陈独秀的传记《硬骨头：陈独秀五次被捕纪事》，展现陈独秀的人格之美。就在这样的研究过程中，我发现陈独秀的人生有几件没有完成的憾事，其中之一就是没有完成他在国民党狱中开始撰写的《实庵自传》。

我们知道，《实庵自传》只写了两章，当年就有许多社会名流"为陈独秀不能完成他的自传哀"，觉得"中国近代史上少了这一篇传奇式的文献，实在太可惜了"，"这不仅是中国近代史上的一个损失，也是中国近代文学史上一大损失"。为了弥补这个损失和遗憾，我怀着一腔热血，在完成《硬骨头：陈独秀五次被捕纪事》之后，斗胆产生了编撰一部《陈独秀自述》的想法。做这么一件事情，绝对不是无厘头，也不是噱头。因为在陈独秀留下的大量文字著述中，我们可以从中清楚地看到他的革命思想、他的道德文章、他的做事做人、他的人格操守，以及他的生平事迹。在编辑过程中，我以时间为经，空间为纬，循着陈独秀革命和思想的人生轨迹，按照历史的逻辑，科学地以辩证的思维方法——整体的联系的、历史的发展的，清楚清晰地将陈独秀的著作进行有机梳理、串连和整合，间或插入"编者导读"，并以其《实庵自传》两章开头，沿着他的道路选取其不同历史阶段最具典型性、代表性和自述性的文字，展示他起伏跌宕的人生，使读者从阅读陈独秀的文字中感悟其思想的脉动，感怀其灵魂的激荡，感慨其狂飙的胆魄，感知其澎湃的心跳，感怀其历史的先声。

你问我为什么花十年时间编选校注《陈独秀自述》，在《硬骨头：陈独秀五次被捕纪事》的序言《陈独秀不是传说》中，我是这么说的："真正的尊严不是来自多数人的意志，也不是来自统治者的威权，而是来自既没有功利又没有偏见的理性。当'终身的反对派'这顶不是荣誉的桂冠戴在陈独秀头上的时候,我们丝毫不怀疑在所谓的威权和常识的反对面前坚持己见并不是出于狂妄,而是一种理性的自信和独立自由的思考,是一种永远的坚持和不投降。为了克服心灵与世不合的怯懦而不趋炎附势,为了保留内心与众不同的怀疑而不随波逐流,为了捍卫灵魂与俗不媚的干净而不同流合污,我们更有必要阅读陈独秀。"《陈独秀自述》出版后在学术界和读者中引起很好反响,与其说这是陈独秀"自述",不如说这是一部陈独秀的思想史;与其说这是陈独秀的思想自传,不如说这是一个思想家的精神独白,是一部陈独秀的心灵史!

徐艺嘉:历史人物生活的那个年代是我们陌生的,若是写小说难免有演义的成分,但若作传要尽量贴合特定时代语境下的人物特质,这是非常有难度的。你是如何驾驭特定历史背景下的这些历史人物的?

丁晓平:关于重大历史题材的创作,我们经常听到一些作家朋友说:历史题材不好写,这也敏感那也敏感,不能碰、不敢写,写了还要经过严格审查,如果出版不了,不如不写。但从我个人历史写作的经验来看,我创作出版的十多部重大历史题材的作品,许多内容是极其敏感,比如王明中毒事件,比如胡乔木与周扬的"异化问题"之争等等,都是党史上的敏感问题,但我的作品在有关审读机构全部都是一稿通过,没有出现任何审查问题。因此,对于重大历史题材的写作,还是那句老话——写什么和怎么写的问题,也就是你说的如何驾驭历史的问题。

历史很遥远,其实也很亲近;历史很陌生,其实也很熟悉。研究历史和历史人物,就像一对热恋的情人,在相互吸引、相互追求中享受着甜蜜和忧虑,对未来既怀有希望,又怀着忐忑。如何驾驭历史,在我看来,就是必须要以宽容的眼光,正视历史的局限,辩证分析,不当事后诸葛亮,在坚持历史现场细化的同时,还要坚持可信的现代解读,从个体的记忆和公共舆论中聆听那些被历史烟云所湮灭的声音,感受悲喜交集的历史表情,省察波澜壮阔的人物命运，继承和弘扬民族的精神之光。有人说，史学家写史，重实不重文；文学家写史，重文不重实。我既有文学的野心，也有史学的野心，史文并重，文史兼修，追求文学和史学的统一。

在大力讲好中国故事、盛行阅读中国故事的当下，在全球正在"化"为一体、在微观历史、口述史和非虚构写作泛滥的今天，在日常生活史、个人口述史、小历史在各种各样的传播媒介上出尽风头的今天，在史学家和公知们沉溺于对五花八门五颜六色的微观史并自足于津津乐道的今天，历史写作必须要把握个体与整体的关系。我认为，要把握好个体与整体的关系，我们就千万不能轻易相信一个人的口述史（包括日记、回忆录、自传等等），要有大是大非大历史的视角，要有宏观的整体的纵横的发展的联系的全局的一盘棋思想。当下一个不可忽略的现象已经浮出水面——个体的历史越来越清晰，整体的历史却越来越混沌。细节片段的微观历史遮蔽了总体全局的宏观历史，混乱、平庸的微观叙事瓦解了宏大叙事，琐碎、局促的微观书写离析了历史的唯物主义和辩证法——显然，这是当代知识变迁过程中一种错位的"非典型状态"。一个人的口述史，只是一个人的，他的想法、看法、说法，是否就是历史呢？是否还原了历史的真相呢？一叶障目，不见泰山。历史的"碎片化"和"碎片化"的历史，实质上已经说明个体、个性化甚至个人主义的微观史终究不能承担"究天人之际，通古今之变"的历史责任和使命，更无法克服其自身致命的弱点——没有足够的能力来理解和诠释世界上已经发生和正在发生的重大转变。对重大问题的失语和无力，是微观史所面临的最大挑战。要见树木，更要见森林。

历史写作和历史研究一样，都离不开宏大叙事，必须实事求是地回到历史现场和现实语境当中，完整书写整体的现实（历史）和现实（历史）的整体，在宽容、坦率、真实、正义中正视现实（历史）的深度价值和潜在秘密，循着实事求是和辩证唯物主义的路径，在常识中把握中国现实（历史）发展的主题和主线、主流和本质——这才是真正的大历史的视角，从而避免陷入历史的虚无和知识上的尴尬境地。在写作中，我必须最大限度地保证书稿中每一史料的精准度，使得历史传记作品具有学理性和史料价值。我摒弃那种写人定要写其平俗才算真实的片面理论，采取的是大人物就要用大笔勾勒的较为大气的写法。当今时代，是一个容易忘却历史而又特别需要历史的时代，是一个物质极大丰富而理想时常被湮没其中的时代，是一个人才辈出而又真人难觅的时代。正因此，我坚信：优秀的文学书写，可以更好地还原历史的真实。我坚持走我的"文学、历史、学术跨界跨文体写作"道路。

徐艺嘉：2015年，为纪念中国人民抗日战争胜利暨世界反法西斯胜利七十周年，你推出了新作《另一半二战史：1945·大国博弈》。拿到书的时候，我很容易注意到封面上有一句颇为博眼球的话："迄今为止，还没有人这么写二战。"看似是充满噱头感的广告，读后才发现这并非妄语，而是事实。我不敢说世界范围内那些以非虚构写作而闻名的文豪们缺乏更为高超的思维能力和叙事技巧，但在本土化的、报告文学长期兴盛的军队创作语境中，你的创作思维的确令人眼前一亮，耳目一新。请问，这部书的创作起源于什么？

丁晓平：如果要说直接原因的话，那就是因为钓鱼岛问题。在这里，我要感谢李克强总理给了我创作这部著作的最初想法。2013年5月，李总理应邀访问德国期间参观了波茨坦会议的旧址，警告日本要遵守战后秩序，维护世界和平。由此，我在思考，我们今天该如何纪念这场战争？七十年过去了，如果我们的思维方法和文化意志依然踌躇于复述战场和重述牺牲，我们的文艺作品和历史研究依然停留在还原战争细节情节和揭示战争残酷血腥，那么我们还缺乏大国眼光、缺失世界胸怀，我们就还没有理解那场战争，还没有理解中国与世界的关系。不能理解二战，我们就无法深刻理解冷战以来的当今国际政治格局大势和世界军事变革转型脉络。

"把历史变为我们自己的，我们遂从历史进入永恒。"七十年来，关于二战的研究，海外的著作汗牛充栋。在我们中国，同样也是从战争进行时就已经开始。相比之下，我们不得不承认，无论是历史研究，还是文艺创作，我们所取得的成绩与中国在二战中所付出的惨重牺牲和为世界反法西斯战争胜利所做出的巨大贡献，是极其不相称的。当然，在战争年代，当时的中国积贫积弱，因为国力、军力以及人力的原因，所握有的世界话语权几乎没有，塑造国际格局、推动军事变革的能力也微乎其微，极其有限的影响力或许仅仅局限于政治地缘和军事地理上的意义。这一切不仅在战争期间影响了中国的国际地位，在战争的利益分配上更是迫使中国受到像第一次世界大战结束时一样的屈辱，更在战后长期限制了中国在二战历史研究和文化认同的空间。"迄今为止，还没有人这么写二战。"这是本书封面上的一句话。作为世界反法西斯的东方主战场，作为同盟国的四强之一，我们必须要牢牢掌握二战史书写的中国话语权。但看看当下遭到观众唾骂的自欺欺人的"抗日神剧"，我们就明白我们的文化被糟蹋成什么样子！这不仅是文化的悲哀，也是历史的悲哀。说重一点，还是政治的悲哀！这种肤浅，是麻木，也是愚昧。

历史写作的最高境界就是吸取人类历史的智慧，化间接经验为直接经验，以大历史的深度和大战略的高度切入历史的细节，盘点得失，还原历史，照亮现实，美好未来。以史为鉴，鉴古知今。在写作中，我努力以历史的眼光和全球的视野，吸收世界二战研究的最新成果，在掌握大量亲历者的回忆录和美、俄、英等国有关波茨坦会议第一手史料的基础上，还原了真实的历史，为读者塑造大国首脑们栩栩如生的形象，再现大国首脑极富戏剧色彩的个性、理想、偏见和为本国利益所做的努力，同时把中国的抗战史、中美关系、中苏关系以及国共两党关系素描式地融入世界反法西斯斗争史，为读者描绘出一幅五光十色的二战胜利前后的历史图景，目的是让更多的读者了解当代世界形成和世界新秩序发展的历程，引导人们懂得20世纪中国与世界的关系。

徐艺嘉：如今"非虚构"是文学界非常火的一个词，许多评论家包括作家为报告文学和"非虚构"的区别争得面红耳赤，但不得不承认，抛开概念上的争论，文学自有其本身的规律，只有写出好东西，才能得到读者的真正认同。你如何看待非虚构写作？对这种文体的未来看好吗？

丁晓平：关于"非虚构"文学和"非虚构"写作的问题，我曾经在《光明日报》发表过一篇文艺理论文章《"非虚构"之辨》。我认为，从概念上来说，"非虚构"不是一种文学体裁，而是一种从作品题材、内容和创作技巧上来区分的文学形态，它既可以理解为文学的创作方法手段，也可以理解为一种文学创作的类型或文学样式。从逻辑上来说，与"非虚构"相对应的只能是"虚构"，它们之间不会有第三者的关系。如果一定要把"非虚构文学"作为一种文学体裁，那么文学体裁只有两种，即"虚构文学"和"非虚构文学"。从现代汉语词性上来说，"虚构"既可以是一个名词，也可以是一个形容词，有时还可以作为动词。同样，"非虚构"既可以是形容词，也可以是名词或动词。如果把"非虚构"作为形容词的话，它就属于形容词附类的属性词（形容词的另一附类叫状态词），那么"非虚构"的"非"，可以进行两种解释：一是"异乎寻常的、特殊的"之意，二是"不""不属于"之意。如果把"非虚构"作为名词的话，它就有点类似于"非金属""非晶体""非卖品"的意思。作为一个概念，"非虚构"中的"虚构"是形容词；但作为创作方法，"非虚构"中的"虚构"则是名词。同理，在"非虚构文学"和"非虚构写作"中的"非虚构"，作为一个概念，它就是形容词，是一个定语；而作为创作方法，它则是名词。由此可见，"非虚构文学"或者"非虚构写作"应该是一个名词，因为它说明的是文学写作的内容、题材或创作方式。而作为一种分类形式或方法，如果以"非虚构"来划分文学或写作类别的话，与"非虚构文学"和"非虚构写作"相对应的就只能是"虚构文学"和"虚构写作"了。

在认知了"虚构"这个词语之后，还有必要再来分析一下"非虚构"中的"非"字。"非"字在《现代汉语词典》（第五版）中共有九种解释。而在"非虚构"一词中，它的合理解释应该是："属于前缀，用在一些名词性成分的前面，表示不属于某种范围。"但事情并没有这么简单。当"虚构"和"非"这两个词语结合在一起时，就可以提出如下问题："非虚构文学"和"非虚构写作"中有没有"虚构"？"非虚构"就等于"真实"吗？显然，就像文学写作从来就没有绝对真实一样，"非虚构文学"和"非虚构写作"从来就离不开"虚构"。也就是说，"非虚构"绝对不等于"真实"。"非虚构文学"和"非虚构写作"中的"非"在"虚构"的面前，它的含义暧昧又含糊不确定，它的态度"骑墙"且模棱两可，完全没有"不"的完全否定的意义，而处于否定与不否定之间，似是而非。比如：理性、非理性、不理性，可以从这三个词汇中看到虚构、非虚构、不虚构的价值取向。因此，所谓的"非虚构文学"和"非虚构写作"，其实是一种微观写作，是个性化甚至个人化的写作，即某些评论家强调的"独立性"。"非虚构文学"和"非虚构写作"，作为一种写作形式或者模式是可以存在的，它对鼓励作家打破文学创作理论、体裁、题材、创作方法和技巧的限制，创造性地完成作品具有一定的积极意义。但是，从文学体裁上来说，"非虚构文学"不是一种文学体裁，只是一种创作形态、类型；从文学创作方法上来讲，恰如"最高的技巧是无技巧"所形容的那样，无技巧不是没有技巧，而是打破传统陈规，吸收一切文学技巧，并灵活地为我所用，"非虚构写作"正是这样的一种写作模式，它吸收和借鉴任何文学体裁的方法和技巧，达到作家所需要的一种自由的、独立性的表达。

在这里，我只想说，千万别让"非虚构"扰乱了中国的文学生态，千万不要玩噱头、搞八卦。中国文学、文坛不是小商品市场，不能跟风炒作，靠玩花样，终究是搬石头砸自己的脚。

徐艺嘉：目前国内军旅题材的作品有被湮没的趋势，大量的信息包裹着人们，在这种情况下军队作家处于不利的位置。文学的黄金时代已经过去，如今的"70后"军旅作家们虽然还在默默攀登，但某种程度上说是"艰难的存在"。

丁晓平：军队是作家的摇篮。目前活跃在文坛的有过军旅生涯的作家非常多，包括莫言、何建明、麦家等等。对于传统的军旅作家，我是非常敬重的。当下，不是文学的盛世，是一个浅阅读、娱乐变成"愚乐"的时代，因此我觉得对传统的军旅作家更应该投去尊敬的目光。目前国内的军旅题材的作品与地方作家作品一样，都确实存在一个"数量的繁荣，质量的下降"的现象。最重要的是我们的文学越来越假了，我们的文学越来越浅薄了，在盲目模仿西方文学的文学理论和创作方法过程中丢失了自我。因此，这个时代没有也不会出现文学的大师。军事题材的作品，就是两大主题：一是爱国主义，二是英雄主义，彰显的其实就是厚德载物、自强不息的民族精神。

徐艺嘉：军事文学为了在当前的文学生态中发出声音，有时候也会采取一些"措施"，即类型化写作严重，比如谍战，说到底是为了市场服务。当然其中不乏文学性兼得的好作品，但大部分作品给人层出不穷的模仿感。在这种泛阅读、碎片化阅读的时代，你坚持跨界跨文体写作的动力是什么？

丁晓平：文学是人学。这是经典的回答。但对于作家来说，我觉得当你的创作到了一定的阶段之后，就应该在总结提高中形成自己的创作理论（至少是理念），也就是说要实现"实践—理论—实践"的良性循环，完成从自发—自觉—自主的飞跃。文学是通过人物和故事来引导人、影响人的，从而实现人的精神和心灵的净化和现代化。也就是说，文学既要有趣，更要有益。有益，就是要有益于世道人心。当下这种泛阅读、碎片化阅读的时代，我想也只是一个阶段的现象，是一个过程的插曲，必然要在一定的时刻回归到人类与文学之间相互温暖的正常状态。至于你问我在这样一个时代，为什么能坚持跨界跨文体写作的问题，我认为关键是写作姿态的问题，说到底是一个价值观的问题。

我曾经说过，我自己的定位是历史作家。在这一点上，我把自己的历史写作落实到三个关键词上，即：宽容、局限、叙述。

第一，宽容的历史与历史的宽容。习近平总书记强调："我们当代文艺更要把爱国主义作为文艺创作的主旋律，引导人民树立和坚持正确的历史观、民族观、国家观、文化观，增强做中国人的骨气和底气。"历史是宽容的。历史写作的目的不是面向过去，而是面向现在，面向未来。钱穆先生说，一个公民应当对自己国家的历史保持温情和敬意。善待历史，就是善待现实。回望历史，我们必须建立正确的历史观，以敬畏之心，同时用仰视、平视和俯视三种眼光，静默观察历史长河中的人和事。2009年，为纪念五四运动九十周年，我创作了《五四运动画传：历史的现场和真相》，完整地重叙了这段历史。其间，我多次按照五四运动当年学生游行示威路线去追寻，到老北大旧址红楼、到箭杆胡同陈独秀旧居去走访。这种走访和追寻是对历史表达敬意的一种方式，也是穿越历史隧道、试图重返历史现场的一种尝试。只有做到去伪存真，才能写出历史的温度。中央党史研究室专家认为，该书"对人们特别是青年人了解中国革命的历史，了解五四运动，增强对中国国情的了解和认识，激发强烈的爱国主义精神，建设中国特色社会主义，实现中华民族的伟大复兴，会有积极的启迪作用"。

作家再现历史，要紧紧围绕爱国的、进步的、民主的、科学的那部分历史来思考和弘扬中国精神，凝聚中国力量。在坚持历史现场细化的同时，坚持可信的现代解读，从个体的记忆和公共舆论中聆听那些被历史烟云所湮灭的声音，感受悲感交集的历史表情，省察波澜壮阔的人物命运，继承和弘扬民族革命的精神之光。就像任何历史事件都有其必然性和偶然性一样，我们考察历史既不能只用显微镜去"放大"偶然性，也不能只戴老花镜去"模糊"必然性。

第二，局限的历史与历史的局限。人类的历史就是思想史，或者说是思想者的历史。文学书写，无论是追溯历史还是记录现实，其根本目的是传承民族的精神和文化。面对历史，我们或壮怀激烈仰天长叹，或引吭高歌击掌叫绝，或怒发冲冠拍案而起，或俯首沉思一声叹息。历史需要尊重，更需要尊严。但历史是有局限性的，任何一个历史人物也都有局限性，甚至我们也身在局限之中。没有一个历史人物能够超越时代，超越历史，从而超越自身的历史使命。历史人物处在历史创造的现场。作为后来者，在观看或记录历史时，就要建立一个实事求是的坐标系——纵横的而不是单一片面的，整体的而不是断章取义的，联系的而不是割裂歪曲的，发展的而不是孤立静止的——把"此处"的自己慢慢地放在"彼处"、放在"彼时"，去分析"彼人"和"彼事"，既不要忘了历史的"背景"，也不要当"事后诸葛亮"和"马后炮"。

要准确把握历史发展的主题和主线、主流和本质，就要以客观的实事求是的方法和辩证唯物主义的态度去全面分析，而不是把历史中已经不再成为历史的陈芝麻烂谷子翻新炒作，搞八卦、玩噱头，写花边新闻，娱乐读者。2012年，我出版了《王明中毒事件调查》，通过在民间发现的原始史料并采访多位健在当事人，澄清了七十多年来歪曲丑化中共党史和污蔑毛泽东的"第一谎言"，得到了中共党史研究近十年来的重要收获。审视历史，无论是宏观全局、中观局部，还是微观细节，都不应在局限的历史中陷入历史的局限，更不能陷入自身的局限。我们应该正视历史的局限，正视历史人物的历史局限性，一分为二地在历史的局限中总结过去，在局限的历史中展望未来。

第三，叙述的历史与历史的叙述。习近平总书记指出："文艺创作不仅要有当代生活的底蕴，而且要有文化传统的血脉。"怎么写？写什么？具体到写作技术层面，也就是怎么叙述和怎么选材的问题。历史的叙述和叙述的历史都是被选择的历史，但关键是这种选择必须是科学的选择、整体的选择，而不是断章取义、移花接木和偷梁换柱。"兼听则明，偏听则暗"。文学书写不能单纯地相信一个人的口述史，要一分为二，综合辩证地分析，既要做到"有了调查也不一定就有发言权"，还得做到"大胆假设，小心求证"。

写什么？就是要写历史中最有价值的那部分，写推动历史进步，并有利于民族、国家和人民的根本利益的那部分历史。以文学的方式介入历史，作家不仅仅是一个旁观者，还必须以战略的眼光、理性的思考、理论的勇气，从外部枝节看到内部核心、从现象看到本质、从支流看到中流、从局部看到全局，从有限看到无限，从中国看到世界，从而准确、科学地把握所涉及的历史和现实，以及人物的主题、主线、主流和本质。这些年，我创作的《光荣梦想：毛泽东人生七日谈》《中共中央第一支笔（胡乔木传）》《硬骨头：陈独秀五次被捕纪事》等受到专家学者和读者的好评，最为重要的一点就是能够妥善处理与传主密切相关的诸多政治、历史、现实的敏感话题，做到"研究深入、讲述浅出"。

在重大历史题材的文学写作上，我提出并坚持走"文学、历史、学术跨界跨文体写作"道路，其方法就是采取"文学的结构和语言、历史的态度和情怀与学术的眼光和方法"，围绕"实"字做文章——以真实为生命，以求实为根本，以写实为规矩，老老实实不胡编乱造、踏踏实实不哗众取宠，保证每个细节都有它的来历，每段对话都有它的出处，让读者在作品中体味到个体生命的质量、体验到民族精神的能量、感悟到科学理论的力量。我想，只有这样，重大历史题材文学写作就能经受得起时间和历史的检验，从而达到"为天地立心，为生民立命，为往圣继绝学，为万世开太平"的最高境界。

徐艺嘉：针对你的创作特点来说，你的阅读量应该比一般作家要大的，平时看专攻方面的书多一些？哪些作家的作品对你的写作产生的影响更大一些？

丁晓平：因为编辑工作和创作方向的原因，其实我现在的阅读面反而越来越窄了。对我的写作影响最大的其实并不是作家的作品，而是哲学家、美学家，诸如朱光潜、宗白华的作品。当然，我喜欢并对我产生影响的作家也不少，但我对他们的喜欢也只是停留在我喜欢他们的某些作品上。

徐艺嘉：在你的创作中，诗歌也是其中一个部分。诗歌是极简的问题，将感性发挥到极致，而你的大部头写作又是理性化的，如何定位两种状态？

丁晓平：这个问题非常重要。我相信，世界上优秀的作家从来都不可能只从事一种文体的写作。我的文学创作道路可以说是从诗歌开始的，我也始终觉得诗歌是文学金字塔的顶端。当下的中国诗坛鱼龙混杂，我身处其外，不做评论。但早期诗歌写作的训练，给了我语言的节奏、韵律和形式的美感，使我懂得了我们共同的母语——汉语的魅力所在，这对我现在的历史写作非常重要。我在文学编辑岗位上，阅读了很多作家和作品，包括许多获奖作品，尤其是当下的网络写作，有一个非常值得担忧的问题，就是语言没有过关，忘记了我们汉语的语法修辞。这是对母语的戕害，理应引起文艺理论界的关注。诗歌是形象思维，但形象思维与抽象思维，都离不开一个关键词——逻辑。逻辑出思想。优秀的诗歌同样是有思想的诗歌。思想，是理性的。因此，我始终认为，一个伟大的作家或者诗人，他必定是一个伟大的思想家。思想是脑袋，文学是翅膀，创作的小鸟才会飞得更高更远。如果举例来说明，我的《中共中央第一支笔（胡乔木传）》和《硬骨头：陈独秀五次被捕纪事》的结构和篇章的标题，可以说就是诗歌的结构和语言，完全实现了"文学、历史、学术"跨界跨文体的无缝连接。

徐艺嘉：最后，可否谈谈你接下来的创作？

丁晓平：今年是长征胜利八十周年，我已经完成了一部文献性报告文学

《世界是这样知道长征的》。其实,我写的是一部长征叙述史,从20世纪30年代长征正在进行时和刚刚结束时的长征出版物版本学的独特视角,来解读长征的历史。这项工作我从收集资料开始,也已经历时十年了,可以说是集各大图书馆、博物馆和民间收藏家收藏之大成,系统挖掘和研究国内外早期记述长征的各种早期书报刊史料,首次独家、完整、准确地披露其背后的历史往事。在研究中我发现的许多珍稀的长征史料,包括俄文版的《红军长征记》、英文版的《神灵之手》的签名版,在国内都是罕见的唯一善本,填补了长征研究的空白。目前,书稿已经在审查过程中。随后,我将在近四五年内,分别为改革开放四十周年、新中国成立七十周年和中国共产党建党一百周年,创作三部长篇报告文学作品,完成我的"中国20世纪三部曲"。

(本文刊载于《神剑》杂志2016年第2期,发表时有删节;中国作家网全文转载)